KB060907

마음오를꽃

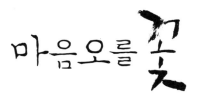

정 도 상   장편소설

|주|자음과모음

차례

브라흐마의 구멍

1

유리창을 주먹으로 치면 어떻게 될까? 며칠 전부터 이런 생각에 빠져들곤 했다. 마땅한 이유가 있는 것은 아니었다. 점심시간에 규는 화장실에서 손을 씻다가 거울에 비친 자기를 향해 주먹을 날렸다. 거울은 산산조각이 났고, 순식간에 유리 파편이 손등에 박혔다.

손등이 피로 물들었다. 규는 태연하게 깨진 거울을 봤다. 모양이 각각 다르게 깨진 거울 조각에는 서로 다른 규가 담겨 있었다. 찡그리고 웃고 혀를 내밀고 눈을 부라리고 멍한 표정의, 사라졌다 나타나는 파편 속의 얼굴.

'어느 얼굴이 진짜 내 얼굴일까?

깨진 거울 속의 얼굴? 아니면 거울 밖의 얼굴?'

규는 정말 궁금했다. 화장실을 들락거리던 애들이 "이거 미친 거

아냐?"라며 규를 건드렸다. 규는 반응하지 않았다. 미쳤든 미치지 않았든 '나'인 것만은 분명했는데, 그 분명함마저도 쉽게 수긍이 되질 않았다.

"그래서 뭐?"

규는 이 한마디를 툭 던져놓고 양호실로 갔다. 다행히 유리 파편만 박힌 상태라 학교 밖 병원까지는 가지 않아도 되었다. 양호 선생님이 핀셋으로 유리 조각을 하나씩 섬세하게 뽑았다. 선생님의 머리카락에서 상큼한 샴푸 냄새가 풍겼다. 샴푸 냄새 속에서 부풀었다가 가라앉는 선생님의 젖가슴을 느꼈다. 그만 그 가슴에 안기고 싶었다.

"요놈의 짜식."

양호 선생님이 눈치를 챘는지 규의 머리에 꿀밤을 먹였다. 민망했지만 그것도 좋았다. 유리 조각을 빼낸 뒤 소독하고 붕대를 감고 교실로 돌아왔다. 상처가 쑤시고 저렸지만 크게 불편하진 않았다.

마침내 학교에서 보내야만 하는 하루가 끝났다. 오늘은 전철을 두 번이나 갈아타고, 멀리 영화 아카데미를 가는 날이었다. 학교를 자퇴하는 대신에 다니게 된, 연극영화과 입시를 위한 특별학원이었다. 규는 그곳에서 유일한 중학생이었다.

"엄마, 라면."

규는 집에 도착하자마자 가방을 던져놓고 외쳤다.

"또, 라면? 갈비 있는데."

엄마가 볼멘소리를 했다.

"에이, 왜 그러셩?"

규는 엄마를 졸라 기어이 라면을 끓이게 했다. 엄마는 바로 앞에 앉아 사랑스러운 눈길로 아들이 라면을 먹는 것을 지켜보았다. 엄마의 눈은 참 예쁘다. 라면을 먹자마자 규는 학원 가방을 들고 집을 나섰다.

"아들, 잘 다녀와. 엄마는 수하고 너밖에 없어."

엄마가 현관문을 닫으며 말했다.

"알아쪄~."

규는 명랑하고 씩씩하게 대답했다.

퇴근길의 지하철은 사람들로 꽉 차서 후덥지근했고 답답했다. 내리는 사람은 별로 없고 타는 사람들만 많았다. 대부분의 사람들은 비좁고 불편한 공간에서도 잠시의 심심함을 참지 못하고 스마트폰으로 게임을 하거나 동영상을 보았다.

규는 몸을 움직이기도 어려운 상태에서 지하철 안의 사람들을 자세히 관찰했다. 자신도 모르게 '이들은 동물일까, 사람일까?'라는 생각에 사로잡혔다. 아무리 사람이라고 하지만 어떻게 보면 동물에 불과한 존재들이 아니던가. 혹 동물보다 못한 존재는 아닐까?

생각이 여기에 미치면, 머리가 복잡해졌다. 규는 자꾸만 자신이 사람인 것이 싫었다. 차라리 동물로 태어났으면 본능에 따라 살면 그만인데. 하필 사람으로 태어나다니.

사람이란 무엇일까?

사람은 무엇으로 살까?

저 사람들은 무엇일까?

아, 답답해. 숨이 막혀, 내려야겠어. 목적지가 많이 남았는데도 규는 충동적으로 하차를 결정했다.

그동안 막연하게 상상했던 일, 오늘이 바로 그 상상을 실행하는 날이어도 좋다고 생각했다. 특별한 이유가 있는 것은 아니었다. 하루를 더 산다고 해서 특별할 것도 없었다. 결심을 자꾸 미루는 건 자존심 상하는 일이었다. 초기화를 실행하고 생을 리셋하는 상상. 상상을 현실로 바꾸는 날이 바로 오늘이라고 생각하니 가슴이 뛰었다. 지난 몇 달 동안 규는 날마다 초기화를 상상했었다.

전철이 멈추자 규는 곧장 내렸다. 규는 플랫폼을 천천히 걸으며 주변을 살폈다. 한강 쪽에서 찬바람이 불어왔다. 바람이 규를 흔들고 지나갔다. 규는 역사 천장에 설치되어 있는 CCTV를 물끄러미 바라본 뒤 플랫폼의 플라스틱 의자에 앉아 다음 전철을 기다렸다. 문득 엄마를 비롯해 가족들의 얼굴이 가뭇없이 떠올랐다가 스러졌다. 운주를 비롯해 친구들의 얼굴까지.

규는 스마트폰을 꺼내 단체로 문자를 주고받을 수 있게 친구들을 호출한 뒤, 세 줄의 문자를 띄웠다. 그러는 사이에 전철이 와서 멈췄다가 떠났다. 규는 스마트폰을 주머니에 넣었다. 주머니 속에서 스마트폰이 끊임없이 부르르 떨었다. 친구들의 응답이 있을 때마다 스마트폰이 진동했다. 존재의 가벼운 진동들. 규는 친구들의 응답을 읽지 않기로 했다.

안녕, 애들아. 그동안 즐거웠어.

마음이 착 가라앉았다. 어떤 동요나 후회도 없었다. 전철을 기다리는 사람들이 점차 많아졌다. 규는 전철이 들어오는 길목으로 걸어갔다. 전철이 들어오니 승객 여러분은 안전선 밖으로 한 걸음 물러나라는 방송이 플랫폼에 울려퍼졌다. 규는 무덤덤하게 안내 방송을 들었다. 멀리에서 하얀 빛의 헤드라이트를 비추며 전철이 들어왔다. 규는 도약을 준비했다.

2

규는 빠른 속도로 달려오는 전철에 몸을 던졌다. 강력한 충돌에 규는 허공으로 튕겨져 올랐다가 철로 위로 떨어졌다. 찰나의 순간이 지났다. 규는 몸을 일으키려 애를 써보았지만 손가락 하나 움직일 수 없었다. 극심한 고통이 척추를 따라 온몸으로 퍼졌다. 제기랄, 숨이 막히게 아픈 거였어? 규는 짧게 후회했다.

문득 호흡이 토막토막 끊기고 있다는 게 느껴졌다. 뒷골이 저릿저릿 울렸다. 상상 이상의 고통이 밀려왔다. 동시에 성기와 항문 사이의 회음부 부근에서 어떤 덩어리 같은 기운이 꿈틀 움직였다. 그 덩어리는 꼬마 눈사람의 모습과 비슷했다.

'이건 뭐지? 바람이 덩어리로 뭉쳐진 것 같은 이거?'

꼬마 눈사람처럼 생긴 그 덩어리는 사실 규의 령(靈)이었다. 규의 령은 육체의 의지와는 상관없이 두 마리의 뱀처럼 서로 몸을 꼬아 척추를 휘감고 올라갔다. 척추에는 실처럼 가느다란 생명 에너지 통로가 있는데, 규의 령은 바늘귀처럼 좁다란 생명 통로를 올챙이처럼 헤엄쳐 올라갔다. 브라흐마의 구멍을 통해 죽어가는 몸에서 빠져나가기 위해 규의 령은 최선을 다해 움직였다.

그것은 영혼의 잠재의식이 불러일으킨 본능이었다. 령은 브라흐마의 구멍을 통해 죽음과 거의 동시에 육체에서 빠져나가 령체(靈體)로 전환되어야만 했다. 그것은 자연의 신이 부여한 생명의 본성이었다.

령은 성기에 있는 첫 번째 교차로를 거쳐 배꼽에 있는 두 번째 교차로로 수월하게 이동했다. 문제는 다음이었다. 두 번째 교차로에서 가슴에 있는 세 번째 교차로로 가야 하는데 척추가 마디마디 끊겨 있어 생명 통로를 찾지 못하고 한참을 헤맸다. 만일 브라흐마의 구멍을 통해 몸에서 빠져나가지 못하면 썩어가는 시체 속에 갇혀 영겁을 보내야만했다.

다행히 규의 령은 생명 통로를 간신히 찾아내 그 속으로 들어갔다. 목구멍에 있는 네 번째 교차로를 거쳐 눈썹 사이에 위치하고 있는 제3의 눈이라고도 불리는 마지막 교차로에 도착했다. 교차로가 막히기 전에 이동통로를 찾아야 했기에 잠시도 쉴 틈이 없었다. 규의 령은 초조했다. 동굴이 붕괴되듯이 방금 지나온 생명 통로가 무너지는 소리가 들렸다.

흙이 물속으로 흩어지고,

물은 불 속으로 끓어올라 스며들며,

불은 공기 속으로 섞이고,

공기는 의식 속으로 가뭇없이 가라앉는……

　죽음의 현상이 규의 몸 위에 나타났다. 마침내 규의 령은 생명 통로의 종점인 브라흐마의 구멍에 가까스로 도착했다. 브라흐마의 구멍은 전철과의 충돌로 인해 심하게 훼손된 상태였다. 골수와 피와 머리뼈가 뒤섞여 막힌 거나 다름없었다. 규의 령은 의지가 흩어지지 않도록 집중했다. 몸이 식어 굳기 전, 미세한 온기라도 남아 있을 때 빠져나가야 하는 게 령의 본능이었다. 규의 령은 최선을 다해 골수를 헤쳐 구멍을 찾았다.

　생의 초기화를 꿈꾸었다. 스마트폰이나 컴퓨터에서 초기화를 실행하면 모든 자료가 사라지고 최초의 순수한 기계로 변하는 것처럼, 지나온 십육 년이라는 시간의 전부를 리셋하고 싶었다. 전철에 몸을 던진 것은 초기화 실행버튼을 클릭한 것이었다. 이제 브라흐마의 구멍으로 빠져나가기만 하면 초기화가 완성되는 셈이었다.

　호흡이 끊기고 이마가 식기 직전에야 규의 령은 피범벅이 된 골수를 뒤집어쓴 채, 브라흐마의 구멍을 통해 죽어가는 육체에서 간신히 빠져나왔다. 찰나의 순간에 규의 령은 령체로 바뀌었다. 령체의 이름은 '김우규령'이었다. 줄여서 '규령'이라고 해야 하지만 이 세계에서는 모두가 령체이기에 본래대로 '규'라고 불리게 되었다.

그 순간 허공에

홀라후프처럼 생긴,

구름으로 만들어진 동그라미가 홀연히 나타났다.

이어 동그라미를 향해 직선의 하얀 길이 곧게 이어졌다.

일원수직도(一圓垂直道)였다.

아, 바로 저기로 가야 하는구나. 규는 일원수직도로 가야 한다는
것을 본능적으로 깨닫고 서둘러 움직였다. 허공에 난 투명한 길. 그
끝에 있는 동그라미가 무엇인지 몰랐지만, 본능이 등을 밀었다. 규
가 허공의 일원수직도를 향해 한 걸음 내딛었다.

"어딜 감히!"

그 순간 무언가가 규의 어깨를 잡아챘다. 움켜쥐는 힘이 너무 대
단해 뼈가 으스러질 것만 같았다.

"우씨, 아프잖아! 뭐야 너?"

짜증을 팍 내며 돌아봤지만 아무도 보이지 않았다.

"뭐야? 귀찮게."

규는 혼자 중얼거리곤 일원수직도를 향해 돌아섰다.

"너는 자격 미달이야."

어떤 소리가 규의 앞을 가로막았다. 깊은 동굴에서 울려 나오는
것만 같은, 굵은 저음의 소리였다. 눈에 보이지 않는 소리였기에 규
는 무시하고 앞으로 나갔지만 곧 투명한 벽에 가로막혔다. 손을 내
밀어 휘저으면 잡히는 것은 아무것도 없었는데, 앞으로 나아가려

고만 하면 자꾸만 보이지도 않는 무언가에 부딪쳤다. 그 무언가는 벽처럼 느껴지는 힘을 가진 존재였다.

"치사하게 뭐야? 내가 왜 자격 미달인데?"

규가 버럭 소리를 질렀다.

"악의 카르마를 쌓은 죄인이니까."

허공에서 소리가 울렸다. 규는 소리의 주인공이 누구인지 찾아보았다. 그러나 바람처럼 소리만 지나갔을 뿐 사람 비슷한 그 무엇도 보이지 않았다.

"카르마? 난 그딴 거 몰라."

규는 소리쳤다.

"어리석도다. 무지 또한 죄에 속하느니."

"배우지도 않은 걸 어떻게 알아!"

"배우지 않았다고 면죄부가 발급되는 것은 아니지. 어쨌든 너에겐 일원수직도가 허락되지 않았으니, 저 길로 갈 수 없도다. 너는 이제 곧 강을 건너게 될 것이다. 너는 네가 쌓은 카르마에 따라 가운데 하늘에서 방황하며 심판받아야 하노라. 그곳은 중음이며 바르도고, 두 세계 사이의 가운데며 상대성이 사라진 절대의 세계니라. 그곳이 너를 기다리고 있도다."

아리송한 말을 남기고 소리는 사라졌다. 규는 사라진 소리를 찾아 두리번거리다가 자신이 땅바닥에서 일 미터쯤 허공에 떠 있는 것을 발견했다. 유체이탈. 령체의 상태에서 규는 자신의 육체를 보았다.

뒤통수는 깨어진 채 사라져 없고, 붉은 피와 하얀 골수가 철로를 흥건하게 적시고 있었다. 얼굴도 반쪽이 깨어져 서로 떨어져 있었고, 몸은 거꾸로 접혀 철로 위에 놓여 있었다. 너무 처참해서 규는 구역질을 하면서 얼굴을 돌렸다. 이것이 초기화의 과정이라면 너무 끔찍했다.

플랫폼에 있던 사람들과 전철에서 쏟아져 나온 승객들의 비명이 역사에 울려 퍼졌다. 하얗게 질린 기관사가 사람들을 헤치고 앞으로 나왔다. 기관사는 넋이 나간 표정이었다. 아까 전철에 몸을 던질 때 잠깐 보았던, 기관사의 경악으로 커진 눈동자가 떠올랐다. 기관사는 물에 빠진 사람처럼 진땀에 온몸이 젖어 있었다. 그는 그저 멍하고 퀭한 눈길로 규의 부서지고 깨진 몸뚱이를 바라보았다.

기관사가 입고 있던 옷을 벗어 규의 얼굴에 덮었다. 이어 그 옆에 털썩 주저앉아 사시나무처럼 몸을 떨었다. 기관사는 몸으로 울었다. 역무원들이 몰려오더니 구경꾼들을 현장에서 내보낸 뒤 기관사를 부축하고 역무실로 갔다. 맥이 풀려 휘청거리며 걷는 기관사의 뒷모습. 미안하고 미안했다. 기관사는 규의 상상에 없던 사람이었다. 무언가 크게 잘못되었다는 생각이 들었다. 그때, 혼절의 느낌이 왔다.

누런 강을 건너다

3

강이 있다.

깊이를 알 수 없는 누런 강물이 도저하게 흐르는, 강 저쪽이 멀고
도 멀어 그만 아득해진, 황천(荒川)이었다. 삶이 끝나는 바로 거기
에서 흐르기 시작하는 강. 생명을 받아 태어난 존재라면 하나도 예
외없이 반드시 건너고야 마는 강이었다. 황천은 지리적으로 존재
하는 강이 아니었다. 이 세상 어디에나 있으나 살아있는 사람의 눈
에는 보이지 않았다. 규가 황천의 강변에 도착했다.

강변 어딘가에 작은 포구가 보였다. 포구의 선착장에 황망한 표
정의 규가 들어섰다. 선착장에는 다양한 형태의 배들이 정박해 있
었다. 가만히 살펴보니 종교에 따라 배의 형태와 깃발이 제각각 달
랐다. 십자가 깃발이 달린 배는 기독의 가운데 하늘을 향해 떠났다.

규의 마음은 황포돛배로 향했다.

황포돛배에 가까이 가니, 누군가가 령들의 이름을 불렀다. 검은 옷, 검은 얼굴에 붉은 눈의 뱃사공이 호명하면, 이름을 불린 령들이 배에 올랐다. 령들은 죽음의 순간에 입었던 옷을 그대로 입고 있었다. 뱃사공이 들고 있는 명부에 자기 이름이 있을 것이라고 규는 확신했다. 규는 느긋하게 기다렸다. 다른 령들이 모두 배에 올라탈 때까지 뱃사공은 끝내 규의 이름을 부르지 않았다. 뱃사공은 명부를 덮었다.

"아저씨! 아저씨, 내 이름 없어요? 그거 잘못된 거 아니에요?"

규는 명부를 가리키며 뱃사공한테 항의했다.

"어린 게 성질 한번 급하고 더럽네. 기다려 봐 인마."

뱃사공이 규의 이름을 확인하고 명부를 펼쳐 살펴보더니 "명부에 없는데…… 너 자살했지 인마?"라고 물었다.

"자살이라기보다는 초기화라고 하죠 뭐."

"초기화? 웃기네. 딱 보니 자살이구만. 그런데 자살자가 줄어드는 게 아니라 날이 갈수록 늘어나니, 허 거참…… 일단 타 인마."

뱃사공이 명부에 규의 이름을 적은 뒤 승선을 허락했다. 규는 얼른 배에 탔다. 황포돛배는 느릿하게 강을 건넜다. 불빛이 휘황한 이승의 거리며 아파트 단지가 점차 멀어져갔다. 배에 탄 령들이 일제히 멀어져가는 이승에 눈길을 던졌다.

"개똥밭에 굴러도 이승이 좋다고 했는데, 아이고, 아이고오."

거의 백 살에 가까워 보이는 노파가 고물 끝에 서서 구슬픈 목소리로 신세한탄을 늘어놓았다. 늙은 령들일수록 노파의 신세한탄에 격하게 동감을 표시했다. 규는 이물로 자리를 옮겼다. 강 저쪽이 궁금해서 하염없이 쳐다보았다.

"먼저 떠난 배들은 어디로 갔어요?"

"그건 알아 뭐하게 인마?"

규의 질문에 뱃사공이 퉁명스럽게 대꾸했다.

"그냥 궁금하잖아요?"

규가 불만에 찬 목소리로 댓거리하자 뱃사공이 붉은 눈으로 규를 쳐다보았다.

"쬐그만 놈이 까져설랑은…… 그 배들은, 그 배들이 가야 할 곳으로 갔다. 신앙에 따라 가는 곳이 다르니까."

뱃사공이 시큰둥하게 대답했다.

마침내 배가 강을 건넜다. 규는 배에서 폴짝 뛰어내렸다. 아까 신세한탄을 하던 노파는 내리지 않겠다며 악다구니를 질렀다.

"뭘 얼마나 더 살겠다고 난리여 난리가! 이미 다 건너왔어 이 사람아!"

뱃사공이 거칠게 노파를 배에서 던져버렸다. 다른 령들은 고분고분 뱃사공의 자시에 따라 배에서 내렸다. 규도 배에서 내려 어슬렁거렸다.

강기슭에서 기다리고 있던 노란 모자를 쓴 차사들이 붉은 눈알을 부라리며 거칠게 령들을 불러 모았다. 검은 얼굴에 붉은 눈알을 부라리며 호령하니 령들은 찍소리도 못하고 차사의 명령에 따랐다.

규는 그들의 꽁무니에 따라붙었다.

사방을 둘러보았다. 나무 한 그루 없는 검은 바위산, 선홍빛 핏물로 흐르는 시냇물, 풀 한 포기 없는 황토 벌판, 뿌옇게 먼지가 낀 듯한 누런 허공과 칙칙한 구름의 하늘. 음산하면서도 기묘한 풍경이 끝없이 이어졌다.

누런 하늘 위로 붉은 부리와 붉은 눈에 거대한 날개의 검은 새가 유유히 날아다니다가 끼아악, 하고 울었다. 그 소리에 깜짝 놀랐다. 익룡처럼 크고 까마귀보다 검은 새들. '끼야호 히히' 소리를 내며 검은 새가 떠도는 허공 아래, 사막 같은 벌판으로 령들은 끌려갔다.

규도 그 령들 중의 하나였다. 어리둥절했고 기분 나빴으며 짜증이 슬슬 머릿속을 헤집었다. 재미없고 지루한 곳이었다. 마침내 벌판 가운데 있는 어떤 광장에 도착했다. 그곳에는 먼저 온 령들이 좀비 같은 표정으로 바글바글 몰려 있었다.

모든 게 귀찮아져서 그만 집으로 돌아가고 싶었다. 라면 하나를 끓여 먹고 스마트폰으로 게임을 하거나 아버지가 최근에 사다 준 몽골 고비 알타이 지역의 암각화 화보나 뒤적거리면 최고일 것만 같았다. 규의 이데올로기는 귀차니즘이었다.

"뭐 이런 데가 다 있어? 에이 귀찮아."

규는 혼잣말로 투덜거리면서 털썩 주저앉았다. 그냥 앉아 있기가 심심해서 게임이나 하려고 주머니를 뒤졌지만, 스마트폰이 없었다. 스마트폰이 없으니 불안이 엄습했다. 무인도에 홀로 남겨진 기분이었다. 주머니를 다시 샅샅이 뒤지다 포기하고 콧구멍을 쑤시는데 바로 앞에 교복 차림의 단발머리 여고생이 앉아 있는 게 눈에 띄었다.

'땡땡이가 여기 하나 더 있네.'

학원에 간다고 집을 나섰다가 딴 길로 새버린 친구를 보니 은근히 반가웠다. 규는 조심스레 여자애의 어깨를 쿡 찔렀다. 여자애가 화들짝 놀라며 몸을 돌렸다. 초겨울의 암사슴처럼 약간 겁을 먹은 표정의, 눈이 큰 여자애였다. 겁이 가득 담긴 눈망울로 여자애는 규를 슬쩍 쳐다보더니 빠르게 고개를 숙였다.

"여기가…… 어디야? 저승이야?"

규가 물었다. 여자애는 고개를 숙인 채 가만히 있었다. 명찰을 보니 이름이 '정나래'였다.

"여기가 저승이냐고?"

고등학생이니 분명 규보다 나이가 많겠지만 규는 반말로 물었다.

"몰라요."

여학생은 기어들어가는 소리로 간신히 대답한 뒤 몸을 돌렸다.

4

그때 갑자기 바람 한 줄기가 불어오더니 누런 하늘이 짙은 푸른색으로 바뀌기 시작했다. 이어 하얀 빛으로 둘러싸인, 훌라후프처럼 생긴 거대한 동그라미 하나가 허공에서 천천히 내려왔다. 동그라미로 만들어진 거대한 유에프오가 지구를 향해 서서히 내려오고 있는 것처럼 보였다. 그 광경을 보고 령들이 웅성거렸다. 규도 구름 동그라미가 천천히 내려오는 것을 넋을 잃고 쳐다보았다.

저 동그라미를 본 적이 있는데, 어디서 봤지? 규는 기억을 더듬어 보다가 언뜻 떠오르지 않자 포기해버렸다. 하얀 동그라미는 착륙 직전에 멈춰, 허공에 그대로 떠 있었다. 동그라미에서 빛의 길이 내려왔다. 빛의 길을 타고 누군가가 내려왔다. 원숭이 머리에 인간의 몸을 가진 괴물이었다. 령들이 웅성거렸다.

잠시 후, 맑고 나직하고 영롱한 종소리가 울려 퍼지더니 거대한 일원상(一圓相) 속에서 누군가가 스르르 내려왔다. 모든 령들의 시선이 그에게 집중되었다. 규와 나래도 공포와 호기심으로 몸을 떨며 그를 바라보았다. 먼저 도착해 있던 원숭이 머리가 앞으로 나섰다.

"염라대왕 납시오~!"

원숭이 머리가 외치자 령들이 일제히 엎드렸다. 규도 다른 령들을 따라 온몸을 흙바닥 위로 던졌다. 은은하면서 맑은 천상의 종소리가 빠르지도 느리지도 않게 울렸고, 종소리와 함께 퍼지는 천상의 향기가 마음을 착 가라앉게 만들었다. 규는 호기심을 이기지 못하고 염라대왕을 훔쳐보았다.

염라대왕을 본 규는 말을 잃었다. 그는 여덟 개의 바퀴살을 가진 바퀴를 손에 들고 정면을 응시하며 앉아 있었다. 염라대왕의 온몸에서는 푸른빛이 분수처럼 솟았다. 푸른빛은 장엄했고 강렬해서 차마 바라볼 수가 없을 정도였다. 잠시 후 분수처럼 퍼지던 푸른빛이 허공 속으로 가뭇없이 스며들었다. 그의 눈은 수정처럼 맑았으며 표정은 온화하고 원만했으며 머리카락 하나 없는 대머리에서는 은은한 흰색의 광채가 뿜어져 나왔다. 염라대왕이라면 죽음과 음산함과 가혹한 심판을 상징하는 신이 아니던가. 눈앞에 나타난 염라대왕한테서는 죽음과 관련된 그 무엇도 느낄 수 없었다. 그런데 이상하게도 공포가 밀려왔다. 가슴이 두근거렸다.

"기립~!"

원숭이 머리가 외쳤다. 령들이 일제히 몸을 일으켰다. 아까와 달리 원숭이 머리는 온통 검은 옷을 입었고 한 손에는 저울을 다른 손에는 청동거울을 들고 앞으로 나와 염라대왕을 향해 공손히 허리를 숙였다. 찰나의 순간에 옷을 갈아입는 솜씨라니, 신기했다.

"소인 명부차사, 신제 대령이옵니다."

"수고 많았도다. 시작하여라."

염라대왕이 인자한 미소를 지으며 말하자 신제가 령들 앞으로 나섰다. 그는 헛기침을 몇 번 하더니 두 손을 높이 들었다. 령들의 시선이 신제에게 집중되었다.

"너희 령체들은 들거라! 지금부터 심판정을 열 것이다. 여기 일원상 아래 앉아 계신 분은 일원법신, 즉 다르마라자시니라. 염라대왕, 신제 초기얄, 오시리스, 플루토, 법왕 등등 이승의 언어에 따라 혹은 마음에 따라 각기 다른 이름으로 불리시지만 본질은 허공법계의 주재(主宰), 진리의 대지혜, 대자유의 상징이시다. 동시에 죽음의 심판관이기도 하시다. 너희들은 모두 죽은 뒤에 여기에 온 령체들로서 앞으로 나와 일원법신님 앞에 오체투지하고 심판을 기다려야 하느니. 나는 명부차사로 이 심판을 진행하는 신제라고 한다. 다른 이름으로는 토트도 있다. 별명으로는 못난 원숭이다. 신제라고 부르든, 토트라고 부르든 혹은 못난 원숭이라고 부르든 아무 상관없으나 본질은 변함이 없다는 사실을 명심하라. 내 지시를 어기는 자는 지옥의 고통을 맛볼 것이다. 여기 심판정에서는 이승의 모든 지위가 무시된다. 재벌이든 거지든, 여왕이든 하녀든, 대통령이든 일개 병사든, 대기업 회장이든 경비원이든, 스승이든 학생이든, 나이가 많든 적든, 깨달았든 깨닫지 못했든 그 어떤 것에도 특권과 차별을 인정하지 않는다. 죽음 앞에 모든 것은 평등하다. 심판의 기준은 오직 카르마일 뿐이다. 일원법신 위에 걸려 있는 일원상은 모든 만다라의 궁극의 형태로 그 자체로 곧 우주의 본성이니라. 너희들은 그동안 현상만 보고 살았을 뿐, 본성은 보지 못했다. 그 죄가 실로 크도다."

규는 신제의 말에 자신이 비로소 죽었다는 사실과 여기가 죽어서 오는 곳이라는 것을 깨달았다. 죽는 순간, 그저 모든 고통과 고뇌에서 벗어나 구원받는 것으로 생각했었다. 일원법신 앞에서 심판을 받을 줄은 상상조차 해본 적이 없었다.

그러고 보니, 여기에는 살아서 빛나는 것들이 아무것도 없었다. 규는 죽음 이후에 어떤 경로로 여기까지 오게 되었는지 떠올려 보았다. 강을 건넜다는 것밖에는 어떤 기억도 떠오르지 않았다.

'기억이 전혀 안 나네. 대체 왜 이렇게 된 거지?'

규는 속으로 툴툴거렸다. 그 사이 명부차사 신제가 말을 이어갔다.

"듣거라! 북망산과 황천 사이에 있는 여기는, 상대성을 비롯한 그 어떤 물리적 법칙도 적용되지 않는 중천이며 중음이고 이승과 저승 사이의 가운데 하늘이니라. 너희들은 사십구 일 동안 여기에 머물며 심판을 받아야 한다. 심판은 불시에 이루어지며 최대 일곱 번까지 기회가 주어진다. 어떤 령은 한 번의 심판으로 여기를 떠나 다른 세계로 가고, 어떤 령은 사십구 일 동안 일곱 번의 심판을 마친 뒤에야 판결에 따라 가운데 하늘을 떠날 수 있다. 그 사이에 진리를 깨닫는 령이 있다면 그 령은 다른 세계로 자유롭게 갈 수 있다. 이제 첫 심판을 하기 전에 일원법신님께서 은혜를 베풀어 마지막 자유의 기회를 내려주신다 하셨느니라. 저 허공을 보아라!"

신제가 허공을 가리키자 수많은 령들이 손끝을 따라 허공을 보았다. 먼 허공에서부터 여섯 개의 빛으로 이뤄진 길이 천천히 내려왔다. 그 길을 보자 령들이 탄성을 질렀다.

흰색 빛의 길, 초록색 빛의 길, 노란색 빛의 길, 푸른색 빛의 길, 붉은색 빛의 길, 회색 빛의 길이 사다리처럼 허공에 걸리자 령들이 앞을 다투어 몰려들었다. 대부분의 령들은 푸른색, 붉은색, 회색, 노란색의 길로 나가려고 서로 밀치고 다투었다. 치고 박고 싸우는 령들까지 나타났다. 보다 못한 신제가 앞으로 나섰다.

"잘 들어라. 여기 나타난 길은 여섯 세계[六途]로 가는 길이다. 너희들은 어차피 일원법신의 심판에 따라 저 여섯 개의 길, 그 중의 하나로 가게 될 터. 서두를 것 없느니라. 저 길은 너희들을 끝없는 윤회의 길로 안내할 것이며 가히 없는 고통으로 안내하는 길이다. 너희들은 저 길을 피하라. 여기 저 길을 피하는 육자진언(六字眞言) 의 만트라 '옴마니밧메훔'이 있다. 옴(Om)은 수라계에 환생하는 문을 닫고, 마(ma)는 아수라계에 환생하는 문을 닫고, 니(ni)는 나라 계에 환생하는 문을 닫고, 밧(pad)은 트리산계에 환생하는 문을 닫 고, 메(me)는 프레타계에 환생하는 문을 닫아 주며, 훔(hum)은 홍 계에 태어나는 문을 닫아준다. 너희가 이 만트라를 마음 깊이 받아 들이고 암송한다면 심판은 즉시 멈춰지고 환생의 윤회에서 벗어나 대자유를 얻으리라. 이 진정한 기도가 너희들을 안내해주리라. 의 심하지 말고 만트라를 암송하라. 옴마니밧메훔."

"……."

그러나 그 어떤 령도 신제를 따라 육자진언을 암송하지 않았다. 규도 육자진언의 능력을 믿지 않았다. 무슨 장난처럼 느껴질 뿐이 었다. 여섯 글자를 암송한다고 대자유를 얻다니, '그딴 게 어디 있 어? 장난해?' 이런 생각만 들었다. 그사이에 흐릿한 빛으로 열렸던 길이 허공에서 동그랗게 모여 화려한 만다라를 만들더니 일원법신 위에 떠있는 지극히 단순한 일원상 속으로 스며들었다.

"기회가 와도 잡을 줄 모르다니, 정녕 어리석도다. 너희들은 이 제 살아 있는 동안의 카르마에 따라 불과 똥물, 축생의 삶, 인간의 삶으로 되돌려지게 될 것이다. 죽은 자들 중에서 아수라로 간 자는 수십억 명 중의 하나, 수라로 간 자는 지난 오천 년 동안 열 명 남 짓, 대개는 나라, 트리산, 프레타, 홍으로 환생하여 생로병사의 고통을 다시 겪었나니. 환생의 고통을 끝내고 대자유, 니르바나로 가는 일원상의 길을 가르쳐주어도 모르다니…… 이제 곧 심판이 시작되리라."

신제가 혀를 끌끌 차며 말을 마쳤다. 곧이어 신제의 진행에 따라 심판이 시작되었다. 령 중의 하나가 일원법신 앞으로 불려나가면 신제가 들고 있는 청동거울에 살아 있는 동안에 쌓은 카르마가 나타났다. 선의 카르마가 보이면 흰 조약돌을 접시에 올렸고, 악의 카르마가 나타나면 검은 조약돌을 올렸다. 접시에는 검은 조약돌이 수북하게 쌓였다. 어떤 령이 선한 일만 하고 살았는데 너무 억울하다고 하소연했다. 일원법신이 허공을 울리는 목소리로 판결을 시작했다.

"얼마 전에 교수형을 당한 령체가 왔었느니라. 그는 진범이 아닌데도 누명을 쓰고 끝내는 사형까지 당해야 했다. 심지어 사형을 당한 뒤에 곧 진범이 잡혀 무죄가 밝혀진 경우였다. 억울하기도 했을 터였다. 무죄를 주장하는 그에게 이승의 법률로는 무죄지만, 저승의 법률로는 유죄라고 말했다. 너에게는 생을 탐진한 죄가 있다고 판결했느니라. 누명을 쓸 정도로 잘못 산 죄, 그 죄 또한 크고 컸나니, 그 죄를 물어 다시 인간계로 보냈느니라. 너도 이와 같도다. 앞으로 사십구 일 동안 가운데 하늘에 있으면서 악의 카르마를 씻어내지 못한다면 살아도 산 것이 아니고 죽어도 죽은 것이 아니게 될 터. 자, 가거라."

일원법신의 말이 끝나자마자 삼각형의 노란 모자와 빨간 모자를

쓴 저승사자들이 나타나더니 사람의 넓적다리뼈로 판결이 내려진
자의 등짝을 후려치며 끌고 나갔다.

5

"정나래! 앞으로!"

어느 새, 나래의 순서가 되었다. 나래는 벌벌 떨며 일원법신 앞으
로 나가 무릎을 꿇고 두 팔을 쭉 뻗어 땅에 엎드린 뒤 이마를 세 번
찧었다. 세 번 오체투지를 한 뒤에 나래는 일원법신 앞에 무릎을 꿇
고 앉았다. 신제가 기록판을 들고 나왔다. 언제 저런 것들이 준비되
어 있었나 싶어 그저 놀라울 뿐이었다.

"남섬주부 해동고려국에서 온 열아홉의 이승 기록을 갖고 있는
학생 정나래로 사인은 자살이옵니다."

신제의 보고를 듣자마자 일원법신이 얼굴을 찌푸렸다. 수정처럼
맑던 일원법신의 눈에 노기가 서리더니 붉은 빛이 돌았다.

"어찌하여 해동고려국에는 어린 사람들이 자꾸만 스스로의 목숨
을 끊는 것이냐?"

일원법신이 손에 들고 있던 도르제를 내려치며 벼락치듯 화를 냈
다. 일원법신의 분노에 북망산이 흔들렸다. 마치 지진이 난 것 같았
다. 그 분노는 산을 가르고 바위를 쪼개버릴 정도로 무섭고 강력했
다. 일원법신이 나래를 무서운 눈길로 쏘아보았다. 규도 속이 뜨끔

했다.

"예, 예. 물질은 개벽되었으나 정신이 개벽되지 않은 탓으로 아뢰오. 스스로 목숨을 끊는 어린 사람들이 많은 것은 그 탓이 아닐까 싶습……."

"네 이놈, 신제야! 내가 그 뻔한 대답을 벌써 몇 번째 듣는지 모르겠다. 이제는 네놈의 똑같은 대답에 신물이 올라오려 한다. 네 이놈! 공부 좀 하거라!"

신제가 눈치를 보며 얼버무리자 일원법신이 도르제로 신제의 머리를 내려치려고 했다. 신제가 재빨리 손으로 머리를 감쌌다. 먼 하늘에서 천둥이 울었다. 일원법신은 도르제를 거두었다.

"예전의 남섬주부에는 큰 스승들이 많고 많았건만. 어찌하여 이리 되었는고? 해동고려국은 진정한 빈국이로다. 사슴을 말이라고 하는 자들이 날로 늘어나고, 백성이나 위정자의 마음속에 거지가 가득 차 있으니, 이 일을 어찌할꼬? 스마트폰만 번듯하면 무엇 하느냐? 죽어가는 어린 생명 하나 살려내질 못하니. 마음속엔 욕망의 독사들이 수천 마리나 구더기처럼 우글거리고 있는데!"

일원법신의 한탄에 신제가 머리를 조아렸다.

"지금도 큰 스승들이 없는 것은 아니지만, 중생들의 삶이 각박하와 욕망에 더욱 집착하고 있으며 또한 물질에 종속되어 정신을 가벼이 여기기 때문으로 사료되옵니다. 재산이 많다고 하나 정신이 가벼우니, 마음공부는 뒷전으로 밀어놓고 명품이라는 물건으로 허전하고 불안한 내면을 치장하는 삶에 몰두하고 있으니 이런 일들이 계속되고 있는 것이라 사료되옵니다."

"시끄럽다! 나도 그 정도는 이미 알고 있느니. 거울을 대령하라."

일원법신의 말에 신제가 사람 크기의 청동거울을 들고 앞으로 나왔다.

"잘못했습니다. 살려주세요. 살려주세요."

나래는 굵은 눈물을 흘리며 그저 살려달라고 애원했다. 일원법신이 업경(業鏡)에 비친 나래의 지난 카르마를 보는데 저울의 왼쪽 접시에 검은 조약돌이 차곡차곡 쌓였다. 저울이 왼쪽으로 심하게 기울었다. 일원법신이 혀를 끌끌 찼다.

"어린 것이 어찌 이리도 악의 카르마를 많이 쌓았는고? 쯧쯧, 죽기 전에 살려달라고 했어야지. 이미 죽어버린 뒤에 살려달라고 하니, 그게 말이 되느냐? 너의 악 카르마가 너무 크고 많아 나로서도 어쩔 도리가 없구나. 자살의 카르마는 카르마 중에서도 가장 악독하나니…… 신제야, 형벌의 신녀를 불러라!"

일원법신의 명령에 신제가 허공에 대고 무어라 주문을 외우자 하늘이 어두워졌다가 밝아졌다. 흰옷을 입은 여자가 오른손에는 인간의 시체를 들고, 왼손에는 피로 가득한 해골 그릇을 들고 나타났다. 노란색 옷을 입은 여자가 활과 화살을 나래에게 겨누며 등장했다. 시체의 창자를 씹어 삼키는 붉은색 옷을 입은 여자, 피가 가득한 해골 그릇을 젓가락으로 휘젓고 있는 초록색 옷의 여자, 오른손에는 사자의 심장을 왼손에는 머리를 떼어내 들고 있는 누르스름한 옷을 입은 여자, 사자의 머리를 떼어내 우걱우걱 씹고 있는 검푸른 색의 옷을 입은 여자도 잇달아 나타났다. 잔뜩 겁에 질려 있던 나래가 그만 거품을 토해내며 기절하고 말았다.

"쯔쯧, 깨어날 때까지 기다려야지 어쩌겠느냐? 마음이 일으킨 환영에도 저리 질겁하고 입에 거품을 무니. 저 녀석의 심판을 잠시 연기하고 다음 령체를 불러라. 조금 있으면 깨어날 테니 치울 것도 없다."

일원법신의 말에 신제가 나래를 그대로 두고 명부를 펼쳤다.

"김우규!"

신제가 규의 이름을 불렀다. 규는 달아나려고 몸을 돌려 뛰었으나 신제가 목덜미를 잡았다. 신제에게 끌려 일원법신 앞으로 나가 세 번 오체투지한 뒤 어정쩡하게 앉았다. 아무리 심판관인 일원법신 앞이라고 해도 무릎을 꿇긴 싫었다.

'나의 심장이여, 스스로 불리한 말을 하지 말자. 묵비권으로 내게 불리한 증언을 막아내자.'

규는 스스로에게 다짐하며 심판을 기다렸다.

"남섬주부 해동고려국에서 온 열여섯의 이승 기록을 갖고 있는 학생 김우규로 사인은 자살이옵니다."

신제가 규의 기록을 읽었다.

"또 자살이냐? 저울에 달아볼 필요도 없고, 거울에 비춰볼 필요도 없는 악독한 놈이로구나. 매우 친 뒤 정나래가 깨어나면 함께 무간지옥으로 보내도록 하여라!"

일원법신의 명령이 떨어지기가 무섭게 순식간에 동서남북 사방

팔방에서 이상한 기운이 감돌기 시작했다. 규의 동쪽에서 짙은 갈색의 사자 머리를 한 남신(男神)이 팔짱을 끼고 입에는 시체를 물고 갈기를 흔들며 나왔고, 남쪽에서는 붉은색 호랑이 머리를 한 남신이 길고 날카로운 송곳니를 드러낸 채 튀어나온 눈을 부라리며 등장했다. 서쪽에서는 검은색 여우 머리를 한 남신이 면도칼로 시체의 창자를 잘라 먹으며 피를 핥고 나타났으며, 북쪽에서는 검푸른색 늑대 머리를 한 남신이 양손으로 시체를 찢어발기며 뛰어왔다. 남동쪽에서는 누르스름한 흰색의 독수리 머리를 한 남신이 손에 해골을 들고, 남서쪽에서는 검붉은 색 공작 머리를 한 남신이 썩은 시체를 메고, 북서쪽에서는 검정 까마귀 머리를 한 남신이 왼손에 해골 그릇을 들고 오른손에는 칼을 들고 심장과 폐를 먹으며, 북동쪽에서는 검푸른 올빼미 머리를 한 남신이 도르제와 칼을 들고 시체를 썰어 먹으며 등장했다.

"자살의 카르마를 가진 자니라, 매우 치랍신다!"

신제가 일원법신의 명령을 전했다. 그러자 요괴 형상의 남신들이 규한테 달려 들어 뇌수를 빨아먹고, 피를 뽑아 마시면서 머리를 찢어발기고, 심장을 빼내 허공에 던지며 놀았다. 규는 어찌할 바를 모르고 달팽이처럼 몸을 웅크렸다. 상상을 초월할 정도로 아팠다. 한 번도 겪어보지 못한 고통에 비명이 저절로 튀어나왔다. 살아 있을 때보다 더한 고통에 규는 몸부림쳤다. 묵비권을 행사하겠다는 결심은 하찮은 쓰레기로 버려지고 말았다. 규는 견디다 못해 악을 썼다.

"나는 죄가 없단 말이야! 물건을 훔친 적도 없고, 누구를 때린 적도 없고 속인 적도 없는데, 무슨 죄가 있다고 이러는 거야?"

규는 큰 소리로 일원법신에게 따졌다. 일원법신이 빙그레 웃으며 규를 바라보았다.

"나는 다만 구원받고 싶었다고요."

규의 악다구니에 일원법신이 손짓하자 남신들이 물러났다.

"아주 맹랑한 꼬마로구나. 하나는 너무 소심하고, 또 하나는 너무 잘났도다."

"저는 지은 죄가 없다니까요?"

규가 다시 무죄를 주장했다.

"지은 죄가 없다?"

일원법신은 규의 말에 고개를 끄덕이더니 먼 하늘을 바라보았다. 그 사이에 혼절했던 나래가 깨어났다. 한참 뒤에 일원법신이 따뜻한 눈길로 규와 나래를 빤히 쳐다봤다.

"네게 묻겠다."

일원법신이 나래를 가리켰다. 나래가 놀란 표정으로 일원법신을 올려다보았다.

"콩 심은 데 콩 나고 팥 심은 데 팥 난다. 이 말의 뜻을 아는고?"

일원법신의 질문을 받자마자 나래는 뒷걸음질을 치며 "몰라요. 제발 살려주세요"라고 애원했다.

"겁먹지 말고. 그냥 솔직하게 대답해봐라. 정말 몰라?"

일원법신이 다시 물었다.

"정말 몰라요."

새파랗게 질린 나래가 고개를 푹 숙이며 간신히 대답하자 일원법신이 혀를 끌끌 찼다.

"너는?"

　일원법신이 규를 가리켰다.

"그걸 모를까봐서요? 당연히 알죠. 콩을 심었으니 콩이 나고, 팥을 심었으니 팥이 나겠죠."

　규가 씩씩하게 대답했다. 일원법신이 호탕하게 웃었다.

"신제는 들거라. 한 녀석은 너무 소심해서 무엇이든지 피하려 들고, 한 녀석은 헛똑똑이라 다 안다고 생각하는구나. 더구나 저 잘난 녀석의 머리 꼭대기에는 수탉이 앉아 있고, 기다란 뱀이 목을 목도리처럼 휘감고 있으며 배에는 돼지 한 마리가 들어 있구나. 저 소심한 여자애도 다르지 않다. 수탉과 뱀과 돼지가 모두 한몸이로다. 그것을 스스로 보지 못하는 것이 문제로다. 본디 자기 살인자에 대한 심판은 더욱 가혹하고 특별하게 진행되어야 하느니. 저들에게 카르마의 거울을 세세히 보여주고 또한 한 치도 어긋남이 없이 저울에 정확하게 달도록 하라."

　일원법신의 말에 신제가 와서 규와 나래를 심판장에서 나가라고 명령했다. 나래는 순순히 따라 나섰지만, 규는 신제의 손을 뿌리치며 반항했다. 보다 못한 일원법신이 도르제로 규의 머리를 슬쩍 쳤다. 규는 그 자리에서 청소기에 빨려드는 먼지처럼 무언가에 빨려 들었다.

6

물에 빠졌다.

몸이 아래로 가라앉았다. 겨우 몇 초 만에 숨이 막혔다. 물 밖으로 나가야만 살 수 있다는 생각에 온몸으로 헤엄쳤다. 그런데 몸은 올라가지 않고 자꾸만 가라앉았다. 입이 열렸고 물이 목구멍으로 밀려 들어왔다. 숨이 컥컥 막혔다. 깊은 바닥으로 몸이 서서히 가라앉았다.

'아, 이게 죽는 거구나.'

그 순간 지나온 삶이 주마등처럼 뇌리에 스쳐 지나갔다. 엄마, 아빠, 할머니, 동생의 얼굴과 가족에게 잘못했던 순간들이 영화처럼 떠올랐다가 사라졌다. 호흡이 끊기기 직전이었다. 규는 아득한 심연으로 빠져들었다. 물속에서 빠져나오려고 노력했으나 끝내 빠져나오지 못하는, 심지어 혼절했으나 정신은 또렷한, 괴로운 현상이 길게 이어졌다. 흉측한 가위였다.

가위에서 간신히 깨어났다. 하얀 옷을 입은 소녀가 맨 먼저 눈에 띄었다. 규는 소스라쳐 놀라 벌떡 일어났다. 아까 봤던 괴물 같은 존재들과는 완전히 다른, 선녀의 미소를 가진 존재가 있다는 게 믿어지지 않았다.

"아, 안녕하세요."

규는 심하게 말을 더듬으며 간신히 인사했다.

"안녕. 나는 바리야."

바리가 다정한 목소리로 말을 건넸다. 은쟁반에 옥구슬이 구르는 소리가 있다고 하더니, 과연 영롱한 목소리였다. 목소리만으로 규는 위로가 되었다. 규는 넋을 놓고 바리를 바라보았다.

"왜, 내 얼굴에 뭐 묻었어?"

바리가 물었다.

"아, 아니요."

규는 얼른 바리의 얼굴에서 눈을 떼며 물었다.

"그런데 누구세요?"

"나는 이제 겨우 일만칠천 살쯤 된 어린 여신이란다. 저승으로 따지면 열일곱 정도? 여기에서 버림받은 령들을 위로하는 일을 하고 있단다. 그런데 너는 어쩌다가 이렇게 일찍 여기로 왔느냐?"

질문과 동시에 바리의 눈동자에서 맑은 눈물이 한 줄기 쏟아져 내렸다. 그만 가슴이 뭉클해져서 규는 대답을 찾지 못하고 얼버무렸다.

"그, 그렇게 됐어요."

"저런, 스스로를 버렸구나. 어쩌면 좋으니? 네 어미는 어쩌라고? 쯧쯧."

바리가 울었다. 규의 가슴도 슬픔으로 꽉 차서 그만 먹먹해졌다. 바리의 눈물은 규를 흠뻑 적셨다. 규는 바리가 우는 동안에 이러지도 저러지도 못했다. 폭포처럼 울고 난 뒤에 바리가 하얀 손수건으로 얼굴을 톡톡 두드려 눈물을 닦았다. 여신도 여자라, 눈물을 닦을 때도 예쁘게 닦아야 하는가 싶었다. 규는 바리한테서 운주를 보았다.

"너는 여기가 어딘지 잘 모를 터이니, 잘 들어. 여기는 이승과 저 승 사이의 중음이라는 곳이야. 다른 말로는 가운데 하늘, 바르도라고 불러. 뭐 연옥이라고 할 수도 있고. 명칭이야 어찌 되었든 여기서 너는, 너의 자살에 대해 심판을 받아야 해. 자살은 생명 모독죄와 생명 포기죄에 속해. 최악의 죄악이기 때문에 냉정하고 가혹하게 심판을 받아야 할 거야. 하지만 심판을 받지 않을 자유의 기회가 몇 번 주어지기도 해. 그것을 놓쳐서는 안 되지만 그 기회를 잡기가 결코 쉽지 않아. 몇 억의 령체 중에 하나만 겨우 가능할 뿐이야. 그만큼 어렵다는 뜻이지."

바리가 차분하게 설명했다.

'무슨 말이야 대체? 도무지 알아들을 수가 없네.'

규가 속으로 툴툴거렸다.

"툴툴거려도 소용없어. 네가 죽었든 살았든 세상에 쉬운 것은 하나도 없단다. 어렵다고 피해갈 수 있는 것도 없지."

바리의 말에 규는 깜짝 놀랐다. 독심술을 하나? 어떻게 저리도 정확하게 마음을 읽어낼 수가 있지? 하는 생각에 자신도 모르게 바리의 눈길을 피했다.

"가능하면 피하고 싶어요."

규가 솔직하게 말했다.

"피해갈 수 없어. 내 동생 같아서 해주는 말이니, 잘 들어. 알았지?"

바리의 말에는 거부할 수 없는 힘이 담겨 있었다. 규는 고개를 끄덕였다.

"너는 이미 한 번 죽었기 때문에 심장이 찢기고 머리가 잘려도 죽지 않아. 그렇다고 다시 살아나는 것도 아닌 중간 상태의 존재로 가운데 하늘을 여행하게 될 거야. 너는 인간이 아니라 령이야. 나를 비롯한 신들은 너를 령체라고 부른단다. 령체는 너의 카르마로 이루어져 있지. 카르마는 네가 저 세상에서 쌓은 업이야. 곧 네 마음 그 자체이기도 해. 몸은 마음의 집이고, 마음은 몸의 길이야. 또한 마음은 그 어떤 물리의 법칙도 적용되지 않는 절대성의 세계에 속해 있고, 몸은 물리의 법칙이 적용되는 상대성의 세계에 속해 있어. 너는 상대성의 세계에서 물리적으로 목숨을 끊었고 그리하여 여기로 넘어왔어. 령체인 너는 시공간을 초월해 넘나들 수 있어. 너는 물질로 이루어진 육체가 아니라는 점을 명심해. 너는 바위나 언덕, 돌멩이나 흙, 집 나아가 히말라야, 즉 수미산까지도 통과할 수 있는 능력을 가졌어. 너는 네가 원하는 곳이면 그곳이 어디라 할지라도 눈 깜빡할 정도의 시간에 다다를 수 있어. 다만 어머니의 자궁으로는 돌아갈 수가 없어. 여기 가운데 하늘은, 이승과 저승 사이의 절대적 공간이면서 동시에 심판의 세계야. 너는 무지한 존재로서 가운데 하늘의 위험한 길을 수배자처럼 떠돌게 될 거야. 여기 카르마의 거울이 있어. 그것을 보면서 스스로의 무지와 죄악을 깨닫지 못한다면, 너는 영원히 네가 그토록 벗어나고자 했던 지옥에서 빠져나오지 못할 거야. 어린 나이임에도 너는 실존의 절망을 이야기했다고 전해 들었어. 그것이 무엇인지 알기나 해? 네 몸에서 들려오는 수탉의 꾸꾸 하는 소리, 뱀의 쉭쉭거리는 소리, 돼지의 꿀꿀거리는 소리가 바로 너의 실존이야. 즉, 탐진치가 너의 실존이라는 것이지. 카르마의 거울을 보면서 스스로 저울에 마음을 얹어놓아야 해. 그렇게 하지 못한다면, 너는 어떤 경우에도 구원받지 못할 거야. 나는 친구의 마음으로 이 말을 네게 전하는 거야. 그럼 행운을 빌어."

홀연히 바리가 사라졌다. 순식간의 일이라 눈으로 보고도 믿어지지 않았다. 남은 것은 눈물을 닦던 손수건뿐이었다.

"질문이 있어요!"

규가 말했다. 메아리도 없이 규의 질문은 허공으로 흩어졌다. 다시 "질문이 있다니까요?"라고 소리친 후 규는 대답을 기다렸다. 흐린 하늘에 뿌연 먼지만 가득할 뿐, 아무리 기다려도 까마귀 한 마리 나타나지 않았다.

규는 사막처럼 황량한 곳에 홀로 서 있을 뿐이었다. 손에는 청동 거울과 저울을 하나씩 들고 있었다. 거울과 저울이 언제 어디서 누가 주었는지 기억나지 않았다. 작고 앙증맞은 거울과 저울을 이리저리 살펴보는데 마치 꿈을 꾸는 것만 같았다. 기분 좋은 꿈이 아니라 찜찜하고 찝찝한 흉몽이었다.

'이까짓 게 뭐야?'라고 속으로 중얼거리며 손에 들고 있던 거울과 저울을 멀리 던져버렸다. 규는 그저 앞을 향해 터벅터벅 걸었다.

한참을 걸어갔더니 넓은 강이 나왔다. 누런 물결로 하염없이 출렁거리며 흘러가는 강을 보는데 문득 건너편에서 도시의 풍경이 아스라이 떠올랐다. 도시의 한복판에 있는 작은 산, 가로수들과 꽃길, 도로를 오고 가는 자동차들과 아파트와 집들, 언덕에 서 있는 학교 그리고 사람들의 모습이 아마존 정글 속의 개미처럼 보였다.

강 하나를 사이에 두고 이승과 저승이 갈려 있다니, 신비했고 또한 두려웠다. 규는 강둑에 앉아 건너편의 도시를 물끄러미 바라보았다. 두고 온 저곳이 아쉬워서가 아니었다. 아니다. 어떤 후회 같은 것이 마음에 떠올랐는지도 모르겠다.

시간이 흘러 건너편 하늘이 점차 어두워지자 도시 곳곳에 불빛이 하나둘 나타났다. 오래지 않아 도시는 불야성이 되었지만 이곳 가운데 하늘은 어두워지지도 밝아지지도 않았다.

시간이 정지된 것처럼 느껴졌고, 시간에 따른 공간의 변화도 없었다. 한참을 그렇게 앉아 있는데 갑자기 뒷덜미가 서늘해졌다. 누군가가 천천히 다가오는, 그런 인기척이 느껴졌다. 무서운 기분이 들어 돌아봤다. 아까 보았던 나래라는 여학생이 마치 귀신처럼 머리를 풀어헤치고 뒤에 서 있는 게 아닌가. 너무 귀신 같아 하마터면 비명을 지를 뻔했다.

"이거, 니 꺼 같아서……."

나래가 조심스레 거울과 저울을 내밀었다. 아까 규가 버렸던 거울과 저울이었다.

"버린 건데. 왜 주워왔어? 버려."

규는 까칠하게 말한 뒤 고개를 돌렸다.

"잃어버린 줄 알고. 미안해."

나래가 사과했다. 규는 나래의 사과에 대해 무어라 대꾸하지 않았다. 나래는 당황스러워 어쩔 줄을 모르고 규의 청동거울과 저울을 쳐다보았다. 괜히 주워왔다는 후회가 밀려들었다. 그렇다고 주인이 빤히 있는데 버리는 것도 좀 이상했다. 나래는 용기를 냈다.

"이거 어떻게 해?"

"됐어. 나는 그거 필요 없어. 아무 데나 버리라고! 아, 귀찮아. 그리고 머리 좀 묶든지 어떻게 좀 해! 귀신처럼 그게 뭐야?!"

규가 고함을 질렀다. 솔직히 귀신처럼 하고 다니는 나래 때문에 화가 난 건 아니었다. 스스로한테 화가 났는데 애꿎게도 나래한테 화풀이를 한 셈이었다.

나래가 머리를 귀 뒤로 넘기니 머리카락에 가려져 있던, 예쁘지도 밉지도 않은, 창백한 소녀의 얼굴이 드러났다. 규는 나래를 차갑게 외면하고 돌아섰다. 정말이지 지금의 상태가 너무 귀찮았다. 가운데 하늘이라니? 이런 곳이 있는 줄도 몰랐다. 규는 초기화를 꿈꾸면서 지옥을 각오했었다. 지옥으로 곧장 갈 줄 알았는데 가운데 하늘이라는 엉뚱한 곳으로 온 것이었다. 규는 여기가 싫었다.

일원법신, 신제, 그리고 바리까지 가운데 하늘에 대해 말해주었지만 사실 규는 뭐가 무언지 도무지 알 수 없었다. 바리라도 옆에 있다면 이것저것 물어보기라도 하련만…… 바리는 가버렸다.

규는 다시 걸었다. 얼마 지나지 않아 "이거 어떻게 해?" 하며 나래가 규의 소매를 잡았다.

"버리라고!"

규가 버럭 소리를 질렀다. 나래가 풀썩 주저앉더니 손으로 머리를 감쌌다. 규의 마음이 슬그머니 약해졌다.

"이리 줘."

나래는 규와 눈도 마주치지 못하고 거울과 저울을 내밀었다. 버렸던 거울과 저울을 다시 들고 규는 강변을 떠나 지평선을 향해 걸어갔다. 나래는 죽어서도 까이고 따를 당하는구나 싶어 그만 울고 싶어졌다. 나래는 적당한 거리를 유지한 채 규의 뒤를 따라 걸었다. 규는 화가 나서 돌멩이를 발로 차며 한참을 걸어가다가 인기척이 느껴져 걸음을 멈추고 돌아봤다. 돌아보니 나래가 열 걸음쯤 뒤에서 따라오는 게 보였다. 우연히 방향이 같을 수도 있겠거니 하면서 다시 걸었다.

아무리 걸어도 지평선은 가까워지지 않았다. 나래는 규를 따라 줄기차게 걸어왔다. 딱 한 번 따라오지 말라고 규가 소리쳤다. 그래도 나래는 규의 뒤를 따랐다. 혼자 무서워 벌벌 떠느니 구박을 받으면서도 따라가는 게 낫다고 생각했다.

"우씨, 또 여기네."

지평선을 향해 걸었는데 다시 강이 보이자 규는 강둑에 털썩 주저앉았다. 조금 거리를 두고 나래도 다소곳이 앉았다. 어색한 침묵이 길게 이어졌다.

"서쪽으로 가면, 궁궐도 있고 꽃밭도 있어."

나래가 조심스럽게 입을 열었다.

"뭐 궁궐과 꽃밭? 여기에 그딴 게 어디 있어! 거짓말이지?"

규는 나래의 말을 믿지 않았다. 규가 본 것은 사막보다 더 황량한 끝없는 벌판뿐이었다.

"거짓말 아니야. 내가 봤어."

나래가 나직하지만 단호하게 말했다.

"날 따라오면 볼 수 있어."

규가 나래의 얼굴을 빤히 쳐다봤다. 나래는 얼굴을 돌리지 않았다.

"그래, 가 보자."

규가 나래를 따라 나섰다.

7

길이 있다.

가깝고 쉬운 길도 있고, 멀고 험한 길도 있다.

집이 있다.

평화로운 집도 있고, 아귀다툼이 있는 집도 있다.

세상의 모든 길은 집에서 시작되고 집에서 끝난다.

길이 사라지면 집도 사라지고 집이 사라지면 길도 사라진다.

뻔히 아는 길이라고 해서 따라 나섰지만, 길은 끝이 없고 여러 갈
래로 나뉘어졌다가 또 모이곤 했다. 길의 끝에는 또 다른 길이 있
다. 걷다보면 어김없이 갈림길이 나타났다.

갈림길 앞에서 늘 고민하는 게 사람이다. 가지 않은 길을 갈 것인

지, 익숙한 길로 갈 것인지. 가지 않은 길은 호기심으로 뻗어 있고 가 보았던 길은 익숙하고 편안하게 이어졌다. 호기심에는 불안이 따른다.

결국 조금 편하고 쉬운 길을 선택해서 걷기 시작하는데…… 오래지 않아 가시밭길이 펼쳐진다. 어제의 길은 오늘의 길이 아니다. 가 보았던 길 또한 가 보았던 길이 아니다. 조금이라도 다르게 변해 있다.

그리하여
지상에 쉬운 길은 없다.

"야, 정말 있기는 있는 거야?"
규가 버럭 화를 냈다.
"분명히, 봤는데…… 미안해."
나래가 울상을 지었다.
"아, 씨바. 이 길이 맞긴 맞아?"
나래는 규의 말을 '너 바보지?'로 들었다. 순간 앞이 캄캄해졌다. 정녕코 바보로 무시당하고 싶진 않았다. 정신을 바짝 차리고 주변 풍경을 자세히 살펴보았다. 작은 산등성이와 등성이 사이로 가느다란 오솔길이 휘어져 돌아갔고, 그 길의 끝에 파란 물결 같은 게 보였다. 파란 물결을 보니, 반가웠다. 호수 옆에 궁궐이 있었고, 서쪽 건너편에 꽃밭이 있는 것을 기억해냈다.

"저기 뒤에 보이는 것 같은데."

나래는 손가락으로 산등성이를 가리켰다. 규가 나래의 손가락 끝을 보았다.

"아니, 손가락 끝 말고 저기."

나래가 규의 시선을 산등성이 너머로 돌렸다. 나래의 손가락이 가리킨 곳을 보았지만 그곳에는 아무것도 보이지 않았다. 규가 고개를 흔들었다.

"진짜야, 있을 거야. 가보자."

나래가 먼저 앞장섰다. 가깝고 평탄한 길처럼 보였는데 막상 걷기 시작하니 멀고 험한 길이었다.

눈에 보이는 것이 전부가 아니었다. 실제로 걸어보니 길이 속살을 드러냈다. 먼지와 가시와 자갈이 섞인 길의 속살을 걸으면서 규는 속으로 끊임없이 툴툴거렸다. 산등성이로 올라가는 오르막길을 걸을 때에는 숨이 가빠 욕지기가 터져 나오려고 했다.

마침내 산등성이에 올랐다. 등성이에 오르면 시야가 툭 트일 것으로 기대했는데 또 다른 산등성이가 겹겹이 포개져 있을 뿐이었다. 나래를 한 대 쥐어박고 싶었지만 화를 낼 힘도 없었다. 그저 헛헛했다.

나래는 순간 멍해졌다. '내가 정말 바보인가?'라는 생각까지 들었다. 이런 어처구니없는 실수를 반복하다니…… 창피했다. 나래는 규의 얼굴을 똑바로 쳐다볼 용기가 나질 않아 먼 산등성이만 바라보았다. 어서 여기를 떠나 저 산등성이를 향해 가고 싶었다. 그곳에 간다고 해도, 반드시 궁궐과 꽃밭이 있으리라는 확신이 서질 않았다.

규는 두 팔을 활짝 벌리고 산등성이로 불어오는 거친 바람에 온몸을 맡겼다. 조금 전까지만 하더라도 짜증만 내던 그 아이가 아니라, 아름다운 소년처럼 보였다. 나래는 용기를 내기로 했다.

"미안해, 여기가 아닌가봐."

규의 등을 보며 조심스레 입을 열었다.

"괜찮아. 뭐 그럴 수도 있지."

규의 대답에 나래는 속으로 은근히 놀랐다. 아무렇지도 않다는 대답을 들으니 마음이 조금 편해졌다. 아까 오르막길을 오를 때, 혹시라도 궁궐과 꽃밭이 보이지 않을까봐 걱정하고 두려웠던 마음이 조금은 누그러졌다.

"돌아갈까?"

나래의 질문에 즉시 대답하지 않고, 규는 나직하게 휘파람을 불었다. 노래는 아니었다. 그저 허공을 향해 혹은 바람을 향해, 그 속에 있을지도 모를 그 무언가를 불러보는 령의 소리였다. 휘파람을 분 뒤에도 규는 한참 동안 침묵 속에 서 있었다.

"어디로?"

긴 침묵을 깨고 규가 짧은 질문을 툭 던졌다.

길은 있으되 집이 없으니, 어디로 돌아간단 말인가? 강 건너 저쪽에는 집이 있지만 여기엔 집이 없다. 집이 없으면 돌아갈 곳이 없다.

"어디로 가냐고?"

규가 다시 물었다. 진심으로 알고 싶었다. 이번엔 나래가 대답을 못하고 길게 침묵했다. '나도 몰라'라고 대답하고 싶었지만 침묵으로 대신했다.

"암튼 내려가긴 하자. 가다보면 어디로든 가게 되겠지."

규가 체념한 듯 말했다. 나래가 먼저 몸을 돌려 내리막길로 접어들었다. 똑같은 길이지만, 조금 전까지는 오르막길이었고 지금은 내리막길이었다. 등성이를 향해 오를 때에는 오르막이라서 숨이 찼고, 내려갈 때는 내리막이어서 후들거렸다. 올라갈 때나 내려갈 때나 서로 다른 모양으로 힘이 들었다. 내리막길이 조금 쉬운 정도에 불과했다.

"아~! 저기 있다."

앞서 내려가던 나래가 걸음을 멈추고 짧게 탄성을 질렀다. 나래의 손가락이 가리킨 곳을 보니 갈림길에서 그다지 멀지 않은 곳에 파란 물결의 호수와 작은 궁궐이 보였다. 가운데 하늘에 와서 처음 보는 아름다운 풍경이었다.

"……."

신비로운 풍경에 규는 말을 잃었다.

"거봐, 내가 분명히 봤다고 했잖아."

나래가 뻐기듯이 말했다. 무엇보다도 헛것을 본 게 아니라는 생각에 기뻤다.

"가보자."

이번에는 규가 앞장섰다. 규는 바람처럼 호수를 향해 내달렸다.

아까 산등성이를 향해 갈 때와는 전혀 다른 느낌의 속도였다. 그 느낌은 같은 길, 다른 마음에서 나왔다. 길이 짧아진 것도 아니었다.

호수의 물결은 잔잔했다. 규와 나래는 호숫가를 걸어 궁궐의 대문을 향해 걸어갔다. 사막보다 더 황량한 벌판의 한가운데에 느닷없이 호수와 궁궐이 있다는 게 너무 신기했다. 호수 서쪽 건너편에는 꽃밭도 보였다.

"원천강. 무슨 뜻이지?"

대문에 걸린 현판을 읽으며 규가 나래에게 물었다.

"나도 몰라."

나래가 고개를 저었다.

"궁이 아니라 강이라고? 이상하네."

규가 고개를 갸웃했다.

"흐르는 강물이 아니니까 그 강의 강이 아니겠지. 일단 들어가 보자."

나래가 대문으로 향했다.

"멈춰라!"

그 순간, 우레와 같은 소리가 들리더니 갑옷 차림에다 일월도를 든 구척장신의 수문장이 나타났다. 나래와 규는 놀라서 뒤로 물러섰다. 수문장은 사찰을 지키는 사천왕처럼 생긴 괴물이었다.

"어디서 감히? 여기 원천강은 신성한 곳 중에서도 신성한 곳. 더구나 악의 흑령체는 두말할 나위도 없다. 썩 꺼지지 못할까!"

수문장이 소리쳤다. 나래는 겁에 질려 그만 털썩 주저앉았다. 규도 느닷없이 달려 나온 수문장을 보고 깜짝 놀라 뒤로 물러났다. 놀란 가슴을 쓸어내리며 규는 수문장을 가만히 쳐다보았다. 흉측한 몰골에다 성질도 더러워 보였다. 그래도 은근히 부아가 치밀었다. 좋은 말로 해도 되는 것을 화부터 내다니, 약이 바짝 올랐다. 규는 대문을 향해 말없이 걸었다.

"네 이놈, 여기가 어디라고 감히!"

수문장이 일월도를 고쳐 잡으며 소리쳤다.

"이리 오너라! 문 열어라!"

규는 사극의 한 장면을 흉내 내며 목소리에 힘을 줬다.

"여봐라, 웬 소란이냐?"

대문 안에서 고운 목소리가 울려나오더니 잠시 후, 소녀 하나가 사뿐사뿐 걸어 나왔다. 선녀의 모습 그대로인 소녀였다. 바리인가 싶어 자세히 보았지만 바리는 아니었다. 소녀가 대문에 이르자 수문장이 깊게 몸을 숙여 인사했다.

"소란스럽게 하여 죄송하옵니다, 신녀님. 이 령체들이 원천강에 들어가겠다고 하여……."

수문장이 머리를 조아린 채 말했다. 그러자 신녀가 규와 나래를 훑어보았다. 나래는 얼른 목례를 했지만 규는 왠지 어긋나고 싶어 일부러 꼿꼿하게 머리를 들었다.

"나는 원천강의 신녀 '오늘이'라고 한다. 보아하니 너희들이 바리가 말한 그 령체들이로구나. 중천에 온 지 며칠 되지 않은 것으로 보이는데…… 너희들을 떠돌게 한 하늘의 섭리조차 모르고, 쯧쯧."

오늘이 신녀가 연민을 가득 담은 눈길로 혀를 찼다. 규는 '이름이 오늘이가 뭐야? 촌스럽게'라고 생각했다.

"여기 원천강은 우주의 시간을 담당하는 곳이니라. 섭리에 의해 출입이 허락된 신들을 제외하고는 심지어 일원법신님조차도 함부로 드나드는 게 금지된 곳이니, 너희들은 말할 것조차 없느니라. 호수 건너편 서천꽃밭도 마찬가지니라. 꽃밭에 가게 되는 것은 너희들의 카르마에 따른 것이지, 너희들의 의지가 아니니라."

오늘이의 말을 규는 한 귀로 듣고 한 귀로 흘리다가 문득 우주의 시간을 담당한다는 게 무슨 뜻인지 궁금했다.

"저기……요. 우주의 시간을 담당한다는 게 무슨 뜻인지……요?"

조심스레 규가 물었다. 규의 질문에 오늘이가 빙그레 웃었다. 그 웃음에 온 세상이 환해지는 느낌이었다.

"으음, 말하자면 달이 지구를 도는 시간을 관리하고, 지구가 태양을 도는 시간을 관리하는 거야. 태양이 태양계를 도는 시간도 관리하고. 그리하여 일 년과 사계절과 꽃이 피는 시간과 꽃이 지는 시간, 열매가 맺는 시간과 열매를 따는 시간을 세심하게 조절하고 관리하는 곳이 바로 여기 원천강이란다."

오늘이가 친절하게 대답했다.

"정말……요?"

규는 오늘이의 말을 믿을 수가 없었다. 직접 눈으로 보고 싶었다.

"믿고 안 믿고는 네 마음이지. 내 마음이 아닌 것을 어떻게 하겠느냐?"

오늘이가 웃으며 말했다. 그 웃음에 규의 의심이 눈 녹듯 녹는 기분이었다. 들어오지 말라는 데 굳이 애를 쓰고 들어갈 필요는 없었다. 또 애를 쓰고 싶은 마음도 없었다. 하지만 신녀 오늘이는 너무 예뻤다. 묘한 매력이 흐르고 넘쳤다. 규는 오늘이한테서 눈을 떼지 못했다. 나래가 규의 옆구리를 쿡 찔렀다. 그러거나 말거나 규는 오늘이의 얼굴을 홀린 듯이 바라보았다.

"야, 그만 좀 봐. 내가 다 민망하다."

나래가 소곤거렸다.

"네가 왜 민망해?"

규가 되물었다.

"그렇게 노골적으로 얼굴을 쳐다보면 어떡해?"

나래가 핀잔을 주었다.

"뭐 어때? 예쁘잖아."

규가 나래를 향해 혀를 삐죽 내밀었다.

"너도 남자라 이거지?"

나래도 혀를 삐죽 내밀었다.

두 령체가 투닥거리는 것을 오늘이는 기꺼운 마음으로 바라보았다. 오늘이도 열여섯 살이어서 비슷한 또래를 보니 무척 반가웠다. 겉으로는 아닌 척했을 뿐이었다. 오늘이는 지난 억만년 동안 언제나 열여섯 살이었다. 이름처럼 언제나 오늘을 살고 있기 때문이었다. 오늘이는 원천강에서 우주의 시간을 관리하는 신녀로 살아왔다.

"이름이 왜 '오늘이'……예요?"

궁금한 것을 참지 못하고 규가 기어이 묻고 말았다.

"너는 왜 이름이 우규니? 그 뜻을 새기면 어리석은 별이란 뜻이지? 어리석은 별이면, 똥별?"

오늘이가 되물었다. 옆에서 듣고 있던 나래가 킥킥거리며 웃었다.

"웃지 마!"

규가 나래를 향해 인상을 팍 썼다. 나래는 웃음을 참아보려고 했지만 머릿속에 '똥별'이 떠오르자 또 웃음이 터졌다. "크크, 별똥별도 아니고 그냥 똥별이래."

나래가 혼자 중얼거리며 웃었다.

"웃지 말라니까!"

화가 나서 자신도 모르게 목소리가 높아졌다. 그 바람에 나래가 화들짝 놀라며 오늘이 뒤로 숨었다.

"야, 똥별! 너는 농담에도 화 내? 뭐 이런 애가 다 있어?"

오늘이가 정색을 하고 규를 꾸짖었다.

"아니 뭐, 그게, 뭐, 아니구……요."

얼굴이 벌겋게 달아오른 규가 말을 잇지 못하고 얼버무렸다.

"네, 이놈, 감히!"

수문장이 일월도를 고쳐 잡고 규한테로 왔다.

"뒤로 물러서거라!"

오늘이가 수문장에게 명령했다. 수문장은 명령을 듣자마자 일체의 대꾸도 없이 뒤로 물러섰다.

"시간에는 어제도 없고 내일도 없단다. 오직 그리고 언제나 오늘만 있지. 어제는 흘러가버렸기 때문에 없고, 내일은 아직 오지 않았기 때문에 없다. 하지만 어제가 없으면 오늘이 없고, 오늘이 없으면 내일도 없단다. 모든 오늘은 어제의 과정이고, 모든 내일은 오늘의 과정에 있는 법. 그것이 시간의 법칙이며 생의 진실이니라. 여기 원천강은 그 시간을 관리하는 곳이다. 이제 여기를 떠나도록 하여라. 여기는 봉금(封禁)된 신의 땅. 다시는 오지 말거라. 이번에는 한 번 용서해주지만 다음에는 어림도 없다. 어서 떠나거라.”

오늘이가 말했다.

오늘이의 예쁜 얼굴과 엄숙한 표정은 서로 어울리지 않았다. 그 바람에 규가 피식 웃었다. 오늘이가 규를 흘겨보았지만 그마저도 황홀하게 아름다웠다.

규는 오늘이한테 가까이 다가갔다. 단테가 베르길리우스와 함께 다니다가 베아트리체를 만났던 것처럼, 오늘이가 베르길리우스도 되고 베아트리체도 되었으면 하는 마음이 생겨났다.

“가운데 하늘을 떠돌다 보면 바리 신녀님을 만날 터, 바리에게 내 안부나 전해다오. 바리는 버림받은 령들을 위해 존재하는 신녀이니 너희들을 위해 울어줄 수도 있어. 자, 너희들 마음에서 나를 지우고 어서 떠나라!”

이 말을 남기고 오늘이가 원천강으로 들어갔다. 그 순간, 원천강도 파란 물결의 호수도 호수 건너편의 꽃밭도 홀연히 사라졌다. 남은 것은 가운데 하늘의 황량한 풍경과 규와 나래뿐이었다.

8

다시 강둑이라니, 짜증이 확 몰려왔다.

몇 걸음 떨어진 곳에 나래가 앉아 있다.

'혹시 여기는 뫼비우스의 띠처럼 꼬여 있는 데인가? 그럴 수도 있겠네. 그럼 뫼비우스의 띠에 갇힌 거야? 끝인 줄 알았는데……초기화를 꿈꾸었는데, 살아 있을 때나 죽었을 때나 뜻대로 되는 게 하나도 없구나, 제기랄.'

마음이 답답해 한숨을 쉬는데 저울의 왼쪽 접시에 검은 조약돌 하나가 댕그랑 소리를 내며 담겼다. 누군가가 바로 옆에서 던져 넣은 것처럼 검은 조약돌이 접시에 정확하게 떨어진 것이었다. 규는 나래를 의심했다. 하지만 나래는 규와 저만치 떨어져 앉아 있었다.

나래는 거울을 만지작거렸다. 규는 나래의 거울이 궁금해서 살며시 다가갔다. 나래는 규의 기척이 느껴지자 재빨리 거울을 숨겼다.

"뭘 숨겨?"

"아, 아무것도 아……."

나래가 심하게 말을 더듬었다.

"뭐가 아무것도 아냐? 거울을 봤잖아? 나도 좀 보자."

규는 나래가 뒤로 숨긴 거울을 빼앗으려고 들었다. 나래가 뒤로 물러나며 울상을 지었다. 그게 더 재미있어서 규는 조금 더 다가섰다.

"오지 마, 제발 오지 마. 무서워."

나래는 새파랗게 질려 규한테 애원했다. 규는 나래의 과도한 반

마음오를꽃

응에 더 재미를 느껴, 멈추지 않고 다가갔다.

"여기서 뛰어내릴 거야!"

나래가 울며 강물로 뛰어들 자세를 취했다.

"못 뛰어들면, 내가 밀어줄게."

규가 나래를 놀렸다.

"나쁜 자식."

나래는 규를 원망스러운 눈길로 쳐다보더니 강물에 몸을 던졌다. 눈 깜짝할 사이에 벌어진 일이었다. 규는 깜짝 놀랐다. 댕그랑 하며 검은 조약돌이 접시에 담기는 소리가 들렸다. 규는 나래를 보았다. 나래는 물에 빠지지 않고, 물 위에 서 있었다.

아, 우리는 이미 죽어서 육체가 없는 귀신이었지.

규는 자신이 령인 것을 깨달았다. 귀신인 나래의 눈에서 붉은 눈물이 흘렀다.

"미안해, 나와."

규가 사과했다. 나래는 원망의 눈초리를 거두지도 밖으로 나오지도 않았다. 규는 물 위를 걸어 나래한테 가서 손을 내밀었다. 나래가 규의 손을 탁 쳐버렸다.

"뭐, 싫으면 관두고."

규는 강둑으로 나갔다. 강둑에 서서 생각해보니 은근히 신경질이 났다.

"미안하다고 했잖아."

규가 소리를 지르자 화들짝 놀란 나래는 강물 위에 주저앉았다.

규는 한숨을 푹 내쉬었다.

"내가 잘못했어. 미안해."

사과의 말을 듣고 나래는 규를 빤히 쳐다보았다. 규의 얼굴과 눈빛에 어떤 진심 같은 게 담겨 있는 느낌이 들었다. 학교를 다닌 이후로 처음 듣는 진심 어린 사과였다.

한참 시간이 흐른 후, 나래는 마음을 풀고 강둑으로 올라갔다. 잠시 뒤에 나래가 용기를 냈다.

"내, 내가 보여, 줄게."

나래가 거울을 손에 들고 얼굴을 비쳤다. 거울에 얼굴이 비치자마자 나래가 그 속으로 빨려들었다. 전혀 예상치 못한 일이었다. 규가 거울 속으로 빨려드는 나래의 손을 잡았다.

나래와 규가 도착한 곳은 어느 대학병원 장례식장이었다.

빈소 앞의 접객실에는 나래의 친구들로 보이는 학생들이 삼삼오오 모여 앉아 심각한 표정으로 이야기를 나누고 있었다.

"친구들이 많네."

규가 말했지만, 나래는 반갑지 않은 표정을 지었다.

"안 반가워?"

"우리 반 애들이기는 하지만 쟤들 중에서 내 친구는 하나도 없어. 내가 따를 당할 때, 전부 모른 척했던 애들이야."

나래가 심드렁하게 대답했다.

"그랬구나. 나는 친구들이 많은데……."

규는 문득 친구들이 보고 싶어졌다. 그 사이에 나래는 국화꽃으로 단장한 자신의 빈소 앞에 섰다. 나래의 어머니가 머리를 풀어헤치고 바닥을 치면서 울고 있었다. 그 옆에 주먹을 불끈 쥐고 부들부들 떨고 있는 나래의 아버지가 보였다. 아버지는 무릎 꿇고 앉아 고개를 숙이고 있는 담임선생님을 죽일 듯이 노려보았다. 담임은 사십 대 후반의 남자 선생님이었다.

"이보슈 선생님. 애들 데리고 당장 꺼져. 무슨 염치로 여기 앉아 있는 거요?"

"죄송합니다."

담임이 울먹이면서 사죄했다.

"우리 나래 살려내. 나래 살려내라고!"

어머니가 울다 말고 담임을 쥐어뜯으며 악을 썼다. 담임의 목이며 뺨에 시뻘건 손톱자국이 거칠게 돋아났다. 담임은 때리면 때리는 대로 할퀴면 할퀴는 대로 피하지 않고 고스란히 견뎠다.

"우리 나래 어쩔 거야? 저 불쌍한 것을 어쩔 거야? 공부 가르쳐달라고 학교에 보냈지, 죽여달라고 학교에 보냈어?! 아이고 나래야, 아이고 나래야. 이 불쌍한 것아."

나래가 나서서 담임을 때리고 꼬집고 할퀴는 엄마를 말려보았다. 아무 소용이 없었다. 육체를 잃어버린 나래는 공기처럼 존재할 뿐, 살아 있는 사람들은 그 누구도 나래를 실감나게 느끼지 못했다. 게다가 령체는 현실에 개입하지 못하는 존재였다.

"죄송합니다."

담임은 오직 그 말만 되풀이할 뿐이었다. 나래는 담임이 불쌍하다는 생각이 들었다. 반에서 일어나는 일에 대해 담임 혼자만 모르고 지나가는 경우가 참 많았다. 나래는 애들한테 까이고 따를 당하면서도 홀로 끙끙 앓았다.

대부분의 애들은 나래가 따를 당하거나 교실 뒤편에서 은밀하게 당해도 그저 모른 척했다. 누구 하나 나서서 말리거나 보호해주는 아이들이 없었다. 나래가 보기엔 모두가 공범이었다.

"사는 게 지옥이었어. 학교도 지옥, 집도 지옥, 학원도 지옥. 그래도 사람이 지옥일 때가 젤로 힘들고 무서웠어. 사실 일진은 지들끼리 놀고 지들끼리 싸우니 별로 겁이 안 나는데, 일진도 아닌 평범한 애들이 그러는 건 정말 견딜 수가 없었어. 어느 날 문득 이 지옥에서 벗어나고 싶더라. 그래서 학교 옥상으로 올라가…… 너는 어땠어?"

나래가 불쑥 질문을 던졌다. 나래의 느닷없는 질문에 규는 약간 당황했다.

"나는, 그렇게 지옥은 아니었어. 성적도 상위권이었고, 엄마나 아빠도 나를 사랑했고, 사귄 지 백 일 넘은 여친도 있었고, 친구들과 사이도 좋았어……."

규가 말했다.

"그런데 왜?"

나래가 이해할 수 없다는 표정을 지으며 물었다.

"나도 잘 모르겠어."

있는 그대로 솔직하게 대답하기에는 조금 쪽팔렸다. 그때 어떤 남자가 빈소로 들어왔다. 남자의 몸에서 시체 냄새가 훅훅 풍겼다. 남자는 곧장 나래의 아버지한테로 왔다.

"잠시 좀 보실까요?"

남자의 말에 아버지가 말없이 일어났다. 나래가 두 사람의 뒤를 따랐다. 남자와 나래 아버지는 시체 보관실로 들어갔다.

보관실에는 냉기가 가득했다. 한복판에는 반들반들한 작업대가 놓여 있었고, 시체를 보관하는 자그마한 냉동고가 한 쪽 벽을 가득 채우고 있었다. 으스스하고 기분 나쁜 곳이었다.

남자는 냉동고의 한 칸을 열고 흰 천에 덮인 시체를 끌어냈다. 남자가 시체를 덮고 있던 흰 천을 걷어내니 나래의 얼굴과 몸이 드러났다. 옥상에서 시멘트 바닥으로 떨어지는 바람에 나래의 얼굴은 엉망으로 찢어지고 깨진 상태였다. 게다가 가슴이며 옆구리, 종아리와 허벅지까지 꼬집히고 맞고 긁힌 멍자국이 가득했다. 정말이지 성한 곳이 한 군데도 없는 몸이었다.

"아!"

나래가 짧게 절규하더니 순간적으로 몸을 향해 뛰어들었다. 육체를 잃고 방황하던 나래의 령이 옛 육체를 보자마자 그 속으로 들어가려고 하는 것은 저녁 무렵 새가 둥지로 돌아가는 것과 비슷한 일이었다.

나래의 령이 아무리 미친 듯이 옛 육체로 들어가려고 해도 굳게 닫힌 브라흐마의 구멍은 끝내 열리지 않았다. 나래는 그래도 포기하지 않고 몸속으로 들어가기 위해 안간힘을 쓰며 시체 위를 떠돌

왔다.

"그냥 장례를 치르시겠습니까? 아니면 성형하고 화장을 해드릴까요?"

남자가 물었다. 남자의 직업은 훼손된 시신을 화장해주고 고쳐주는 화장사(化粧士)였다. 딸의 망가진 몸을 보며 나래의 아버지는 끄응 끙, 온몸으로 신음을 토했고 병든 짐승처럼 몸을 떨며 진저리를 쳤다. 간신히 울음을 참아내는 나래의 아버지를 보자 규는 아빠와 엄마가 걱정되기 시작했다.

"얼마면 됩니까?"

흰 천으로 딸의 알몸을 덮으며 나래 아버지가 물었다.

"얼굴과 머리만 하면 삼백만 원이구요, 몸까지 하면 오백입니다."

화장사가 사무적으로 대답했다.

"따님이신 모양인데 이왕이면……."

화장사가 나래 아버지의 눈치를 보며 덧붙였다.

어차피 내일이면 불에 태워져 한 줌 재로 남을 몸인데…… 규는 어른들을 도무지 이해할 수가 없었다.

"오백이라……, 해주세요."

나래의 아버지가 힘없이 고개를 끄덕였다.

자신의 시체 위에서 슬퍼하고 있던 나래가 환하게 웃었다. 규는 '여자들은 죽어서도 성형이나 화장을 좋아하는구나'라고 생각했다.

"입금이 확인되면 작업을 시작하겠습니다. 이왕이면 현찰로 주시죠. 현찰로 결재해주시면 이십만 원 깎아드리겠습니다."

화장사가 어색한 웃음을 지으며 말했다. 나래 아버지가 무겁게 고개를 끄덕였다.

"아저씨, 내 몸의 모든 멍을 다 지워주세요. 하나도 남겨두면 안 돼요. 이왕 하는 거 콧대도 좀 세워주시고요. 알았죠?"

나래는 화장사에게 온갖 주문을 해댔다. 화장사는 주문을 알아듣지 못하고 나래의 옛 육체를 냉동고에 도로 밀어 넣었다.

규는 나래의 빈소에서 나와 허공을 천천히 걸었다. 걸었다기보다는 둥둥 떠갔다.

도시의 밤은 휘황찬란했다. 낮은 인간의 시간이고 밤은 정령(精靈)의 시간인데, 인간들은 안간힘을 다해 정령의 시간을 침범하려 노력했다. 하지만 인간들이 노력한다고 해도 도시에서 조금만 높이 올라가거나 멀어지면 밤이 첩첩했다. 인간들이 전기를 이용해 아무리 밤을 점령하려고 해도, 밤은 인간이 침범할 수 없는 거리에 존재했다. 손을 뻗으면 만질 수는 있으나 결코 잡히지 않는 그 거리.

허공에는 가운데 하늘의 길들이 복잡하게 얽혀 있다. 그것은 마치 수많은 도로와 골목으로 얽히고설킨 지상의 도로와 비슷했다. 가운데 하늘의 길에는 수많은 령체들이 살아남은 가족들이며 옛 육체의 흔적을 찾아 떠돌았다. 규도 그런 령체 중의 하나였다.

규는 오래전부터 알고 있었던 것처럼 허공을 배회하지 않고 곧장 자신의 빈소를 찾아 들어갔다. 제단은 아직 준비가 덜 된 듯 국화꽃만 몇 송이 있을 뿐 횅했다. 규는 '망자학생김우규신위(亡者學生金

愚奎神位)'라고 적힌 지방을 빤히 쳐다보았다. 기분이 묘했고 속이 울렁거렸다.

이어 규는 지방 앞에 엎드려 메마른, 새끼 잃은 짐승의 울음을 토해내는 엄마를 보았다. 그 옆에 검은 양복을 입은 아빠가 반듯하게 앉아 눈을 감고 있었다. 아빠는 가끔씩 온몸을 부들부들 떨었다. 입술을 살짝 깨물고 주먹을 움켜쥔 채 아빠는 창자가 끊어지는 슬픔을 견뎠다. 슬픔을 견딜 때마다 온몸이 떨렸다. 슬픔은 견딘다고 견뎌지는 게 아니다.

엄마와 아빠에게 정말 미안하고 죄송했다. 엄마의 손을 꼭 잡았다. 규의 손은 촛불을 흔들고 지나가는 바람처럼 엄마의 손을 스치기만 할 뿐, 손을 잡았다는 육체적 실감은 전혀 없었다. 규는 당황했다.

죽으면 모든 게 끝이라고만 생각했었다. 그러나 끝이 아니었다. 불안하고 불길한 무언가가 새롭게 시작되는 느낌에 규는 무척이나 혼란스러웠다. 솔직히 말하자면, 자살을 결심했을 때에만 하더라도 죽음 이후에 이러한 일련의 과정이 있을 것이라고는 상상도 못했었다.

검은 옷을 입은 창백한 얼굴의 여자가 허위허위 빈소로 들어왔다. 여자는 규의 신위 앞에서 온몸을 떨었다. 여자는 규의 담임선생님이었다.

통곡도 없이 이어지는 온몸의 경련.

선생님의 경련은 엄마의 울음도 잦아들게 만들었고 빈소를 깊은 침묵 속으로 빠져들게 했다.

길고 오랜 경련이 끝나자 선생님은 엄마와 아빠를 향해 큰절로 인사하고 빈소를 나갔다. 어떤 말도 남겨놓지 않고 떠나는 선생님의 그 텅 빈 뒷모습. 휘청거리는 그림자를 남기고 선생님은 빈소를 떠났다. 규는 멀어지는 선생님의 뒷모습에 인사를 했다.

잠시 후 초등학교 6학년인 동생 수가 쇼핑백 하나를 들고 빈소로 들어왔다. 수는 초점이 완전히 풀린 눈길로 두리번거렸다. 아빠가 일어나 쇼핑백을 받아 그 속에서 액자를 꺼냈다. 교복을 입은 규의 영정 사진이었다. 아빠가 제단에 사진을 올려놓았다.

환하게 웃고 있는 규의 사진을 보더니 엄마가 벌떡 일어났다. 엄마는 영정 사진을 가슴에 품고 세상이 떠나갈 듯 통곡하며 몸부림쳤다.

그 통곡에 접객실에 있던 규의 친구들이 우르르 빈소로 몰려왔다. 친구들도 규의 사진을 보더니 울음을 터트렸다. 멀찌감치 뒤에 서 있는 선생님은 주먹으로 입을 틀어막고 터져 나오는 통곡을 간신히 견뎠다. 하지만 폭포처럼 쏟아지는 눈물을 어찌지는 못했다. 대학을 졸업하고 첫 임용을 받아 첫 담임이 된 젊은 여선생님이었다.

"규야, 엄마가 잘못했어. 어서 돌아와. 엄마가 잘못했다니까. 어서, 제발, 돌아와 규야. 규야 나더러 어떻게 살라고, 어떻게…… 규야!"

영정 사진을 가슴에 품고 몸부림치던 엄마가 그만 혼절하고 말았다. 아빠가 벌떡 일어나 "여보 정신 차려, 여보!" 하면서 엄마의 뺨을 탁탁 쳤다. 수는 그 모습을 멍한 눈길로 바라보기만 했다. 규는 차마 보기 힘들어 고개를 돌렸다.

고개를 돌렸더니, 친하게 지냈던 열 명 가량의 애들이 일제히 무릎을 꿇고 앉아 사죄하고 있는 것이 아닌가. 아무 잘못도 없는 애들이 저러고 있는 게 싫어 규는 맨 앞에 있는 지훈이부터 일으키려고 했다.

"일어나 지훈아, 너는 아무 잘못도 없잖아."

규가 지훈의 손을 잡고 일으켰다. 규의 몸은 생명의 바람으로 구성된 령체여서 아무 소용도 없었다. 물리의 법칙이 적용되는 상대성의 공간에서 규는 그저 무기력한 존재였다.

지훈이는 둘도 없는 불알친구다. 지훈이는 그동안 전교 1등을 한번도 놓친 적이 없었다. 규는 지훈이 때문에 언제나 2등이었지만, 지훈이를 경쟁 상대로 생각해본 적이 없었다.

둘은 서로 꿈이 달랐다. 지훈이의 꿈은 물리학자였고, 규는 영화감독이었다. 아, 그것은 꿈이 아니라 미래에 갖고 싶은 직업이라고 담임이 교정해준 적이 있었다.

영화감독이 직업이라면, 감독으로서 어떤 영화를 만들고 싶은지 혹은 영화에서 어떤 장르를 선택해 표현하고자 하는 것을 찾아낼 것인지, 또한 어떤 인생을 살고 싶은지에 대한 철학적 지향이 꿈이라고 했다. 물리학자나 대학교수가 직업이라면, 아직 밝혀지지 않은 우주의 수많은 물리적 현상을 어떻게 해명하고, 초미립자의 세계에서 어떻게 우주를 발견할 것인가를 고민하는 게 꿈이라고 담임이 말했을 때, 규는 꿈과 직업이 서로 다르다는 사실을 그제야 비로소 알았다.

규가 스마트폰으로 영화를 찍을 때 지훈이는 기꺼이 옆에서 조연출 역할을 해주었다. 놀 때와 공부할 때가 정확하게 구분된 절친한 친구. 지훈의 눈에서 눈물이 주르륵 흘러내렸다. 서로 꿈은 달라도 언제까지나 함께하자고 우정을 맹세했던 친구. 이번 일로 우정의 맹세를 먼저 깨버린 것은 규였다.

아빠의 노력으로 엄마가 깨어났다. 친구들은 향불을 피우고 국화꽃을 영정 앞에 놓고 접객실로 돌아갔다. 제단 앞은 다시 깊은 침묵 속으로 빠져들었다. 엄마도 아빠도 수도 입을 꾹 다물고 멍한 눈길로 허공만 바라보고 있는데 운주가 들어왔다.

운주는 향도 피우지 않았고 국화도 놓지 않은 채 영정 앞에 꼿꼿하게 서서 사진 속의 규를 뚫어져라 쳐다보았다. 운주는 사귄 지 백팔 일이 된 규의 여자 친구였다. 운주의 왼손 무명지에 실반지가 반짝 빛났다. 잠시 후 운주는 고개를 숙이고 기도했다. 기도가 끝나고 돌아서자마자 운주는 규의 아빠 품으로 뛰어들어 서럽게 울었다.

"믿을 수가 없어요. 규를, 규를 보게 해주세요."

운주가 말했다.

"운주야 진정해. 안 보는 게 좋아. 너를 위해서 더더욱."

아빠가 말렸다.

"제 눈으로 직접 확인하고 싶어요. 저는 그냥 친구가 아니라……
아시잖아요."

운주의 말에 아빠는 생각에 잠겼다. 운주는 아빠 앞에 무릎을 꿇었다.

"그래 네 말이 맞다. 이리 오렴."

아빠는 운주를 데리고 시체보관실로 갔다. 규도 뒤를 따랐다. 시체보관실은 어디에나 똑같은 모양인지 썰렁했다. 아빠는 보관실 담당 아저씨에게 규의 시체를 보여달라고 말했다. 담당 아저씨가 서류를 확인하더니 중간쯤에 있는 칸의 문을 열고 도르래를 잡아당겼다. 흰 천에 덮여 있는 규의 시체가 보관실 한가운데에 놓였다.

아빠가 천천히 흰 천을 벗겨내자 운주가 주먹으로 입을 틀어 막았다. 짧은 절규가 운주의 입에서 터져 나왔다. 규의 얼굴은 알아볼 수 없을 정도로 짓이겨져 있었다.

"얘는 규가 아니에요."

떨리는 목소리로 운주가 말했다.

"미안하다."

아빠가 말했다.

"조금만 더 보여주세요."

운주의 말에 아빠는 깊은 한숨을 내쉰 뒤 흰 천을 완전히 벗겨냈다. 전철에 몸을 던진 탓에 규의 몸은 완전히 뭉개져 있었다. 규의 왼손 무명지에서 실반지를 발견한 운주가 울음을 터트리며 주저앉았다.

"나쁜 자식, 나쁜 자식, 너 나한테 이러면 안 되는 거 아냐?"

규는 아까 나래가 그랬던 것처럼 자신의 옛 육체를 보자마자 그 속으로 뛰어들었다. 브라흐마의 구멍을 찾아 미친 듯이 망가진 시체를 헤집고 다녔다. 하지만 브라흐마의 구멍은 그 어디에도 존재하지 않았다. 규는 끝내 옛 육체 속으로 들어가지 못했다.

"저 반지, 제가 가져갈래요."

운주가 간신히 일어서며 말했다.

"내 생각에는 네 손의 반지도 내게 줬으면 싶은데……."

아빠가 힘들게 입을 열었다.

"왜요?"

운주가 얼른 반지를 뒤로 감추며 물었다.

"……앞으로 살아갈 날이 많고 많은데, 그걸 갖고 있으면 너무 힘들잖니, 응?"

"아니요. 앞으로 뭐 이런 거에 대해서는 잘 모르겠어요. 지금은 저 반지를 제가 가져갈래요."

운주는 규의 굳어버린 손에서 반지를 빼냈다.

"규를 이제 막 사랑하기 시작했던 것, 아시죠? 규는 제 첫사랑이에요."

운주가 규의 손에서 빼낸 반지를 자신의 반지와 겹쳐 끼면서 말했다.

"세상에, 어쩌면 좋으니……."

아빠는 운주를 꼭 안아주면서 뜨거운 눈물을 흘렸다.

규와 나래는 강둑으로 다시 돌아왔다.

둘은 어떤 말도 나누지 않았다. 두 사람이 각각 지니고 있는, 저울의 왼쪽에 달린 접시에는 검은 조약돌이 제법 많이 놓여 있었다.

나래는 검은 조약돌을 만지작거렸다. 검은 조약돌이 많아질수록 지옥에 떨어질 확률이 높다고 신제가 말했었다. 살아서도 지옥 죽어서도 지옥이라니, 너무 억울했다. 자신은 정말이지 잘못한 일이 하나도 없는데 어찌 이리도 악의 카르마가 많다는 것인지.

규는 접시에서 검은 조약돌을 하나씩 꺼내 강물에 던지며 물수제비를 떴다. 어떤 조약돌은 세 번을 튕기다 가라앉았고, 어떤 조약돌은 일곱 번을 튕기며 강물 위를 사뿐히 날아갔다. 그러나 끝내 가라앉는 것은 마찬가지였다. 규는 거울로 물수제비를 뜨면 어떻게 될까 궁금했다. 잠시 망설이다가 규는 거울을 강물 위로 날렸다. 거울은 날렵하게 물수제비를 뜨며 날아갔다. 아득하게 날아가 보이지 않을 정도가 되자 규는 돌아섰다.

돌아서는 순간 무언가가 뒤통수를 세차게 후려쳤다. 앞으로 휘청 넘어지려는 걸 간신히 참아내고 중심을 잡았다. 뒤통수에서 혹이 불룩 솟아올랐다. 뭐야, 하며 둘러보니 조금 전에 날려 보낸 거울이 부메랑처럼 돌아와 뒤통수를 친 것이었다.

"아, 씨바. 이 거울, 깨버리고 싶네."

규가 말했다.

"그 거울은 결코 깨지지 않아. 마음으로 만들어진 거울이기 때문이지. 네가 아무리 검은 조약돌을 버리고 싶어도 버려지지 않는 것처럼 말이야."

허공에서 맑은 목소리가 울렸다. 귀를 기울여보니 바리의 목소리와 비슷했다. 어쨌든 소리를 듣고 접시 안을 살펴보니 강물에다 던져버렸던 검은 조약돌이 그대로 담겨 있는 것이 아닌가. 소름이 쫙 끼쳤다. 규가 거울을 발로 차며 소리쳤다.

"야, 바리인지 비리인지, 너 당장 나와!"

카르마의 거울

9

　나래는 청동거울을 만지작거리다가 깜짝 놀랐다. 청동거울에서 까맣게 잊고 있던 오래전의 기억이 동영상처럼 재생되고 있었다. 마치 유튜브 동영상을 보는 느낌이었다.

　나래는 초등학교 5학년 평범한 여학생이었다. 기분이 좋으면 까르륵 웃으며 즐겼고, 무서운 건 손바닥으로 눈을 가리고 피했으며, 싫거나 짜증나는 건 누가 뭐래도 하지 않았고, 공부는 그럭저럭 흉내를 냈으며 언제나 엄마의 손에 떠밀려 학원을 순례하는 저 수많은 여학생들 중의 하나에 불과했다. 아니다. 싫거나 짜증나는 일도 엄마가 눈을 부릅뜨고 시키면 속으로 끙끙 앓으면서도 해야만 했던 착한 딸이었다.

지난여름에 온 가족이 바다로 피서를 갔다가 수영복을 입은 상태에서 첫 생리를 했다. 아빠는 "우리 딸이 여자가 되었네"하며 놀렸다. 나래가 부끄럽고 속상하고 민망해서 눈물을 뚝뚝 흘리자 용돈을 두둑이 주며 첫 생리를 기념해주었다. 그리고 아침 출근길마다 억지로라도 받았던 나래의 뽀뽀를 포기하며 서운한 눈치를 보였다.

여름이 끝날 무렵 동네에 좋지 않은 소문이 돌았다. 은지의 어머니가 수영 강사와 바람이 났다는 소문이었다. 소문은 다리가 달리지도 않았는데 올림픽 육상 백 미터 금메달리스트인 우사인 볼트처럼 빨랐다.

"세상에 수영장 다니다가 바람난다는 말을 듣기는 했어도 그런 일이 진짜로 생길 줄은 몰랐네. 나래 너, 은지하고 놀지 마."

엄마의 말을 들으며 나래는 손톱을 깨물었다. 엄마가 나래의 손을 탁 쳤다.

"제발 손톱 좀 깨물지 마. 여자애가 손톱이 그게 뭐니? 피가 나도록 깨물고 지랄이야 지랄이."

엄마는 날마다 미장원에서 아줌마들과 수다를 떠는, 치맛바람이 센 동네 아줌마였다. 새로 생긴 식당이나 커피숍이 있으면 또래의 아줌마들과 순례를 하기도 했다. 물론 학교에도 자주 나타났다.

나래는 전화기에 엄마를 '엄마느님'으로 저장해두었다. 엄마는 곧 하느님과 동격이라는 뜻이었다. 하느님이 인간과 상의하지 않듯 엄마느님도 나래와 상의하지 않았다. 그저 명령을 내렸고 나래는 따라야만 했다. 하느님이 오류가 없듯 엄마느님의 결정도 언제나 신성했고 반드시 지켜야만 했다.

엄마느님은 나래를 너무 사랑한 나머지 꿈도 아나운서로 정해주었다. 나래는 정해진 꿈이 마뜩하진 않았으나 아주 나쁘지도 않다고 생각했다.

"에이, 나래 쟤 얼굴이 아나운서 할 정도는 아니지?"라고 미장원 아줌마가 입을 삐죽 내밀었다.

"그게 말이야 막걸리야, 이거 왜 이래? 앞트임, 뒤트임에 쌍꺼풀도 만들고, 코 세우고 턱도 깎아줄 거야. 타고난 미모? 그까짓 것 암것도 아냐. 무슨 말을 그리 서운하게 해?"

엄마느님은 창조주 하나님과 비슷한 생각을 갖고 있었다.

"그러시든지 뭐"라며 미장원 아줌마가 비아냥거렸다.

그날로 엄마느님은 미장원을 옮겼다. 나래도 미장원 아줌마의 비아냥거림이 기분 나빴다. 여자는 어리든 젊든 늙었든, 예쁘다는 말을 제일 좋아한다는 엄마느님의 주장에 나래도 동의했다.

나래가 엄마느님과 엄마 친구들을 보고 느낀 것인데, 여자들이 제일 싫어하는 건 '살쪘다', '늙어 보여', '뱃살', '못생겼다', '없어 보여'라는 말들이었다. 그중에서도 최악은 '늙어 보여'였다.

소문은 솜사탕처럼 달콤하게 커져가는 속성을 지니고 있다. 은지 엄마가 들고 다니는 명품 샤넬 백이 수영 강사의 선물이라는 소문이 골목이며 미장원, 카페를 누비더니 오래지 않아 이혼 얘기가 돌았다.

엄마느님은 은지 엄마보다 수영 강사를 더 못마땅하게 여겼다.

젊고 잘생기고 몸도 좋은 총각이 어찌하여 은지 엄마처럼 뚱뚱한 데다 못생겼고 심지어는 나이도 많은 유부녀를 좋아할 수 있느냐는 것이었다. 변태가 아니고선 있을 수 없는 불가사의한 일이라며 투덜거렸다. 게다가 샤넬 백이라니…….

나래는 샤넬 백이 얼마나 좋은 가방인지 몰랐지만, 엄마느님의 말을 듣다보면 무슨 보물처럼 여겨지기도 했다.

아무튼 엄마느님은 나래에겐 하나님처럼 무서운 분이었지만 교육열이 높은 평범한 아줌마였고, 나래 또한 평범한 여학생이었다. 아빠도 평범한 직장인이었고, 동생 희래도 평범했다. 대한민국의 수많은 가족들처럼 평범한 나날 속에서 평범한 사랑을 받으며 나래는 살았다.

여름방학이 끝나고 5학년 2학기가 시작되었다. 새로운 학기의 시작과 더불어 은지 엄마와 아빠가 이혼했다는 정통한 소식을 엄마느님이 물고 왔다. 이번에는 그저 떠도는 소문이 아니라 정확한 사실이라고 엄마느님이 누누이 강조했다.

"그러니까 나래 너, 은지하고 놀면 절대로 안 돼, 알았지?"

엄마느님이 명령했다.

"걔네 엄마 아빠의 이혼이 은지 탓도 아닌데, 왜 놀면 안 되는 거야? 은지가 아빠랑 사는 거하고 나랑 노는 거하고 무슨 상관이 있어?"

나래는 정말 그게 궁금해서 물었다.

"으음, 그건……."

엄마느님은 말문이 막혀 어물거리다가 "너, 숙제 했어?"라며 엉뚱한 방향에서 치명적인 공격을 해왔다.

"할 거야. 하면 되잖아."

나래는 말꼬리를 내렸다.

"여보세요 따님, 숙제 먼저 하시구요. 그리고 은지랑 노는 거 절대 안 돼, 무조건 안 돼! 알았지?"

엄마느님이 그렇게 명령했지만 나래는 그 말에 크게 신경 쓰지 않았다. 하지만 귀에 엄마느님의 말이 못처럼 박혔다는 사실을 나중에야 알았다.

개학을 하고 학교에 갔을 때, 교실 안이 술렁거리고 있다는 것을 느꼈다. 은지는 멍한 표정으로 창밖만 바라보고 있었다. 아무도 은지에게 말을 걸지 않았다. 키가 작고 까무잡잡한 은지를 향해 은밀하면서도 악의적인 말들이 떠돌았다.

사실 은지는 나래의 단짝이었다. 은지의 별명은 땅콩이었다. 학교도 같이 붙어 다녔고, 학원도 함께 갔으며 떡볶이도 함께 사먹었다. 가방에 달린 곰 인형도 문방구에서 함께 고른 것이었다. 나래는 땅콩과 거리를 유지하며 눈치만 봤다.

"나래야, 집에 갈 때 문방구 앞에서 좀 봐."

사흘쯤 지나자 땅콩이 나래에게 말했다. 그 순간 나래는 심장이 터질 것만 같았다. 반애들이 모두 쳐다보고 있는 것만 같아 뒤통수가 간지러웠다.

나래는 골목에 숨어서 문방구 앞에 서 있는 땅콩을 훔쳐보았다. 땅콩은 머리를 숙이고 있다가 가끔씩 고개를 들어 나래가 오는지를 살폈다. 날이 갑자기 흐려지기 시작하더니 잠시 후 비가 뿌리기 시작했다. 나래는 골목에 있는 어느 집의 현관으로 들어가 땅콩을 몰래 훔쳐보았다.

굵고 세차게 내리진 않았지만 비는 구슬프게 내렸다. 땅콩의 머리카락은 비에 젖어 착 달라붙었다. 가방에 매달려 있는 곰 인형도 비에 젖었다. 나래는 비가 원망스러웠다. 이혼한 땅콩의 부모님도, 부모가 이혼했다고 땅콩과 어울리지 못하게 하는 엄마느님도, 따돌림을 당할까 무서워, 기다리는 땅콩 앞에 나서지 못하는 자신도 원망스럽고 미웠다. 가을 저녁에 내리는 비는 차라리 눈물이었다. 땅콩은 비에 흠씬 젖고 말았다.

"제발 문방구 처마 밑으로라도 들어가."

나래는 속으로 땅콩을 향해 애원했다. 당장이라도 뛰쳐나가 땅콩을 처마 밑으로 데리고 가고 싶은 마음과 혹시라도 다른 애들 눈에 띄어 땅콩과 함께 왕따를 당하지나 않을까 하는 걱정이 동시에 나래를 휘감았다. 땅콩은 비를 피하지 않고 독하게 견뎠다. 나래는 마침내 용기를 냈다.

비를 뚫고 집으로 뛰어가 가방을 던져놓고 우산 두 개를 챙겼다. 엄마느님이 학원에 안 가고 어딜 가느냐며 소리 질렀지만 못 들은 체했다. 나래는 아파트에서 문방구까지 죽을힘을 다해 달렸다.

"……."

땅콩은 문방구 앞에 없었다. 손에 들린 우산이 툭 떨어져 내렸다. 나래는 떨어진 우산을 그대로 두고 터벅터벅 걸어 집으로 돌아왔다. 그날은 학원도 안 가고 밥도 안 먹고, 엄마느님과 어떤 말도 나누지 않았다. 그냥 끙끙 앓았다.

평소에는 단결과 거리가 멀고 먼 아이들이었는데 이상하게도 땅콩과 관련해서는 단결심이 아주 높았다. 아이들은 암묵적으로 서로 결속되어 땅콩을 투명인간으로 취급했다. 부모의 이혼에다 따돌림까지 겹친 땅콩도 그걸 알고 있는 듯했다. 슬픔이 가득 담긴 눈망울과 침울한 표정으로 홀로 지냈다.

나래는 땅콩에게 미안했지만 아이들의 결속이 무서워 감히 말 한마디 붙이질 못했다. 땅콩을 따돌리는 아이들은 특별하게 못된 애들이 아니라 그저 평범한 아이들이었다. 나래는 땅콩에게 어떤 잘못도 없다는 것을 알고 있었다. 하지만 안다고 해서 땅콩을 변호할 용기가 생기는 것은 아니었다. 땅콩에 대한 교실 안의 이상한 분위기에 나래도 차츰 젖어들었다.

다행히 아이들은 땅콩을 때리거나 드러내놓고 괴롭히진 않았다. 선생님이 눈치를 챘는지 틈만 나면 끼리끼리 짬짜미를 해서 다른 친구를 때리는 건 절대로 해서는 안 된다고, 왕따나 폭력은 세상에서 제일 나쁜 범죄로 반드시 벌을 받게 될 것이라고 자주 강조했다.

나래는 결속에 동의하지 않았지만, 아이들의 눈 밖에 나서 따를 당하는 건 더 싫었다. 아이들의 결속 밖에 있는 것은 무서운 일이었다. 결속 안에 있는 것이 안전하다는 것을 나래는 땅콩을 보며 무섭게 느꼈다.

추석 연휴가 지나고 다시 등교했더니 땅콩의 자리가 비어 있었다. 나래는 한숨을 내쉬며 가슴을 쓸어내렸다. 땅콩이 안 보이는 게 차라리 편했다. 한 교실에서 땅콩과 함께 있는 것은 불편했고 불안했다.

땅콩의 결석은 길었다. 나래는 땅콩에 대해 잠시 걱정을 하긴 했지만 곧 잊었다. 애들과 잘 놀았고 참새처럼 수다를 떨었다. 나래는 그사이에 새로운 친구를 사귀었고 단짝이 되었다. 어느 날, 선생님이 땅콩은 전학을 갔다고 전해주었다. 어디로 이사를 갔고 어떤 학교로 전학을 갔는지 하나도 궁금하지 않았다.

가방에 달려 있던 곰 인형은 이상한 나라의 앨리스에 나오는 토끼 인형으로 바뀌었다.

10

"곧 염습이 시작되는데, 가서 너의 카르마를 봐야만 해!"

거울에서 맑은 목소리가 흘러나왔다. 규는 깜짝 놀라 거울을 요모조모 살펴보았다. 거울 자체가 목소리를 낸다는 게 너무 신비했다. 마법의 거울인가? 하긴 여기 가운데 하늘에서는 말도 안 되는 일이 너무 버젓이 일어났다. 그게 이승과 중음의 차이일까? 잠시 고민하다가 규는 거울을 시험해보기로 했다. 거울을 정면으로 보고 목을 다듬었다.

"염습이 뭔데?"

규가 거울을 보고 물었다.

"너의 시체를 씻기고 옷을 입히는 것을 말하지."

거울이 대답했다. 어디서 듣던 목소리 같았다. 규는 고개를 갸웃했다.

"뭐래?"

옆에 있던 나래가 물었다. 나래는 거울이 말한다는 사실에 대해 별 의심이 없었다. 여기는 다른 세상이니, 그냥 받아들이기로 했다.

"염습이라는 것을 한다니까 가보래. 나는 가기 싫은데. 뭔 절차가 그리 많아? 아, 짱나!"

규는 깨어지고 망가진 자신의 몸을 보고 싶지 않았다. 죽음에도 절차가 있다는 것이 너무 싫었고 또 귀찮았다.

"꼭 가야 되나 뭐?"

규가 툴툴거렸다. 일단 이렇게 찔러보고 별다른 말이 없으면 안 가고 개길 생각이었다.

"그러다 혼나면 어쩌려고?"

나래가 걱정스러운 말투로 물었다.

"어차피 죽은 목숨인데 뭐."

규는 땅바닥에 벌러덩 누웠다.

"야, 그러지 마."

나래가 말하는 순간, 노란 모자와 빨간 모자를 쓴 원숭이 머리의 집행자 둘이 사람의 갈비뼈로 만든 피리를 불며 나타났다. 피리 소리는 모래바람을 불러일으켰으며 황천의 물결을 누렇게 일으켜 세웠다. 나래는 벌벌 떨며 새우처럼 웅크렸지만 규는 그대로 버텼다.

피리 소리는 규와 나래의 령체를 휘감았다. 쥐가 나무를 사각사각 갉아대는 듯한 소리가 끊임없이 귀를 파고들었다. 나래와 규는 손가락으로 귀를 틀어막았다. 쇳소리가 계속되자 토할 것처럼 속이 메슥거리고 울렁거렸다. 잠시 후 까마귀를 닮은, 익룡처럼 생긴 검은 새들이 누런 하늘을 까맣게 덮으며 날아왔다.

"너 땜에 이렇게 되었잖아?"

나래가 벌벌 떨며 규에게 원망을 쏟아냈다.

"이미 죽은 목숨인데 뭐가 두려워? 아무 일도 없을 거야, 두고 봐. 대체 염하는 것을 왜 봐야 하는데?"

규는 눈을 꼭 감고 버텼다. 검은 새들이 규와 나래를 에워싸더니 길고 날카로운 발톱으로 독수리가 먹이를 채듯이 머리를 찍어 올렸다. 검은 새들은 규와 나래를 발톱에 매달고 허공으로 올라 황천을 다시 건너갔다. 황천 건너편에는 규와 나래가 살았던 도시가 어둠 속에 잠겨 있었다. 인간이 아무리 온갖 불빛으로 어둠을 이기려고 하지만, 깊은 어둠에 비하면 도시의 불빛은 애교처럼 보였다.

새들은 검은 날개를 유유하게 저으며 도시의 허공 위를 날다가 규와 나래를 툭 떨어트렸다. 규와 나래는 낙하산에 매달린 것처럼 떨어져 내리다가 지상 위의 일 미터쯤 허공에서 간신히 멈췄다.

"왜 따라와? 너도 가야 할 곳이 있잖아?"

나래가 말했다. 규는 자신의 시체가 있는 곳으로 가고 싶지 않아서 나래를 따라가고 있는 중이었다.

"너 따라가는 거 아니거덩."

규가 시치미를 뚝 뗐다.

"너는 저쪽 반대편으로 가야 하잖아?"

나래가 손짓으로 규의 장례식장 방향을 가리켰다.

"일루 가도 돼."

규가 아무렇지도 않은 듯 시큰둥하게 대답했다. 규는 자신의 장례식장에 가서 엄마와 아빠, 동생 수와 친구들을 보는 게 너무 싫었다. 나래는 규에게 따라오지 말라고 하고, 규는 자기 마음인데 왜 그러냐며 티격태격 다투었다. 끝내 규를 떼어내지 못하자 나래는 달아나듯 허공을 뛰었다. 규는 느긋하게 나래의 뒤를 따랐다.

나래의 시체는 흰 천에 덮인 채 시상판에 놓여 있었다. 나이 지긋한 아주머니가 향나무와 쑥을 푹 삶은 향탕수를 가지고 들어왔다. 나래는 규가 자신의 벗은 몸을 볼까 싶어 질겁했다. 규를 밖으로 밀어낸 뒤에야 안도의 숨을 내쉬었다. 규는 나래의 목욕이 끝난 뒤에 들어가기로 하고 밖에서 기다렸다. 염장이 아주머니가 나래의 시체를 덮고 있던 흰 천을 벗겼다.

"세상에, 이게 뭐여? 몸이 성한 데가 한 군데가 없네. 쯧쯧, 어린 게 얼마나 힘들었을꼬?"

그녀는 혼자 중얼거리며 향탕수에 광목 수건을 담갔다. 그녀는 젖은 광목 수건으로 꼼꼼하게 나래의 몸을 닦았다. 발가락에서 머리끝까지 어디 한 군데 빼먹지 않았고 자주 향탕수에 수건을 빨아가며 정성을 다했다.

"에이그 오죽했으면 어린 것이 스스로…… 저 세상에 가선 다 잊고 편히 지내라, 응? 이승이란 게 원래 그런 곳이여. 뭐 어쩌것냐? 다시 돌아오지나 말아야지."

그녀는 나래의 시체한테 다정하게 말을 건넸다.

"자, 이제 옷을 입고 꽃단장도 해야지."

목욕이 끝나자 그녀는 시체 등에 하얀 백지 세 장을 깔았다. 이어 시퍼렇게 멍은 들었으나 봉긋한 가슴에 흰 천을 덮고, 사타구니에는 기저귀를 채웠다. 알몸이 조금이라도 가려지자 나래는 조금 숨통이 트였다. 비록 시체지만 자신의 알몸을 보고 있자니 얼굴이 빨갛게 달아오를 정도로 부끄러웠다. 이젠 규가 들어와도 아무렇지 않을 것 같았다.

염장이 아주머니는 익숙한 솜씨로 양팔과 양발을 하얀 종이로 쌌다. 이어 버선을 신겼고 손에는 장갑을 끼웠다. 속바지와 속적삼을 입힌 뒤에 옷고름은 매지 않았고 옷깃은 오른쪽으로 여몄다. 속옷을 입힌 뒤에 그녀는 화장사를 불러들였다. 그 틈에 규도 따라 들어왔다.

"벌써 다 입었네? 진작 들어와서 볼걸."

규가 나래를 슬쩍 놀렸다. 나래가 눈을 흘기며 규의 팔을 꼬집었다.

염장이 아주머니는 화장사의 도움을 받아 나래의 시체에 저고리와 치마, 두루마기를 입혔다. 저고리 옷고름을 맸고 이어 두루마기

끈을 등 뒤로 넣어 맸다가 앞으로 빼낸 뒤 가슴에서 무릎까지 길게 정돈했다.

무릎, 엉덩이, 겨드랑이에 끈을 넣은 뒤 두 팔을 가슴 위에 서로 엇갈리게 겹쳐 모은 뒤 매듭으로 묶었다. 배와 엉덩이, 그리고 무릎까지 매듭으로 서로 묶어 정리하는 것으로 습(襲)과 소렴(小殮)이 끝났다.

"자네 차례여. 돈만 많이 받아 처먹지 말고, 정성껏 예쁘게 좀 해. 어이그 술 냄새."

염장이 아주머니가 자리를 내주며 말했다.

"아이고 참 누님두. 술이 쫌 들어가야 손구락이 떨지 않고 제대로 꼼지락거리는 걸 몰러서 그류?"

화장사가 성형도구가 든 가방을 열며 설레발을 쳤다.

"이쁜 얼굴로 만들어주께. 기왕이면 이쁘게 하고 가야제."

"얼굴이 다 깨져서, 쯧쯧."

염장이 아주머니가 종이컵에 든 커피를 마시며 말했다.

"그러게유. 학교 옥상에서 몸을 던졌다고 하니, 이 모냥으로 참……."

화장사가 찢어진 얼굴을 붙여 꿰매기 시작했다. 고등학교를 졸업하자마자 압구정동에 가서 얼굴을 싹 바꿔준다고 입버릇처럼 말하던 엄마느님의 말이 떠올라 나래는 씁쓸했다. 살아서는 끝내 성형을 못하고 죽어서야 비로소 성형을 하게 되다니…….

"나도 저렇게 할라나?"

규가 혼자 중얼거렸다.

"그러겠지. 네 엄마 아빠가 그냥 두겠어? 돈이 들더라도 해달라고 하겠지. 저거, 진짜 소용없는 짓인데."

"죽은 우리보다 산 사람 마음이 편해야 하니 그러겠지 뭐."

술 냄새를 풍기긴 했지만 화장사의 솜씨는 뛰어났다. 찢어진 얼굴 조각들을 붙이는 손길은 정확했고 바느질도 꼼꼼했다. 그는 결코 서두르지 않았다. 그의 손길 아래에서 찢어졌던 얼굴이 어느 정도 복원되었다.

"자, 이제 예뻐져야지."

화장사가 메이크업 가방을 열며 말했다. 나래는 싱긋 웃었다. 규는 나래의 웃음을 이해하지 못했다. 화장사는 스킨을 얼굴에 듬뿍 발라 촉촉하게 했다. 스킨은 메마른 스펀지에 물이 스며들듯 피부에 스며들었다. 이어 짙은 색조의 파운데이션을 두텁게 발라 꿰맨 자국을 감춰 나갔다.

"자네 솜씨는 정말 신기에 가까워."

옆에서 구경하던 염장이 아주머니가 화장사를 향해 엄지를 치켜세웠다.

"이 짓만 삼십 년이우. 이걸로 애들 대학까지 공부시키고 시집 장가 다 보냈슈."

화장사의 목소리에 자부심이 가득했다. 화장사는 색조화장으로 얼굴에 생기가 도는 것처럼 만들었다. 눈 화장에 이어 장미색의 루즈를 발랐다. 입술에 루즈를 바르자 얼굴이 확 살아나는 느낌이 들었다.

"우와, 예뻐졌네. 넌 좋겠다."

규가 은근히 나래를 놀렸다.

"응, 좋아."

나래가 환하게 웃으며 말했다. 규는 나래의 웃음에서 운주를 떠올렸다. 예쁘다는 말을 안 해주면, 토라지고 삐져서 달래느라 꽤나 힘들었던 여자 친구. 운주는 규에게, 규는 운주에게 첫사랑이었다. 세상에 태어나 처음으로 사랑한다는 말을 주고받았던 운주, 녀석은 지금 무엇을 하고 있을까? 학교에 있을까 아님 학원에 있을까? 보고 싶었다.

"화장이 이쁘게 잘 되었네."

화장이 끝나자 화장사가 성형도구와 메이크업 가방을 챙겼다. 나래가 화장사에게 고맙다고 인사했지만, 화장사는 나래의 인사를 느끼지 못했다.

"쯧쯧, 열아홉이면 한창 예쁘게 피어날 나이인데. 어쩌다 저리 됐누? 에고 이놈의 세상, 누구를 탓하리. 애야, 이제 대렴을 할 차례란다."

염장이 아주머니가 혀를 끌끌 찼다가 혼잣말을 중얼거리며 앞으로 나섰다. 대렴(大斂)이란 수의를 입힌 뒤 베로 온몸을 싸는 절차였다.

염장이 아주머니가 거친 삼베를 가져오더니 나래의 시체를 싸기 시작했다. 나래의 몸은 순식간에 미라처럼 변했다. 얼굴만 내놓고 삼베로 모두 싸버렸다.

"누님도 늙었나보구먼. 어째 노잣돈도 없이 애를 보내려고 드슈?"

옆에서 지켜보던 화장사가 말했다.

"뭐여?"

염장이 아주머니가 깜짝 놀라더니 나래의 입을 열고 그 안을 살폈다.

"세상에, 반함을 빼먹었네그려."

반함(飯含)이란 저승까지 가져갈 양식과 비용으로 시신의 입에 쌀과 동전을 넣는 절차였다.

"아이고 이런, 내 정신 좀 봐라."

염장이 아주머니가 깜짝 놀라더니 쌀과 동전을 가져와 나래의 입에 넣었다.

"하마터면 차비도 도시락도 없이 보낼 뻔했네. 치매가 오는가봐. 깜박깜박하네. 자네가 가서 가족 좀 불러오소. 칠성판에 넣기 전에 보여야지."

염장이 아주머니가 등을 떠밀자 화장사가 투덜거리며 시체보관실에서 나갔다. 그때 규의 귀에 "규야!"라고 외치는 운주의 목소리가 들렸다.

규는 운주의 목소리에 끌려 찰나의 순간에 공간이동을 했다. 규의 옛 육체가 칠성판에 누워 있는 시체 보관실이었다. 온몸이 삼베에 쌓여 얼굴만 내놓고 있는 자신의 얼굴을 보자 뭔가 울컥 올라왔다.

"규야, 이 나쁜 자식아. 나더러 어떻게 하라고. 어떻게…… 엉엉."

운주가 규의 얼굴을 만지며 울었다.

"운주야, 이제 그만해라."

규의 아빠가 운주를 칠성판에서 떼어냈다. 운주는 몸부림치며 버티다가 규의 엄마 품에 안겼다. 엄마가 관 속에 누워 있는 규의 얼굴을 만지며 애끓는 울음을 토해냈다. 아빠는 뒤로 물러나 묵묵히 울음을 견뎠다.

"규야, 제발 돌아와, 제발. 엄마가 잘못했다. 엄마가 잘못했다고, 제발 돌아와. 규야 제발!"

엄마의 울음에는 끊어진 창자가 들어 있는 느낌이었다.

"형아야, 컴퓨터 많이 양보할게 돌아와. 나 혼자 게임 많이 하지 않을게, 약속해. 돌아와 나랑 놀자, 형아야."

동생 수도 관을 붙잡고 울었다. 며칠 전, 컴퓨터 때문에 수를 때렸던 기억이 떠올라 규는 괴로웠다. 때리지 않을 수도 있었는데 그만 화를 참지 못하고 때리고 말았다. 규는 수에게 정말 미안했다. 규는 수의 손을 꼭 잡았으나, 수는 느끼지 못했다.

"자, 다들 보셨으면 이제 닫습니다."

염장이 아저씨가 돌아보며 물었다. 아빠가 고개를 끄덕였다.

"그럼."

염장이 아저씨가 관 뚜껑을 닫았다. 순간, 규의 숨이 턱 막히는 기분이 들었다.

"규야, 안 돼! 아저씨 잠깐만 잠깐만요. 한 번만 더 보고요."

엄마가 닫힌 관 뚜껑을 밀어내며 몸부림쳤다.

"나쁜 자식."

운주가 규를 욕하며 엄마의 손을 잡았다. 엄마는 운주를 끌어안고 이제 어떻게 사냐며 몸부림치다가 푹 쓰러졌다.

"엄마!"

수가 달려와 엄마를 끌어안았다. 아빠는 돌아서서 말없이 눈물만 훔쳤다. 규의 관이 놓인 여기는 눈물의 파도를 힘겹게 넘어가며 항해하는 돛단배였다. 눈물의 노를 젓는 뱃사공들. 가족 앞에서 처음으로 자살을 후회했다. 이렇게까지 아파하며 울 줄은 정말 몰랐다.

어쩌다가, 어쩌다가…….

잠시의 혼절에서 깨어난 엄마는 이 말만 되뇌었다. '이렇게 될 줄은 나도 몰랐어, 엄마. 정말 죄송해요.' 규가 말했다. 엄마는 규의 말을 듣지 못하고 관 뚜껑에 매달려 하염없이 눈물만 흘렸다.

지옥이 따로 없다더니 여기가 바로 지옥이었다. 아빠가 엄마를 부축하며 뒤로 물러섰다.

"마지막으로 한 번만 더. 다시는 못 보고, 못 만질 거 아니에요."

엄마가 애원하듯이 말하자 염장이 아저씨가 뒤로 물러났다.

"규야, 엄마가 미안해."

엄마가 규의 얼굴을 만지며 말했다.

'엄마. 내가 미안해. 엄마 마음이 조금은 아플 거라고 생각했지만 이 정도일 줄은 몰랐어, 미안해 엄마.'

비록 엄마가 듣지 못할 테지만 규는 진심을 담아 말했다.

"규야, 규야."

염장이 아저씨가 엄마를 뒤로 밀어냈다. 관 뚜껑이 다시 닫히자 울음소리가 높아졌다. 규는 어두운 동굴 속에 갇힌 기분이었다. 염장이 아저씨가 뚜껑을 잘 맞춘 뒤 쾅쾅 못을 박았다. 가슴에 대못이 박히는 기분이었다. 염장이 아저씨가 규의 관을 냉동고에 밀어 넣는 것으로 염습이 끝났다.

아빠가 엄마를 부축하자 운주와 수가 먼저 시체보관실에서 나갔다. 엄마는 문턱을 넘기 직전에 다시 한 번 뒤를 돌아봤다.

"후우, 배고프네. 뭐 좀 먹어야겠다."

규의 가족이 모두 나가자 염장이 아저씨는 구석에 있던 가스버너와 냄비를 꺼내더니 라면을 끓이기 시작했다. 물이 끓는 틈을 기다려 염장이 아저씨는 담담한 표정으로 담배를 피웠다.

그는 담배를 피운 뒤 관을 얹었던 시상판에다 김치며 먹다 남은 소주병을 올려놓았다. 라면이 익자 냄비 뚜껑을 그릇 삼아 맛있게 먹었다. 규의 입에서 군침이 돌았다. 엄마가 마지막으로 해준 음식이 바로 라면이었다.

규는 염장이 아저씨가 시체보관실에서 라면을 맛있게 먹는 모습을 뒤로하고 밖으로 나왔다. 장례식장의 분위기가 침울하고 쓸쓸해서 더는 머물고 싶지 않았다. 어서 빨리 가운데 하늘로 돌아가고 싶었다.

"너 어디 있어?"

자신의 장례식장에서 나온 규는 허공에 대고 나래를 불렀다.

"경찰서."

나래의 대답이 들렸다.

"경찰서에는 왜?"

"아, 몰라!"

나래가 짜증스럽게 대답했다.

헐, 짜증을 부려? 무슨 일이지? 느닷없이 경찰서라니, 애가 무슨 잘못을 저지른 거야? 이상하네.

"그리로 갈까?"

규가 다시 물었다.

"오지 마. 쪽팔려."

나래의 말 속에는 정말로 오지 말라는 의미가 담겨 있었다. 오지 말라고 하니까 더 가고 싶었다. 규는 더 이상 묻지 않고 그냥 경찰서로 가기로 마음먹었다. 어디 경찰서인지는 몰랐지만, 나래가 있는 곳으로 가겠다고 결심한 순간 허공으로 떠올랐다.

경찰서 강력반 조사계에는 두 명의 남학생과 한 명의 여학생이 철제의자에 나란히 앉아 고개를 푹 숙이고 있었다. 방송용 카메라를 든 기자들, 손에 작은 수첩을 든 신문기자들이 서로 아우성을 치며 세 명의 학생들에게 번갈아가며 질문을 던졌다. 난장판이 따로 없었다.

나래의 아빠가 조사계 구석에 서서 자판기 커피를 마시며 강력반 사무실의 풍경을 바라보고 있는 게 보였다. 규는 깜짝 놀랐다. 나래 아빠의 눈동자는 분노와 증오로 이글이글 타오르는 악마의 그것과 조금도 다르지 않았다.

"오지 말라니까 왜 왔어?"

나래가 말했다.

"그냥, 나도 모르게 왔어."

규는 건성으로 대답하고 사무실을 둘러보았다. 빈소에서 봤던 나래 담임이 눈에 띄었다. 그는 방송 카메라 앞에서 곤혹스러운 표정으로 인터뷰를 하고 있었다.

"성실하고 조용하고 평범한 학생들인데…… 전혀 눈치를 못 챘어요. 틈만 나면 왕따도 폭력도 안 된다고 그토록 강조했는데…… 왜 그랬을까요? 정말 저도 알고 싶습니다."

인터뷰 도중에 그만 울컥했는지 담임선생님이 카메라 렌즈를 손바닥으로 가렸다. 담임선생님은 몸을 뒤로 돌리고 손수건으로 코를 팽 풀었다. 카메라는 집요하게도 담임선생님을 따라다녔다.

"이거 하나만 대답해주세요, 선생님."

기자가 강요에 가까운 부탁을 하며 카메라를 들이댔다.

"폭력의 수준으로 봐서는 아무래도 일진 같은데, 맞습니까?"

"쟤들은 일진이 아닙니다. 그냥 평범한 아이들이에요."

담임선생님이 간단하게 대답하곤 나래 아빠 앞으로 갔다. 그는 나래 아빠 앞에 머리를 숙였다. 머리를 숙였다가 드는데 나래 아빠가 그의 뺨을 세차게 후려쳤다. 짝, 소리가 강력계 사무실에 울려 퍼졌다.

"살려내! 살려내란 말이야!"

고성을 지르며 나래 아빠가 이번에는 다른 쪽 뺨을 갈기자 방송 카메라며 신문 카메라가 몰려들었다. 기자들은 하이에나 같았다.

"죄송합니다."

담임선생님이 뒤로 주춤 물러섰다. 보기가 안쓰러웠는지 통통하면서도 날카로운 인상의 형사반장이 와서 담임선생님의 등을 밀어 나래 아빠한테서 떨어트려놓았다. 형사반장은 나래 아빠한테 "경찰서에서 이러면 안 되죠"라며 화를 냈다.

나래 아빠는 형사반장의 뒷모습을 타오르는 눈길로 보다가 경찰서를 나와버렸다. 나래와 규는 그의 뒤를 쫓았다. 정문을 나오자마자 그는 담배를 입에 물었다.

"울 아빠, 담배 끊었는데……."

나래가 울먹이며 말했다.

"어떻게 해?"

"어떻게 하긴? 담배라도 피우며 삭여야지. 네 아빠 저러다가 폭발할 것만 같다. 시한폭탄이야, 째깍째깍."

"너는 마치 남 얘기하듯이 말한다."

나래가 핀잔을 주었다.

"남이잖아! 우리는 남 맞아."

규가 빈정거리듯 대꾸했다. 나래는 규를 한참 동안 쳐다보았다. 규의 말이 틀린 것은 아니지만 무척 서운한 것은 사실이었다.

나래 아빠는 분노를 다스리지 못해 경찰서 담장을 주먹으로 쳤다. 주먹에서 피가 나와도 계속 담장에 퍽퍽 주먹을 꽂았다. 나래는 그런 아빠를 보니 가슴이 미어졌다.

그는 손수건으로 주먹을 칭칭 감고 걷다가 포장마차로 들어갔다. 소주 한 병을 주문하더니 안주도 없이 벌컥벌컥 마셨다. 포장마차 주인 여자가 놀라서 나래 아빠를 쳐다보더니 얼른 어묵국물을 내놓았다. 나래 아빠는 어묵국물로 입을 헹구고 포장마차를 나왔다.

"저 개새끼들, 사형시켜! 당장 목을 매달란 말이야!"

술에 취한 나래 아빠가 고래고래 소리를 질렀다. 기자들이며 방송 카메라가 모두 철수해서 조용하던 강력반 사무실이 쩌렁하게 울렸다. 비틀거리며 걸어오던 나래 아빠가 등받이 없는 동그란 의자를 집어 들더니 그대로 형사 앞에 앉아 있는 한 아이의 등짝을 후려쳤다.

조사를 받던 아이가 비명을 지르며 푹 쓰러졌다. 젊은 형사가 나래 아빠를 밀어붙였다.

"조용히 하세요! 한 번만 더 이런 식으로 나오면 공무집행 방해 죄로 이 자리에서 체포합니다. 거기 앉아 계세요."

형사가 눈을 부라리며 말했다.

"으흐흐, 너 같으면 가만히 있겠냐? 눈앞에 제 자식 죽인 살인자들이 저렇게 버젓이 앉아 있는데, 가만히 있겠냐고 씨벌놈아!"

나래 아빠가 젊은 형사의 이마에다 박치기를 하며 달려들었다.

"어이, 김 순경! 이 양반 유치장에 집어넣었다가 술 깨면 내보내."

젊은 형사가 노련한 솜씨로 나래 아빠를 제압하더니 수갑을 채웠다. 나래 아빠는 사무실이 떠나가라 괴성을 질렀다. 제복 차림의 젊은 경찰이 나래 아빠를 끌고 사무실에서 나갔다. 젊은 형사는 제자리로 돌아갔다.

"봤지? 니들이 무슨 짓을 했는지 알고나 있어? 특수폭력에 살인이다, 살인. 이 어린 것들을 어쩌면 좋으냐? 빼도 박도 못하게 생겼네."

젊은 형사의 말에 애들은 고개를 툭 떨어트렸다. 규가 보기에도 하나같이 순하게 생긴 평범한 애들이었다. 평범한 열아홉 살의 어디에 그토록 사악한 마음이 들어 있었는지 규로서는 도무지 알 길이 없었다. 그들을 바라보는 나래의 눈길에는 원망이 가득했다.

11

규와 나래는 이승을 떠나 가운데 하늘로 돌아왔다.

한동안 깊은 침묵이 흘렀다.

규는 누런 하늘을 배회하는 검은 새들을 눈으로 좇았다. 나래가 어깨를 들썩이며 흐느끼기 시작했다. 새들은 엄청난 크기의 검은 날개로 유유히 날다가 노을 속으로 자맥질하듯이 사라졌다. 검은 새가 날아 들어간 노을은 피처럼 붉었다. 노을 아래서 나래의 울음도 붉게 물들었다.

규는 천천히 걸었다. 그동안 별로 느끼지 못했는데 꽃 한 송이,

나무 한 그루 보이지 않는 삭막한 풍경이 새삼스러웠다. 싫었다. 강을 건너 여기, 가운데 하늘은 마치 화성의 표면처럼 황량했다. 규는 걸어가면서 눈을 감아보았다. 순간 현실의 모든 풍경이 닫혔다. 눈을 감고 몇 걸음 걸어가는데, 닫힌 풍경을 열고 오래전에 걸었던 길하나가 떠올랐다.

기억의 창고에 저장되어 있던 유년의 길이었다.

동해의 맨 끝, 강원도 고성에서 서해의 강화도까지 오백 킬로미터가 넘는 15박 16일의 길. 그 길을 초등학교 5학년 때 아빠와 함께 걸었다. 거창한 이유는 없었다.

여름방학이 되었는데도 아침 일찍부터 저녁 늦게까지 학원에 처박혀 있어야 한다는 게 너무 재미없고 싫었다. 규는 엄마 몰래 땡땡이를 쳤다. 땡땡이 사흘 만에 엄마한테 들켰다. 엄마가 일부러 알아낸 것은 아니었고, 학원 선생님이 집으로 전화를 했던 거였다. 엄마의 유도질문에 심지어 거짓말까지 하고 말았다. 엄마는 눈물을 뚝뚝 흘렸다. 이 세상의 그 누구보다 사랑하고 믿었던 아들에게 배신당하고 말았다며 머리를 싸매고 누워버렸다. 퇴근하고 돌아온 아빠에게 그동안의 땡땡이를 알려주었다. 솔직히 규는 매를 각오하고 있었다.

"해도 너무하는 거 아냐 당신?"

아빠가 말했고, 그 말이 부부싸움의 실마리가 되었다.

"방으로 들어오세요!"

소파에 앉아 있던 엄마가 벌떡 일어나더니 안방으로 들어갔다.

"규가 땡땡이를 치고 심지어는 거짓말까지 했는데 뭐? 나보고 너무한다고?"

아빠한테 퍼붓는 엄마의 앙칼진 목소리가 거실까지 울렸다.

"내가 볼 때 당신이 너무해. 애들이 뭐 공부하는 기계야? 아침에 나갔다가 밤 열한 시가 거의 다 되어 집으로 오는 이게, 정상이라고 생각해? 규는 끽해야 5학년이고, 수는 3학년이야. 이 나라 교육을 망치는 첫 번째 주범은 엄마들이야. 엄마들의 꿈이 아이들의 꿈이 되고, 엄마들의 정보력으로 아이들을 옭아매고 있어. 제발 그만 좀 해. 내가 어렸을 적에는……."

아빠의 목소리도 만만치 않았다.

"당신의 어린 시절은 갔어."

엄마가 냉정하게 말했다.

규는 자신 때문에 두 분이 싸우는 게 싫었다. 땡땡이를 쳤으면 그냥 혼을 내거나 벌을 주면 될 것이지, 두 분이 왜 싸움까지 하는지…….

다른 때와 달리 싸움은 길었다. 집에서 좀처럼 목소리를 내지 않던 아빠가 물러서지 않았기 때문이었다. 규는 땡땡이가 이토록 큰 부담이 될 줄은 정말 몰랐다.

며칠 후, 아빠가 벌을 내렸다. 땡땡이를 친 것에 대해서가 아니라 솔직하게 학원에 가기 싫다고 정직하게 말하지 않은 것에 대한 벌이었다. 벌은 동해에서 서해까지의 도보여행이었다. 수도 같이 가

자고 했지만 녀석은 두 손을 내저었다.

아빠가 휴가를 냈다. 규는 무거운 마음으로 아빠와 동행했다. 강원도 고성에 있는 모텔에서 하루를 잤고 다음 날 새벽 바다에서 일출을 보고 긴 여정의 첫발을 뗐다. 출발하기 직전, 강화도까지 완주하면 PC방 3일 자유이용권과 용돈 오천 원을 상으로 주겠다고 아빠가 말했다. 규는 아빠가 상을 준다는 말에 그만 행복해져버렸다.

눈을 뜨면 언제나 길이 있었다.

"생사(生死)가 있는 곳이 집인데, 태어나는 순간부터 길이 시작되어 죽어서야 비로소 그 길은 끝이 난다."

아빠가 말했다. 아빠는 개똥철학자. 지금 생각해보면, 아빠의 말은 반은 맞고 반은 틀렸다. 태어나는 것은 당연히 새로운 길의 시작이지만 죽는 것도 또 다른 길의 시작이라는 것을 살아 있는 사람들은 모른다.

국토기행의 첫 하루부터 입에서 쉰내가 날 정도로 많이 걸었다. 아빠와 이런저런 이야기를 나누며 여유 있게 걷게 될 줄 알았는데 예상을 완전히 빗나갔다. 걷기에도 바빴지만 가야 할 길이 너무 아득해서 어떤 말도 나누지 못했다.

뚱뚱했던 아빠는 겨우 이틀 만에 발바닥에 물집이 잡히고 관절에 무리가 생겨 절룩거렸다. 반면에 규는 몸이 가벼워 날듯이 걸었다. 아빠는 미시령을 거의 기다시피 해서 넘었다. 언제나 규가 몇백 미터 앞서 갔다. 아빠가 보이지 않으면 규는 하염없이 기다려야 했다. 거꾸로 돌아가서 아빠를 마중하고 싶진 않았다.

팔월의 땡볕,

이글이글 타오르던 아스팔트,

비 오듯 흐르는 땀, 끝없이 이어지던 지루한 길,

터벅터벅 걷는 걸음…….

너무 힘들어서 포기하고 싶을 때가 많았다. 하지만 그럴 때마다 PC방 3일 자유이용권과 용돈 오천 원이 규를 견디게 해주었다. 친구들과 PC방에서 마음껏 게임을 하는 상상에 빠지면 저절로 기분이 좋아졌다.

가만히 서 있기만 해도 발밑으로 물처럼 흘러가는 길이 있으면 얼마나 좋을까, 축지법을 터득해서 써먹을 수 있다면 얼마나 좋을까, 뭐 이런 생각을 가끔 했다. 세상의 모든 길을 컨베이어 벨트로 만들 수는 없을까? 그런 발명을 하면 최고일 텐데, 라고 상상하며 즐거워했다. 뭐 상상은 자유니까.

규는 길을 걷는 동안에 온갖 상상에 빠져들었다. 최근에 읽기 시작한 북유럽 신화의 신들을 떠올리며 걷다보면 어느새 목표지점을 훌쩍 지나치기 일쑤였다.

그리스의 신들은 불사신이었지만 북유럽의 신들은 그게 아니었다. 오딘은 제우스처럼 신들의 왕인데도 한갓 늑대에게 잡아먹히고 말았다. 이게 무슨 신이란 말인가. 발두르는 자신의 죽음을 예견했지만 끝내 피하지 못했다. 신들 중에서 인기 짱이었지만, 어린 겨우살이풀에 맞아 죽었다. 무슨 신이 그토록 허망한지, 그래서 규의 마음에 쏙 들기도 했다.

남편인 오딘의 왕좌에 앉아 세상을 구경하거나 물레를 짜서 구름을 만들어내는 것을 즐기는 프리카. 비록 여신 중에서는 최고였지만 아들 발두르의 죽음을 막아내지 못했다. 이둔의 사과는 어떤 맛일까? 궁니르 창과 묠니르 망치와 같은 최고의 무기를 만들어낸 장난꾸러기 로키와 저승의 여신 스카디가 상상의 게임 속에서 함께 놀았다.

로키는 왜 오딘에게 궁니르를 줬고, 토르에게 묠니르를 줬을까? 제가 갖고 있으면 저절로 최고의 신이 되는 것인데…… 궁금했지만 아빠에게 물어볼 수는 없었다. 아빠는 그리스 신화도 아는 척만 했지 실제로 제대로 읽지 않아서 오 분만 얘기하면 밑천이 바닥나는 그런 사람이었다.

걷기 시작한 지 나흘이 되자 들끓던 잡념이며 상상들이 하나씩 빠져나가기 시작했다. 닷새가 되자 머리가 텅 비었다. 규는 텅 빈 마음으로 걷기만 했다.

걷기에 빠져들면 어떤 명상과도 같은 상태에 빠져들어서 말 자체가 필요치 않았다. 목적지에 도착하면 숙소를 정한 뒤 밥을 사먹었다. 샤워를 하고 누우면 모기떼가 달라붙어도 세상모르게 곯아떨어지기 일쑤였다.

한낮의 기온은 늘 삼십 도 근방을 오르내렸다. 아빠의 온몸에 땀띠가 돋았다. 보건소에 들러 치료를 받았지만 별 효과가 없었다. 땀띠가 곪을 정도가 되자 규는 아빠가 포기를 선언할 줄 알았다. 아빠가 포기하고 버스를 타고 집으로 돌아가자고 한다면, 규는 기꺼이 따를 작정이었다.

"너무 뜨거우니 걷기가 참 힘들다 그치?"

아빠의 말에 규는 침을 꼴깍 삼켰다. 집으로 가자는 말이 나오자마자 박수를 치며 환영할 마음의 준비를 갖췄다.

"그래서 말인데…… 오늘부터는 밤에 걷자."

구멍가게 앞 평상에 앉아 쭈쭈바로 얼음찜질을 하면서 아빠가 새로운 계획을 밝혔다. 헐, 집에 가는 게 아니고? 온몸을 덮은 땀띠와 발바닥의 물집과 부은 무릎에도 불구하고 기어이 완주하겠다는 아빠의 똥고집은 대체 무얼까? 녹은 쭈쭈바처럼 맛없는 저 똥고집.

어느 마을의 정자에서 낮잠을 자고 저녁 무렵에 일어나 라면을 끓여 먹었다. 국물에 밥을 말아 먹었더니 배가 든든했다. 해가 떨어진 후 길 위로 올라섰다. 강원도의 좁은 산길에 달빛이 출렁거리며 쏟아져 내렸다. 멀리서 소쩍새가 울었고, 가까운 숲에서는 올빼미가 푸드덕 날아올랐다.

확실히 낮보다 밤이 걷기에 편했다. 선선한 바람이 땀을 식혀 주었고, 햇살에 콧등이 따갑지도 않았다. 아빠는 배낭에서 끈 하나를 풀어내 서로의 손목에 묶었다. 그냥도 걷기 힘든데 이런 걸 왜 묶어야 하냐고 툴툴거리는 규에게 아빠가 웃으며 말했다.

"이걸로 우리는 서로 연결된 거야. 비록 끈에 불과하지만 마치 핏줄 같은 거지."

"그냥 끈이라고 해. 부담스럽게 핏줄이라고 하지 말고."

"밤길이니까 조심하자고."

"오, 그건 딩동댕."

구불구불 뻗어나간 산길에는 달빛이 고요하게 가라앉아 있고, 길섶의 풀이며 숲의 나무들은 초록이라기보다는 은회색으로 빛났다. 먼 곳, 산과 산이 이어지는 능선은 은색의 빛 속에서 검은 실루엣으로, 마치 여러 개의 검은 곡선이 겹쳐진 것처럼 보였다.

걷기에 속도가 붙자 침묵도 깊어졌다. 그때 규는 알았다. 굳이 말을 하지 않아도 서로가 마음으로 연결되어 있다는 것을, 때로는 침묵이 천 마디의 말보다도 마음을 훨씬 많이 주고받을 수 있다는 것을.

침묵 속에서 고개를 넘고 있는데 졸음이 쏟아졌다. 발걸음이 길에서 벗어나면 아빠가 끈을 잡아끌었다. 규는 아빠한테 모든 것을 내맡기고 꾸벅꾸벅 졸면서 걸었다. 걸어가면서도 잘 수 있다는 게 신기했다.

이틀째 밤길을 걷다가 경기도 연천으로 넘어와 신탄리역(驛)에 도착했다. 아주 작은 역이었다. 신탄리역이 변한 게 하나도 없다며 아빠가 감격스러워했다. 규와 아빠는 역 앞의 작은 마당에 벌렁 누웠다.

먼 하늘에서 별똥별 하나가 흘러갔다.

문득 마음속에 오래 전에 묻어둔 기억 하나가 떠올라 용기를 내어 아빠를 불렀다.

"아빠."

"응."

"초등학교 입학하기 전에, 아빠가 나랑 수를 데리고 과천대공원에 갔잖아. 거기서 어떤 아줌마가 짜장면을 사줬던 거 같은데……그 아줌마, 누구였어?"

"……."

그 무렵, 엄마가 집을 나갔던 것으로 규는 기억하고 있다. 일주일에 한 번 규와 수는 외가에 가서 엄마를 만났다. 엄마는 촉촉한 눈망울로 왕돈가스를 만들어주었다. 외할머니의 혀 차는 소리와 한숨을 들으며 돈가스를 먹었는데, 잘 넘어가지 않았다. 동생 수는 돼지처럼 잘도 먹었다.

아빠의 침묵이 길어졌다. 말없이 걸을 때와는 다른 종류의 침묵이었다. 침묵에도 각각 다른 뜻이 담겨 있었다. 아빠한테 미안해졌다. 규는 아빠를 곤혹스런 침묵에서 해방시켜 주기로 했다.

"대답하기 곤란하면, 안 해도 돼."

규가 빙긋 웃으며 말했다.

"……응. 그냥 모른 척 넘어가주면 고맙고."

아빠가 간신히 대답했다.

"알았어. 이제 가자 아빠."

규가 엉덩이를 툭툭 털고 일어섰다. 아무 생각 없이 텅 빈 마음과 몸으로 걷다보니 어느새 강화도였다. 강화도에서 엄마가 꽃다발을 목에 걸어주면서 규를 끌어안고 울었다. "장하다, 내 아들!"이라고 엄마가 말했지만 규는 어서 집으로 돌아가 푹 쓰러져 자고 싶었다.

그 도보여행 이후로 규와 아빠는 조금 더 친해지게 되었다. 친구가 될 수는 없었지만 눈빛만 보고도 마음을 읽어내는 그런 부자 사이로 발전했다. 그리고 한 가지 더, 자지에 털이 나기 시작한 것도 그 여름이었다. 아빠가 축하한다며 규의 친구들을 불러 피자집에서 파티를 열어주었다.

눈을 떴다.

기억의 저편에서 떠올랐던 유년의 길이 순식간에 사라졌다. 사라진 길의 끝에 아빠의 말이 놓여 있다.

'사람의 마음에는 저마다 기억의 창고가 있단다. 사람들은 낙엽처럼 차곡차곡 쌓인 시간의 퇴적층에서 기억을 꺼낸단다. 사람은 누구나 기억의 편집자지. 자기에게 유리한 기억만을 편집하기 때문이야. 편집된 기억을 추억으로 미화하지. 추억 속에서 진실은 얼마간 왜곡되거나 편집되어 나타나기 마련이란다. 그래야만 진실이 불러일으키는 파탄과 재앙을 피할 수 있기 때문이야. 나는 진실된 파탄보다는 언제나 거짓된 구원을 선택했단다. 그러니 그때의 일에 대해서는 더 묻지 말아줬으면 좋겠어.'

지난여름 서해안을 따라 남쪽바다까지 걸어갈 때 아빠가 해준 말이었다. 수는 딱 이틀을 걷고 포기했던 여정이었다. 아빠는 말을 어렵게 하는 버릇이 있다. 결론은 아빠의 옛 애인에 대해 더 이상 묻지 말아달라는 것이었다. 그날 민박집에서 아빠는 술을 많이 마셨다.

가운데 하늘의 풍경은 끝이 황량하다. 죽은 것이 아니라 마치 우주여행을 온 느낌이었다. 규는 심한 무기력을 느꼈다. 가운데 하늘에서 빨리 벗어나고 싶었다. 어서 일원법신한테 심판을 받고, 여기 가운데 하늘에서의 배회가 끝나기를 소망했다.

터벅터벅 걷다보니 나래가 붉게 울고 있던, 그 자리였다. 나래는 울음을 멈추고 청동거울을 들여다보고 있었다. 나래가 규를 보더니 천천히 일어났다. 나래는 성큼 누런 강물 위로 걸어갔다. 규는 나래의 뒤를 따랐다.

12

나래는 경찰서 앞에서 들어가지 않으려고 버텼다. 가해자로 잡혀 온 그 아이들을 보고 싶지 않았다. 경찰서에 들어가 그 애들을 본다는 건, 지옥에 들어가라는 것이나 다름없었다. 나래는 힘겨운 표정을 지었다.

"왜 살아서도 죽어서도 지옥이냐고?"

나래는 울면서 경찰서로 들어갔다. 가해자로 잡혀온 셋은 각각 다른 방에서 조사를 받았다. 공범은 함께 두지 않는다는 원칙과 서로 입을 맞추지 못하게 하기 위해서였다. 나래는 남학생 C가 조사받는 방으로 들어갔다.

C는 수갑을 찬 채 형사의 책상 앞, 작고 둥그런 철제의자에 위태롭게 앉아 있었다. 나래는 C의 얼굴을 보는 순간, 불안해져서 어쩔

줄을 모르더니 새파랗게 질렸다. 나래는 C를 보지 않으려 두 손으로 눈을 가렸다.

불안은 잠시 스쳐가는 바람이지만, 불행은 그 불안에 깊이 내린 뿌리와 같았다. 불안이 쌓이면 불행이 된다. 나래는 다가올 시간들이 무섭고 두려웠다. 경찰서 조사실에서 나가고 싶었다. 이럴 때 규라도 옆에 있으면 얼마나 좋을까. 만일 규가 옆에 있다면, "아, 정말 싫다. 그걸 꼭 봐야 해? 안 보고 싶다며!"라고 소리쳤을 터였다. "야, 씨바. 가자"라고 하면서 손목을 끌었겠지. 하지만 지금 규는 곁에 없었다. 왜, 꼭 필요할 때는 없는 거야!

나래는 조사실에서 나가고 싶었지만 무언가에 발목을 잡혀 한 걸음도 내딛지 못하고 낑낑거리기만 했다. 나래는 조사실의 구석에 반쯤 공중부양된 상태로 형사와 C를 바라보았다. 나래는 C를 보기가 너무 힘에 겨웠다. C와 L과 K가 나래에게 저질렀던 온갖 못된 기억들이 온몸을 들쑤셨다.

나래는 고개를 돌렸다. 그러나 어느새 고개가 앞으로 돌아와 있었다. 아무리 외면하고 싶어도 형사와 C를 정면으로 응시해야만 했다. 이게 지옥을 경험하는 것이라면, 너무 가혹했다.

형사 : (독수리 타법으로 타자를 치며) 날마다 일교시가 끝나면 정나래의 옆구리를 옷핀으로 찔렀지?

C : (인상을 쓰며 고개를 들고) 그게 아니라요.

형사 : (버럭 화를 내며) 이 새끼가 성질을? 와 이런 좆만한 새끼

를 다 봤나? 정말 주먹이 운다 새끼야! 옛날 같았으면 너희들 같
은 살인범 새끼들은 매타작으로 반쯤 죽였어 새끼야. 변명하지 말
고 '예, 아니오'로만 대답해, 알았어? 옷핀으로 찔렀어 안 찔렀어!

C : (주눅 든 채로) 아니요.

형사 : (고개를 흔들며) 이 자식이! 입만 열면 거짓말을 하네. 니
친구 놈들 L이랑 K가 이미 불었는데 거짓말을 해? 너, 하품하는
거하고 방구 끼는 거 빼면 온몸이 거짓말인 놈이지? 오죽했으면
살인까지 했겠냐? 어쩔래? 걔들 데리고 와서 대질해? 게다가 너
희 반 애들도 모두 조사했는데, 너희들 셋이 날마다 공모해서 정
나래 괴롭혔다고 진술했어. 솔직하게 불고 반성할 생각을 해야
지. 거짓말로 피해갈 수 있다고 생각하면 오산이야. 그러다가 평
생 감옥에서 못 나올 줄 알아! 넌 '살인'이 장난 같으냐?

C : 우리가 죽이지 않았어요. 걔는 자살했다고요.

형사 : 너희가 자살하도록 몰고 갔지. 그게 살인이 아니면 뭐가
살인인데? 직접 죽여야만 살인인 줄 알아? 반성하는 기색도 없이
어디서 싸가지 없이 굴어. 옷핀으로 찔렀어, 안 찔렀어?

C : (기어들어가는 목소리로) 찔렀어요.

형사 : (독수리 타법으로 타자를 치는데 속도가 매우 빠르다. 손가락
이 안 보일 정도) 왜 찔렀어?

C : (더욱 기어들어가는 목소리로) 재미로요.

형사 : (고개를 들고 인상을 팍 쓰며) 뭐라고? 안 들려 인마, 크게
말해. 뭐라고 했어?

C : 재미로요.

형사 : 순전히 재미로 사람을 옷핀으로 찔렀다 이거지?

C : 예.

형사 : 세상 참, 재미라네…… 재미로 그랬다? (한참 후에) 정나래가 죽기 전날, 돈 갖고 오라고 했지?

C : (잠시 머뭇거리다가) 나는 안 그랬고요. L이 새 신발 사고 싶다며, 걔한테 돈을 갖고 오라고, 안 갖고 오면 죽여버린다고.

형사 : 내가 뭐랬어? '예, 아니오'로만 대답하랬지? 너, 한국말 못 알아들어?

C : 아니요.

형사 : L은 C 니가 그랬다던데? 돈 받아서 주말에 친구들이랑 놀러가자고 했다며?

C : 아니요.

형사 : 이 자식이 정말, 거짓말이 아주 입에 뱄네 뱄어. 니가 정나래를 복도로 불러내 내일까지 돈 안 갖고 오면, 원조교제 시킬 거라고 했어 안 했어?

C : 예. 하지만 그건 겁만 주려고 했던 것이지 원조교제에 대해서는 뜻만 알지 진짜로는 아무것도 몰라요.

형사 : 입 닥쳐. (책상에 쌓인 서류뭉치를 뒤적거리다가) 그동안 일주일에 한 번씩 총 27회에 걸쳐 소위 헌금을 받았지?

C : 제가 받은 게 아니라, 다 같이.

형사 : 그게 그거지 인마. 돈 받아서 유흥비로 다 썼지?

C : 예.

형사 : 니들이 노는 게 누군가에게는 끔찍한 폭력인 줄 몰랐어? 니들 말대로 정말 재미로 그런 거야?

C : (한참 대답을 못하고 고개를 숙이고 있다가) 예.

형사 : 재미로…… 참, 세상이 어떻게 되려고. 순전히 재미삼아 이런 어마어마한 일을.

나래는 여학생 L이 조사받는 다른 방으로 갔다. L도 수갑을 차고 형사 앞에 앉아 고개를 푹 숙이고 있었다. 머리를 짧게 친 형사가 L의 주소와 생년월일, 주민등록번호, 직업을 순서대로 기록했다. L을 보자마자 나래는 얼음처럼 굳었다.

살면서 피하거나 도망치고 싶을 때가 많았다. 나중에 더 많이 혼이 나거나 욕을 먹더라도 당장은 피하고 싶을 때가 있었다. 그 탓에 사소한 거짓말들이 자꾸만 쌓였다. 엄마느님이 물어보면 대답하기가 귀찮아서 거짓말로 때우곤 했었다. 오늘 할 일을 내일로 미루고 싶고, 내일 놀 일은 오늘로 당겨서 놀고 싶어서 그런 것도 아니었다. 그냥 엄마느님의 추궁을 피하고 싶었을 뿐이었다.

L을 보는 나래의 마음은 착잡하고 괴로웠다. L의 얼굴을 보는 것 자체가 싫었고 끔찍했다. 형사가 종이컵에 커피를 타 와서 L한테 주고 자신도 마셨다. 나래가 보기에 C를 취조하던 형사와 어딘가 다른 느낌이 들었다. 겉은 산 도둑놈처럼 생겼지만 속은 깊어 보이는 그런 사람이었다.

"우리 솔직하게 얘기하자. 나도 네 나이 또래의 여동생이 있는 사람이라 정말 마음이 아프다. 형사로서 취조하려는 것이 아니라 그냥 궁금해서 묻는 건데, 왜 그랬어? 더구나 너는 남학생도 아니잖아? 어쩌다가 여학생이 여학생을 그렇게 괴롭힌 거야? 너희들이 무슨 일을 저지른 것인지 알고나 있어? 솔직하게 말해봐."

L한테 간곡하게 말하며 형사는 컴퓨터 자판에서 손을 뗐다. 그냥 듣기만 하겠다는 자세였다.

"……."

L은 그냥 울기만 했다. 형사는 휴지를 뽑아 L한테 주고도 한참을 말없이 기다렸다. L은 하염없이 훌쩍거리다가 헛기침을 한 번 한 뒤 마침내 입을 열었다.

"어디서부터 시작해야 될지 모르겠어요. 어쩌다가 이렇게 됐는지도…… 후우~ 그러니까 삼월, 학기 초였어요. 정나래와 같은 반이 되었죠. 조용하면서도 어딘가 잘난 척이 몸에 밴 그런 느낌? 내 스타일도 아니었고 해서 관심 밖의 아이였는데. 어느 날, 아침 일교시가 끝나자마자 새로 산 스마트폰을 잃어버렸다는 거예요. 있잖아요. 교실에서 흔히 있는 도난사고. 단체기합은 받았지만 끝내 도둑은 나오지 않는 그런 사고. 담임쌤한테 당연히 우리 모두 혼이 났죠. 스마트폰을 잃어버린 아이가 있으니까 당연히 겪어야 하는 일이라 도둑이 자진신고를 할 때까지 눈 감고 앉아 있는 시간도 잘 견뎠어요. 그랬으면 뭐 다들 그러려니 했을 거예요. 그런데 다음 날, 정나래네 엄마가 학교에 경찰과 함께 왔어요. 도둑을 꼭 잡겠다면서. 우리는 한 사람씩 상담실로 불려갔고, 경찰의 질문 공세에 시달렸어요. 하지만 도둑이 잡히나요? 괜히 찝찝하고 어수선하고, 교실 도난사고에 경찰에 신고까지. 정나래 엄마의 당당함에 기가 질렸고 불쾌하고 뭐 그런 정도? 우리 반 애들은 순식간에 도둑놈 도둑년이 되었다는 사실에 서로를 의심하기까지 했으니까요. 차라리 돈 모아서 스마트폰을 사주자 뭐 이렇게 수군거리기도 했어요. 사흘쯤 지났을까? 스마트폰을 찾았다고 담임쌤이 조회시간에 말했어요. 범인이 정나래 동생이었다는 말을 듣는 순간, 다들 빡이 오른 거예요. 그게 시작이었어요. 걔가 왕따를 당하기 시작한 거 말이에요. 정나래네 엄마가 와서 우리들한테 쌍욕을 퍼붓고 설치지만 않았어도 그렇게까지 자연스럽게 따돌리는 일은 없었을 거라고 생각해요. 특히 거의 비슷한 시기에 같은 모델의 스마트폰을 샀던 내가 의심을 제일 많이 받았거든요. 사람이란 게 참 이상하죠? 슬쩍 건드리고 때려도 정나래가 반응을 하지 않는 거예요. 얼레, 이거 봐라? 이런 마음이 생기잖아요. 반응이 없으니까 그만두는 게 아니라 반응할 때까지 조금씩 강도를 높여가는 거. 형사님, 그만하면 안 될까요? 하기 싫어요. 그냥 벌을 받고 싶어요. 맞아요. 제가 정나래를 따돌렸고 날마다 때렸어요. 이걸로 충분하지 않은가요? 그냥 판사님한테 최고의 벌을 내려달라고 말하고 싶어요. 아까 정상참작이라고 하셨지요? 정상참작 그거 안 받고 싶어요. 동정심 같아서 자존심 상해요."

"힘들어?"

"예."

"힘들다고 여기서 그만둘 수는 없어. 그냥 아무 말이나 해. 꼭 그 얘기를 하라는 것은 아니야. 하고 싶은 말은 하라고."

"묵비권이라고 있잖아요. 말 안 해도 된다는 권리. 참 좋은 권리 같아요. 묵비권을 행사하면 재판받을 때 불이익이 있다고 하셨죠? 그 작은 불이익이 어떤 의미가 있겠어요. 누군가는 이미 죽었고, 나는 죽인 사람이 되고 말았는데. 지금 저 밖으로 나간들 제가 어떻게 살겠어요. 아마 사람들의 눈초리와 손가락질에 숨이 막혀서…… 어쩌면 저도 나래처럼 그렇게 옥상에서 몸을 던져야 할지 몰라요. 비록 제 손으로 살인을 한 건 아니지만 어쨌든 저는 살인자라고요. 인정해요. 죄를 인정하고 벌을 받겠다고요. 제발, 부탁이니 제발, 아무것도 묻지 말아주세요."

"……그래. 오늘은 여기까지만 하자. 돌아가서 좀 쉬어."

그렇게 L의 취조가 끝났다.

나래는 조사실의 구석에 병든 고양이처럼 웅크리고 앉아 웅얼거렸다. 망막 안의 검은 눈동자가 점차 동그랗게 커졌고 또 흔들렸다. 나래는 아무것도 보고 싶지 않았다. 본들 무엇이 달라질까 싶었다. 마음이 생리통처럼 아팠다. 경찰서를 나올 때 약간의 두려움이 몰려왔지만 될 대로 되라 싶었다. 검은 조약돌이 저울에 하나 더 올라간다고 해도 두렵지 않았다.

'어쩌려고 그래?'

나래의 속마음이 그렇게 물었다.

'어차피 지옥인걸. 검은 조약돌 하나가 더 얹어진들 달라질 것은 없어.'

나래의 다른 마음이 대답했다.

경찰서를 나오니 밖은 이미 어두웠다. 사람의 마을에는 사람들이 가득했고 또 창문도 많았다. 불 켜진 창문과 불 꺼진 창문들. 불 꺼진 창문은 불행하고, 불 켜진 창문은 행복한가? 어리석은 질문. 불 꺼진 창문은 고독하고, 불 켜진 창문은 따뜻해 보였다. 그 따뜻한 불빛 아래의 삶은 언제나 행복했던가? 그 불빛 아래서 얼마나 많이 다투고 싸우고 토라지고 미워했던가.

도시의 휘황찬란한 불빛이 조금은 불편했지만 참을 만했다. 나래는 도시의 허공 위를 천천히 걸었다. 바쁠 것도 없었다. 산책하는 마음으로 걷기로 했다.

거리에, 빌딩이며 아파트의 유리창에, 도로를 꽉 채운 승용차와 버스에 사람이 참 많았다. 지하철을 타기 위해 밀물처럼 들어가거나 혹은 지하철에서 내려 썰물처럼 나오는 사람들, 버스 유리창으로 보이는 무표정한 얼굴의 사람들, 건널목에서 진하게 키스하는 어린 연인들, 노트북을 앞에 놓고 커피를 마시며 유리창으로 밖을 보는 사람들, 사람들……

겨우 이층 높이의 허공에서 바라보는데도 사람들이 개미의 무리처럼 느껴진다. 여왕개미가 꾸역꾸역 토해놓듯이 까놓은 일개미들. 개미의 도시. 어쩌면 도시는 여왕개미를 지하 깊숙이 숨겨두고 있는 건지도 모른다.

하지만 이름을 가진 개인은 또 달라진다. 개인으로서 저 많은 사람들은 저마다의 상처와 아픔을 안고 살아간다. 친할머니의 말처럼 '죽지 못해서 사는' 사람들도 있으리라. 할머니는 죽지 못해서 어쩌면, 백 살을 넘겨 살지도 모른다. 아파트 베란다에는 할머니가 공짜관광을 갔다가 외상으로 산, 온갖 종류의 보약들이 쟁여져 있다. 그러니까 공짜는 결국 공짜가 아닌 셈이다.

"아, 예쁘다."

나래는 어느 쇼윈도 앞에서 멈추었다.

예쁜 티셔츠와 분홍색 레깅스와 그 위에 걸치는 아주 짧은 청바지에 나래는 홀렸다. 저렇게 입고 발랄하게 웃으며 멋진 남자 친구와 데이트하는 상상을 한 적이 있었다. 끝내 상상뿐이어서 언제나 간절했던 옷들······.

그 옆 가게는 속눈썹과 예쁜 손톱들과 반짝반짝 빛을 내는 립스틱을 파는 곳이었다. 나래는 속눈썹과 예쁜 손톱에 혼을 빼앗겼다. 기다란 속눈썹을 달고 저마다 다른 색깔과 그림이 있는 손톱에 저 옷들을 입고 나가면, '세상이 온통 내 것'이었을 텐데. 한 번도 해본 적이 없는 꿈같은 치장이었다.

13

처음엔 그저 툭 건드리고 지나갔다. 가시에 찔린 듯 살짝 아팠다.

애들이 화가 난 것이 당연하다 여겼기에 그러려니 했다. 오히려 애들한테 빚졌다는 느낌이 강했다.

남학생과 여학생이 반반씩 섞인 교실은 언제나 시끌벅적했다. 수업 시간에도 몇몇 애들을 빼놓고는 산만하기 그지없었지만 쉬는 시간에는 애들이 아예 날아다녔다. 치마 속에다 운동복을 입은 여자애들이 끊임없이 이야기와 소문을 물고 와 퍼트리면, 쉬는 시간마다 거울을 들고 화장을 하던 애들이 소곤소곤 널리 퍼트렸다.

언제부터인가 나래는 끼리끼리의 수다 모임에서 빠져 있는 자신을 발견했다. 조금 당황스러웠다. 나래는 수다에 끼고 싶어서 머뭇머뭇 다가갔다. 나래가 가까이 가자 모두들 순식간에 입을 다물었다. 낭패감에 나래는 입술을 꼭 깨물었다.

커다란 성벽을 만난 기분이었다. 친하게 지내던 애들마저 쌀쌀맞게 고개를 돌렸다. 그리고 건드리는 강도가 점차 세졌다. 처음엔 '톡'이었는데, 다음에는 '툭툭'이었고, 그다음에는 '쿡'이었다.

화장실에 다녀오는 복도에서 어깨를 부딪치고 가는 K, 뒤에서 머리카락을 잡아당기는 C, 실수인 척 나래의 치마를 홀렁 걷어올리는 L. 식당에서 서로 밀치면서 나래가 받아오는 식판을 떨어트리는 불특정 다수의 아이들.

서로 눈짓을 주고받으며 은근한 연대가 꾸려지는 것을 나날이 실감했다. 몸 안에 가시가 들어온 것만 같았다. 몸 안의 가시는 아무 때나 아무 곳에서나 여기저기를 쿡쿡 쑤시고 돌아다녔다.

나래가 특별히 반응하지 않자 점점 강도가 세졌다. 나래는 이쯤에서 멈춰주기를 간절히 소망했다. 애들은 그 소망을 보기 좋게 비웃으며 나래를 가시울타리 안에 가두려고 들었다. 공범의식은 애들을 더 뭉치게 만들었다. 은연중에 공범의식으로 연대해 있는 아이들. 미묘해서 스스로도 눈치채기 힘든 그 마음들.

참다못해 담임선생님을 찾아가 그동안의 이야기를 했다. 담임선생님은 그런 낌새를 몰랐다고, 설마 그럴 리가 있겠냐며 잘 지켜보겠다는 말만 하고 나래를 돌려보냈다. 교무실에서 나오며 나래는 약간의 절망감을 맛보았다. 선생님, 그 '설마'가요, 여기에 있어요.

집에다 말을 하기는 죽기보다 싫었다. 얼마 전 여동생 희래가 학교에서 친구들과 싸웠을 때, 아빠와 엄마가 어떻게 행동했는지를 나래는 알고 있다. 아빠는 출근을 미루고 학교로 찾아가 상대방 학생의 따귀를 때렸고, 엄마는 담임한테 쌍욕을 퍼부었다고 했다.

엄마가 왼쪽 깜빡이를 켜면 왼쪽으로 가야만 했고, 오른쪽 깜빡이를 켜면 오른쪽으로 가야만 했다. 엄마의 친구들은 어쩌면 하나같이 전교 1등에 잘생기고 예쁜 얼굴에 말 잘 듣는 애들만 키우고 있는지…… 나래는 본 적도 없는 엄마 친구의 자식들과 경쟁해야만 했다.

불안은 영혼을 왜곡한다. 엄마의 불안은 왜곡된 행동을 아무렇지도 않게 하게 만든다. 그리고 이 일을 모두 '너를 위해서, 너를 사랑해서, 네가 잘되게 하기 위해서'라고 말한다. 자식들에 대한 엄마의 불안을 나래는 정말 이해할 수 없었다. 게다가 엄마는 포기를 모르는 철의 여인이었다.

엄마의 불안은 날마다 증폭된다. 엄마의 설계에 따라 야자가 끝나면 다시 학원으로 가야만 했다. 일등에서 꼴찌까지 모조리 학원에 다니기 때문에 내신과 성적은 언제나 요지부동인데도 밤 열두 시까지 학원에 있어야만 했다. 나래의 불량한 성적 때문이 아니라 엄마의 불안 때문이었다. 자정이 넘어서야 작고 노란 버스를 타고 집으로 왔다. 나래는 학교에 있는 것보다 학원에 있는 것이 더 편했다.

엄마의 최대 관심사는 성장이 아니라 성적이었고, 내면이 아니라 외면이었다. 나래는 결국 엄마한테 어떤 얘기도 하지 못했다. 엄마가 묻는 말에 꼬박꼬박 대답을 하긴 했지만 교실에서 당하고 있는 폭력에 대해서는 비밀로 했다. 나래는 엄마가 학교로 찾아오는 게 더 싫었다.

날마다 일상이 지루하게 이어졌다. 아니 지루하지 않았다. 내용이 조금씩 달라지고 있는 애들의 폭력과 동시에 달라진 폭력을 기다리는, 초조함과 긴장으로 나래는 지루할 틈이 없었다. 늘 깜짝깜짝 놀랐고, 예민하게 긴장하고 있어야 했다. 매 순간이 두려웠다.

뜨거운 태양 아래, 습기를 몽땅 빼앗긴 초원이 사막으로 변하는 것처럼 마음에…… 지독한 가뭄이 들었다. 문자를 새기고 불에 태운 거북의 등처럼 혹은 아프리카 어디쯤 바닥이 쩍쩍 갈라진 호수처럼.

체육 수업을 하고 돌아오면 치마가 찢겨져 있거나 스마트폰 액정이 깨져 있곤 했다. 나래는 울지 않았다. 운다고 해결될 것 같았으면 이미 한강이 넘치도록 울었을 터였다. 다른 아이들은 몰라도 적어도 나래한테는 두려움과 공포가 가득한 교실이었다.

자퇴를 꿈꾸었다. 어느 날 내신이 안 좋으니 차라리 자퇴를 하고 검정고시를 보겠다고 은근슬쩍 이야기를 꺼냈다가 엄마한테 된통 혼만 났다. 나래는 옷핀에 심장이 찔리는 기분이었다. 때로는 엄마의 사랑이 옷핀의 다른 형태일 수도 있다는 것을 나래는 어렴풋하게 느꼈다. 그즈음 L은 옷핀으로 나래의 엉덩이를 찌르기 시작했다.

며칠 후 엄마가 이야기를 하자며 불렀다.

"요새 너 얼굴이 많이 상한 것 같다. 다크서클이 지하주차장까지 내려갔다 애. 장난이 아니네. 어디 아파? 아님 요즘 힘든 일이 있어? 엄마한테 솔직하게 말해. 그래야 엄마가 조치를 취하지."

조치라는 말이 또 옷핀이 되어 나래의 옆구리를 쿡 찔렀다.

"아니."

"생리통은 좀 괜찮아졌어?"

엄마가 물었다. 생리가 시작되면 허리가 반으로 접혀질 듯 통증이 몰려와 얼굴이 시커멓게 변하는 게 나래의 특징이었다.

"아니."

"그래? 그럼 보약 한 재 먹자. 너 아무래도 체력이 달리는 것 같아. 그래서 어떻게 올 한 해만 죽었다 하고 고생하자, 응?"

"보약 안 먹어."

"내가 너를 잘 아는데, 잔소리 말고 먹어. 녹용 좋은 놈으로 골라서 지어올게. 먹고 힘내자, 딸!"

엄마가 나래를 따듯하게 안았다. '내가 너를 잘 아는데'라는 엄마의 말이 귓가에 맴돌았다.

'나를 그렇게 잘 알아? 과연 그럴까 엄마? 엄마는 결코 내가 만든 비밀의 화원을 알지 못할 거야.'

아무리 마음을 터놓고 엄마와 이야기한다고 하더라도, 끝내 말하지 않는 비밀의 영역이 존재했다. 엄마는 나래를 잘 안다고 이야기하지만 사실은 아무것도 모르는 셈이었다. 누구나 자기만의 방식으로 타인을 이해한다. 오해는 바로 그 이해한다는 마음에서 비롯된다.

"정나래, 좀 보자."

어느 날 종례가 막 끝났을 때 L이 와서 조용히 말했다. 나래는 조용히 따라나섰다. 이미 담임선생님이 교실을 떠난 뒤라서 누구에게도 구원을 청하지 못했다. 학교폭력 예방조치로 학교 곳곳에 CCTV가 설치되어 있다는 것을 나래는 알았다.

L이 나래를 데리고 간 곳은 학교 근처의 어느 연립주택의 어두컴컴한 주차장이었다. 순간, 나래는 따라온 것을 후회했다. 하지만 후회는 언제나 늦게 오는 법. 이미 일이 벌어지기 시작한 후에는 어떤 후회도 소용없었다. 주차장에는 C와 K가 미리 와서 기다리고 있었다.

"어서 와."

C가 웃으며 반갑게 맞이했다. 나래는 딱딱하게 굳어버렸다.

"왜 그래? 긴장 풀어."

K의 말에 나래는 억지로 미소를 지었지만, 표정은 울음이 터지기

직전이었다.

"우리는 너랑 잘 지내고 싶어"라고 C가 말했다.

'잘 지내고 싶으면, 지금 나를 보내줘 제발'이라고 생각하며 나래는 아랫입술을 빨았다. 하도 손톱을 깨물어서 손가락 끝마다 헐었고 피가 맺혀 있는 바람에 긴장하기만 하면 입술을 빨거나 깨무는 버릇이 새로 생겼다. 그 탓에 입술이 온통 갈라져 따끔거렸다.

"아까 교실에서 보니까 입술이 텄더라. 나도 그런 적 있었는데 졸라 아팠어. 이거 발라, 좀 나아질 거야."

L이 빨간 립밤을 건넸다.

받고 싶지 않았지만 받았다. L은 나래가 립밤을 바르는지 안 바르는지 호기심 어린 눈으로 쳐다보았다. 나래는 싫었지만 립밤을 갈라진 입술에 발랐다.

"어, 예쁜데."

터무니없는 감탄사를 내뱉는 L한테 나래는 립밤을 건넸다.

"너, 가져."

L이 손사래를 치며 친절하게 말했다. L의 친절이 부담스러웠고 무서웠다. 집에 가는 길에 버려야겠다고 생각하며 립밤을 치마 주머니에 넣었다.

"그래서 말인데……."

C가 앞으로 나섰다. C 옆에서 K가 빙그레 웃었다. 그 웃음이 벌레처럼 나래의 몸을 기어 다녔다. 징그러워 미칠 지경이었지만 꾹 참아야 했다.

"우리가 좀 가난해서그래. 뭔 말인지 알겠지?"

C가 말했다.

마침내 올 것이 오고 있구나, 라고 생각하며 나래는 고개를 푹 숙였다. 머리가 복잡하게 돌아갔다. 어떻게 돈을 만들지? K가 웃는 얼굴로 나래를 가운데 세워두고 빙글빙글 돌았다. 공포가 밀려들었다.

"알았어."

마지못해 나래가 대답했다.

"그럼, 친구야 내일 보자."

C가 다정스레 말하며 나래의 어깨를 툭툭 친 뒤 주차장에서 나갔다. 그 뒤를 따라 L과 K가 나갔다. 나래는 주차장에서 우두커니 서 있었다.

바람이 불었고 울고 싶었다. 나래는 집에 가서 엄마한테 거짓말을 해서 돈을 타냈고, 그들에게 주었다. 어떤 날에는 엄마의 지갑에서 훔쳤다. 거짓말은 또 다른 거짓말을 낳고 낳았다. 하나의 거짓말을 진실로 포장하기 위해서는 열 개의 다른 거짓말이 필요했다. 거짓말은 휴화산의 분화구 아래에서 잠시 활동을 멈춘 마그마 같았다. 곧 마그마가 분출될 것만 같은 위태로움에 나래는 파랗게 긴장했다. 때로는 비밀의 화원에 거름처럼 무더기로 쌓인 거짓말이 진실처럼 느껴지기도 했다.

하이에나 무리는 결코 건강한 얼룩말을 사냥하지 않는다. 얼룩말 주위를 맴돌다가 슬쩍 건드려보면, 그중에서 어느 얼룩말이 병들었는지 혹은 가장 허약한지 금방 드러나게 된다. 하이에나의 목표는 새끼거나 병들었거나 허약한 얼룩말들이다. 하이에나는 얼룩말에 비해 속도가 현저히 떨어지지만 여러 마리가 목표로 삼은 허약한 얼룩말을 향해 천천히 그러나 끝끝내 포기하지 않고 달려들고 또 달려든다. 결국 표적이 된 얼룩말은 하이에나 무리의 끈질긴 사냥에 쓰러지게 되어 있다.

폭력도 이와 같아서 묘한 전염성이 있다. 폭력이 어떤 식으로든 효과를 발휘하게 되면, 마치 취미생활처럼 느껴지게 된다. 죄의식도 없고, 태연하고, 점점 강도를 높여간다. 하이에나가 얼룩말을 사냥하듯 점점 사냥 무리의 숫자가 불어난다. 하나 혹은 둘이었을 때에는 찜찜하지만 폭력에 가담하는 숫자가 늘어나게 되면 공범의식이 널리 퍼지게 되고 서로 간에 끈끈한 유대감이 생겨난다.

유대감에 의한 매끈한 침묵 또한 폭력의 또 다른 이름이다. 암묵(暗黙)의 이 폭력은 방어력을 상실하게 만든다. 희생자를 끊임없이 주눅 들게 만들고, 어떤 잘못도 저지르지 않았는데 늘 잘못했다고 말하다가 끝내는 스스로가 처벌을 받아 마땅한 사람인 것으로 인정하게 되는, 이상한 자아비판에 직면하게 만드는 것이다.

그리하여 마침내 폭력은 집착이 된다.

폭력이 집요해질수록 나래는 저항력을 잃어갔고 이상한 오기가 생겼다.

'그래, 어디 할 테면 해봐라. 갈 데까지 가보자.'

거의 자포자기의 심정으로 나래는 스스로를 폭력에 방치하고 말았다. 그리고 밤마다 새로운 꿈을 꾸었다.

여기가 아닌 아주 먼 곳으로 날아가는 꿈.

꿈에 날개를 달아준 결정타가 온 것은 11월이었다. 수능을 불과 며칠 남겨두지 않은 어느 날, 야자를 끝내고 나오는데 K가 불러 세웠다. K는 셋 중에서 그나마 나래를 덜 괴롭힌 애였다. 언제나 기분 나쁜 웃음을 지으며 나래를 보았을 뿐, 노골적으로 폭력을 행사하지는 않았다. K는 나래를 데리고 근처 어린이 놀이터로 갔다.

11월의 밤은 을씨년스러웠다. 바람이 불면 놀이터의 플라타너스가 미친 듯이 몸을 흔들었고 갈색의 잎이 허공에 솟구쳤다가 천천히 땅으로 떨어져 내렸다. 나래는 시멘트 의자에 앉았고, K는 혼자 미끄럼틀을 탔다. 나래는 간신히 불안을 견뎠다. K가 심각한 표정으로 옆에 앉았다. 나래는 움찔 놀랐다.

"사실은, 너를 좋아해."

K가 말했다. 나래는 귀를 의심했다. 좋아한다고? 당황스러웠고 불쾌했다.

누군가로부터 고백을 듣는다는 것은 생애의 가장 빛나는 순간일 텐데. 이런 고백이라니, 하필이면 K라니. 나래의 몸이 부들부들 떨렸다. 나쁜 자식, 미래에 올 그 순간마저 빼앗아가다니.

"진심이야."

K가 부끄러운 듯 말하며 츄파춥스를 내밀었다. 나래는 K가 내민 츄파춥스를 물끄러미 바라보았다. 깨물어 먹기는 곤란한, 그래서 조금씩 입 안에서 녹여 먹는 막대 사탕. 손가락으로 작은 막대를 돌리면 입 안에서 밤톨만 한 사탕이 돌아가면서 녹는, 그 모습이 귀여

워 작년만 하더라도 입에 달고 살았던 츄파춥스. 나래는 선뜻 받지 못했다.

"왜, 싫어?"

K의 목소리에 가시가 담겼다.

"아, 아니."

나래는 얼른 츄파춥스를 받으며 몸을 살짝 떨었다.

"춥냐?" 하면서 K가 나래의 어깨에 팔을 얹었다. 소름이 쫙 끼쳤다.

"너랑 자고 싶어…… 수능 끝나고."

그것은 말이 아니라 일종의 통보였다. K의 통보가 귀에 쟁쟁했다. K의 목소리는 눈에 보이지 않는 바이러스가 되어 나래의 뇌를 휘젓고 다녔다. K와 헤어지자마자 나래는 츄파춥스를 던져버렸다. K의 팔이 닿았던 어깨를 자꾸만 털어냈다. 어떻게 집에 왔는지, 기억이 나질 않았다. 밤새 두억시니에게 쫓겨 다니는 흉몽에 시달렸다.

흉몽은 아침부터 사람을 지치게 만들었다. 간신히 학교에 도착해 교실 문을 열었다.

눈앞에 펼쳐진 교실의 풍경은 익숙하면서도 낯설었다. 며칠 남지 않은 수능에 집중하고 있는 몇몇, 수시에 합격하여 수능을 아예 치르지 않아도 되어 게임을 하거나 독서를 하고 있는 몇몇, 수능을 포기도 못하고 그렇다고 달라붙지도 못해 문제집만 펼쳐놓고 멍때리는 몇몇, 거울을 꺼내놓고 화장을 하는 몇몇, 아예 포기하고 아침부터 책상에 엎드려 자고 있는 몇몇이 구성하고 있는 풍경이었다.

너무나 현실적이어서 오히려 비현실적인 어떤 세계로 들어온 느낌이었다. 현실을 초월한 초현실도 아니고, 그렇다고 현실도 아닌 듯한 비현실. 여기에 C와 L이 있고, 누구보다도 K가 존재한다.

침묵의 카르텔과 폭력의 연대도 싫지만 K의 눈웃음은 더욱 징그러웠고 끔찍했다.

교실이 물 위에 뜬 배처럼 출렁거렸다. 어지러움이 밀려와 휘청거렸다. 나래는 간신히 책상을 찾아 앉았다. '이러다가 정말 미쳐버리는 게 아닐까? 교실이 너무 낯설다. 마치 잘못 들어온 것 같아. 목은 왜 이렇게 마르지. 입술이 갈라지도록 목이 마르네.'

아침에 집을 나오면서 엄마한테 마구 소리 질렀던 순간이 떠올랐다. 미친년처럼 신발을 집어던지면서 지랄발광을 하고 왔는데, 조금 미안하다는 생각이 들었다.

윗입술로 갈라진 아랫입술을 빨며 언어영역 문제집을 꺼내는데 L이 옷핀으로 옆구리를 쿡 찌르며 지나갔다. 아침 인사였다. 잠시후, C가 왔다. 나래는 치마 주머니에 구겨두었던 돈을 꺼내 책상에 올려놓았다.

"꼭 갚을게."

C가 웃으며 돈을 챙겨 떠났다. 오늘 따라 유난히도 입술이 따끔거리고 쓰라렸다. 문제집을 펼쳐 지문을 읽는데 글씨가 메뚜기처럼 튀어 올랐다. 눈을 감고 가만히 있었다. 온갖 잡념들이 이마 위에서 날뛰었다. 스마트폰이 부르르 떨었다. 카톡 창을 열어보니 빨간 하트 이모티콘 다섯 개가 보였다. 보낸 사람은 K였다.

심장이 조여드는 것만 같았다. 나래는 그때 알았다. 빨간 하트가

독화살이 될 수도 있다는 것을. 빨간 하트가 옷핀이나 주먹보다 훨씬 더 아프고 지독하다는 것을. 하트를 보낸 K가 나래를 보고 눈웃음을 지으며 슬쩍 손을 흔들었다. 속이 메슥거리고 토할 것만 같았다.

나래는 메스꺼움을 참지 못하고 앉은 자리에서 구역질을 했다.

"임신했나봐."

L의 말이 조용히 교실을 울렸다. 몇몇이 킥킥거렸다. 그때를 놓치지 않고 C가 큰 소리로 물었다.

"누구 애냐?"

그 와중에 K는 또 빨간 하트를 보냈다.

'제발 이쯤에서 멈춰. 부탁이야. 여기서 너희가 멈추지 않으면, 어쩌면 내가 멈춰야 할지도 몰라.'

나래는 입을 막고 교실 밖으로 뛰어나갔다. 화장실로 달려가 헛구역질을 하고 난 뒤에 문득 가야 할 곳을 잃어버렸다는 생각이 들었다. 교실로 돌아가고 싶진 않았다. 그렇다고 교실 밖에서 떠돌 용기도 없었다. 나래는 음침한 동굴 속을 걷는 기분으로 긴 복도를 천천히 걸었다. 교실에 도착해 막 문을 열려고 하는데 악마의 기다란 혀가 손목을 잡아당기는 것만 같았다. 흠칫 놀란 나래는 뒤돌아 뛰었다. 1교시 수업을 하러 복도를 걸어오는 선생님들이 놀란 눈으로 나래의 뒷모습을 보았다.

나래는 숨을 곳을 찾아 학교 여기저기를 돌아다녔다. 식당 뒤나 강당 뒤, 교사(校舍)와 담장 사이의 좁고 음침한 구석을 찾아다니다가 음악실로 가보았다. 음악실은 잠겨 있었는데 다행히 미술실은 열려 있었다.

조심스레 미술실로 들어갔다. 나무 이젤, 물감이 잔뜩 굳어 있는 팔레트, 짜다가 버린 물감, 파스텔 조각, 온갖 도형의 석고, 깨진 비너스, 찢어진 스케치북이 어지럽게 널려 있었다. 잘 정돈되어 있지 않아서 왠지 마음이 편했다. 나래는 4B 몽당연필을 주워 찢어진 스케치북의 여백에 깨진 비너스를 그리며 시간을 보내겠다고 마음먹었다.

비너스, 물거품에서 태어난 아프로디테. 2학년 때, 모든 아름다움과 애욕은 물거품에서 탄생했다는 의미인가요, 라고 누군가가 미술선생님께 질문을 던졌던 것 같은데…… 무슨 대답을 들었던가? 물거품에서 태어나고 물거품으로 돌아갔다고 대답을 들었던 것 같기도 하고. 기억이 가물가물했다.

생각해보니, 3학년에 올라와서는 미술실에 와본 적이 없는 것 같았다. 어차피 그림 실력도 안 되는데, 빼고 그리지 뭐, 라고 독백하며 나래는 일단 거칠게 스케치를 시작했다. 솜씨가 안 되니 스케치가 엉망이었다. 마음에 안 들어서 찢어진 종이를 또 찢어 주머니에 넣었다. 나래는 유리창으로 쏟아져 들어오는 햇살과 그 위에서 반짝이며 부유하는 먼지를 물끄러미 바라보았다. 먼지마저도 저토록 빛을 내는데…….

그런 생각을 하다가 살짝 졸았다. 찰나의 순간에 꿈을 꾸었는지, K가 나래를 덮쳤다. 꿈인지 꿈이 아닌지 모를 상태에서 공포에 질린 나래가 뒷걸음질을 치다가 비너스를 건드렸다. 비너스는 교실

바닥에 떨어져 머리가 깨졌다. 나래는 도망치듯 미술실을 빠져나와 계단을 뛰어올랐고 도착한 곳은 옥상이었다.

옥상에는 11월의 바람이 먼저 와 있었다.

바람은 낙엽이며 햇살과 섞여 마치 운동회라도 하듯이 옥상 위를 우당탕 뛰어다녔다. 나래는 바람과 햇살의 난간에 섰다. 가슴에 긴 낭떠러지가 만들어졌다. 바람과 햇살은 낭떠러지 끝에서 수없이 몸을 날렸고, 가뿐하게 허공으로 솟아올랐다. 백척간두의 낭떠러지 위에서 나래는 외로웠다.

두렵다기보다는 너무 외로워서 나래는 낭떠러지 끝에 서서 옥상 아래의 세상을 바라보았다. 그냥 먹먹하게 오래 보았다. 바람이 교복치마를 흔들고, 머리카락을 날리고, 몸을 흔들어대도 물러서지 않고 보고 또 보았다.

숲을 이루고 있는 아파트는 언젠가 다큐멘터리에서 보았던 유럽의 어느 도시에나 있는 묘지처럼 보였고, 이라크 유프라테스 강가의 무너진 유적처럼 보이기도 했다. 나래는 거리의 간판들을 묘지명으로 바꿔 읽기도 했다.

옥상에서 바라보는 세상은 하찮고 초라했고 좁았으며 작았다. 하지만 그곳의 중력은 너무나 강력해서 나래는 직립(直立)하기가 힘들었다. 문득 바람에 실려 K의 붉은 하트가 우박처럼 쏟아져 내렸다.

"제발 멈춰. 아니야, 차라리 내가 멈출게."

나래는 옥상 구석에 앉아 편지를 썼다.

엄마, 아빠 안녕.

초등학교 때 편지를 써보고 처음이네. ㅋㅋ

ㅋㅋ 교복을 입은 이후론 숙제로라도 편지를 써본 적이 없는 것 같네. 엄마가 이 편지를 읽을 때쯤에는 나는 여기가 아닌 아주 먼 곳에 가 있을지도 몰라. ㅋㅋ 아침에 나올 때 소리 질러서 미안해. 이게 미쳤나, 하는 엄마의 눈빛을 잊을 수가 없네.

ㅋㅋ 그래도 이거는 알아야 해. 엄마는 잔소리 여왕님이셔. 희래한테는 제발 잔소리 좀 그만해. ㅋㅋ 나는 엄마가 시키는 일이라면 싫어도 그냥 했던 착한 딸이었는데, 엄마의 꿈을 이뤄주기가 힘들 것 같애. 미안해서 어쩌지? ㅋㅋ 그거 알아? 내가 부르는 엄마 별명? ㅋㅋ 엄마는 하느님과 동격이란 뜻에서 엄마느님이야.

ㅋㅋ 희래야, 지난번 너 따귀 때린 거 정말 미안해. 나도 후회했어. 하지만 너도 너무 고집을 부렸잖아. 그건 인정해주라, 응?

아빠, 사랑하는 울 아빠. 할머니 잘 모셔.

ㅋㅋ 입술이 갈라져서 따끔거리고 쓰리네. 손톱을 깨물던 버릇까지를 포함해서 모든 나쁜 버릇과는 이제 안녕이야.

그런데 엄마. 내가 가고자 하는 저 먼 곳이 과연 제대로 된 먼 곳일까? ㅋㅋ 먼 곳이라고 불러보니 목이 마르당. 엄마가 까주는 귤 한 쪽이면 갈증이 싹 가시곤 했는데. 엄마 목이 말라 죽겠어, 귤 하나만 까줘. 그 애들……

편지가 너무 구질구질해지는 것 같아 나래는 쓰기를 멈췄다. 먼 곳으로 가는 마당에 원망을 남기고 싶진 않았다. 그냥 멈추면 되는 것을. 나래는 옥상 난간에 섰다. 발아래 운동장과 화단과 조회대가 보였다. 여기서 아주 먼 곳으로 여행을 한다고 생각했다.

여기가 아니라면 다 좋아.

목이 말랐다. 향긋한 귤 냄새가 그리웠다. 나래는 아랫입술을 윗입술로 빤 뒤, 허공에 몸을 던졌다.

14

울음이 낭자했다.

여기는 울음이 타는 땅이고, 울음이 흐르는 강이다.

규의 옛 육체를 실은 영구차가 화장장(火葬場)에 먼저 도착했고 나래의 영구차가 뒤를 이었다. 규와 나래는 화장장의 허공에서 그 모습을 지켜보았다.

이곳에서 죽음은 감기처럼 흔했다. 울음은 바람처럼 끊어질 듯 이어졌고, 슬픔은 낙엽처럼 쌓였다.

삶 또한 거기에 있거나 거기에 없었다.

여기에선 삶이 지상에 뿌리를 내리고 있는 게 아니라 허공법계에 뿌리를 내리고 있는 것 같았다.

바리가 허공에서 스르르 내려왔다. 바리는 규와 나래가 간절히 원했기 때문에 여기 온 것이었다. 누군가의 마음이 간절하면, 그 마음을 외면하지 못하는 게 바리였다.

물론 입으로는 간절한 말들을 쏟아내지만 마음이 담겨 있지 않은 기도를 바리는 수없이 보았다. 가짜 기도, 가짜 신앙, 가짜 설교, 가짜 마음 등. 모든 가짜는 신들의 마음을 움직일 수 없다. 맑고 고요한 마음이 간절하게 전해져 올 때, 신들도 마음을 열게 된다.

모든 것은 마음이 만들어낸다. 마음이 없으면 바로 앞의 꽃도 보지 못하지만, 마음이 있으면 우주의 머나먼 별도 볼 수 있다. 규와 나래는 바리가 곁에 있었으면 하는 마음을 가지고 있었으나, 워낙 그 마음이 속 깊은 곳에 있었기 때문에 스스로도 그것을 알아차리지 못했다. 바리는 마음이었다.

규는 영구차에서 낯익은 사람들이 내리는 것을 쳐다보았다. 엄마, 아빠, 동생 수 그리고 운주를 비롯한 친구들과 선생님들. 가족들의 눈은 퉁퉁 부어 있었고 친구들의 코끝은 빨갰다. 하얀 장갑을 낀 친구들이 영구차에서 관을 꺼냈다.

운주가 맨 앞에 섰다. 운주한테 정말 미안했다. 겨우 백팔 일을 사귄 여자 친구. 운주는 두 개의 반지를 목걸이로 만들어 걸고 있었다. 운주와 규의 백일 기념 커플링이었다.

규는 허공에 기대어 자신의 몸이, 식어버린 육체가 담긴 검은 관이 화장장 직원들이 가져온 침대처럼 생긴 도르래에 실리는 것을 보았다.

직원들이 규의 관을 밀고 갔다.

그 뒤를 따르는 엄마의 통곡은 폭포처럼 길고 깊었다.

도르래의 작은 바퀴가 규의 짧았던 한 생애를 떠받치며 화덕을 향해 굴렀다. 운주는 자꾸 비틀거렸다.

화덕 앞에는 세상의 모든 종교가 모여 저마다의 방식으로 죽은 사람을 애도했다. 찬송가와 통성기도, 염불과 목탁 소리가 뒤섞여 허공을 채웠다. 유족들은 슬픔에 지친 얼굴로 멍한 표정이었다.

규의 옛 육체가 들어갈 화덕은 이미 청소를 끝내고 작은 문을 열어둔 채 관을 기다리고 있었다. 직원들은 한 치의 망설임도 없이 규의 관을 화덕 안에 밀어 넣었다. 화덕의 문이 닫히자 엄마가 쓰러졌다. 아빠와 수가 엄마를 부축하는 사이에 그 옆의 화덕으로 나래의 관이 들어갔다. 자동으로 문이 철컥 잠겼다.

"치킨도 아니고 씨바, 전기오븐 안에서 구워지겠네. 졸라 뜨겁겠는데."

규가 투덜거렸다.

"……."

나래는 침묵했다.

"두 시간 걸리니, 그 뒤에 오세요."

직원들이 사무적으로 말하고 돌아서자 화덕에 불이 붙었다. 규는 자신도 모르게 눈을 감았고, 나래는 고개를 돌렸다. 화덕 앞에는 환하게 웃고 있는 규와 나래의 영정 사진이 보였다. 규의 엄마는 좀체 제대로 서 있질 못했다. 나래의 엄마는 굵은 눈물을 뚝뚝 흘렸다. 나래의 아빠가 먼저 화덕 앞을 떠났고 잠시 뒤에 규의 아빠도 고개를 푹 숙인 채 화장장 밖으로 나갔다.

"네 이년! 네년이 기어이 나래를 잡아먹었구나. 아들 하나도 못 낳는 년이 딸까지 잡아먹고, 어디서 눈물이냐 눈물이!"

나래의 친할머니가 나래 엄마를 향해 증오의 말을 쏟아냈다. 할머니의 눈빛은 표독스러웠다.

"할머니까지 오셨네? 울 할머니는 아직까지 모르시는데. 근데 네할머니 좀 무섭다."

"할머니가 나를 무척이나 사랑하셨어."

나래가 말했다. 규의 할머니도 규를 무척 사랑했다. 규는 아무 할말이 없었다. 그때, 화덕 쪽으로 몸이 쏠렸다. 누군가가 등을 미는것 같아 규는 버텼다. 허공 어딘가에서 전언(傳言)이 내려왔다. 못난 원숭이 신제의 목소리였다.

'병사, 자연사, 사고사, 타살이 아닌 자기 살인자들은 반드시 화덕 안에 들어가 네 영혼의 집이 타는 것을 봐야 한다. 삼계화택(三界火宅)의 고통을 네 영혼 또한 느껴야 하노라.'

전언이 끝나는 것과 동시에 규와 나래는 무언가 엄청난 힘에 의해 화덕 안으로 끌려 들어갔다.

화덕 안으로 들어온 규는 관을 태우는 불꽃의 열기에 숨이 막혀 손으로 입을 가렸다. 불꽃이 생생하게 목구멍으로 넘어 들어왔다. 나무로 만든 관과 수의(壽衣)와 머리카락이 순식간에 타버렸다. 규의 옛 육체는 숯불에 던져진 삼겹살처럼 지글지글 익어가다가 불길에 휩싸였다.

규와 나래는 발가락과 손가락, 코와 귀에 붙은 불길이 너무 뜨거위 펄쩍펄쩍 뛰었다. 봉긋한 젖가슴에 불이 붙자 나래는 비명을 지르며 울부짖었다. 불길은 점점 규와 나래의 온몸을 삼키며 활활 타올랐다. 위장과 간장, 쓸개와 창자가 부글부글 끓었다. 불에 타들어가는 육체의 고통이 규와 나래의 영혼에 고스란히 전해졌다.

'너희들 자기 살인자의 영혼은 다시 죽을 수조차 없다. 지극한 고통 속에 머물러야 하느니. 스스로 생명을 범한 죄인들이 아니더냐.'

신제의 전언이었다. 규와 나래는 각각의 화덕에서 빠져나오려 몸부림치는데, '우규야! 나래야!'라고 부르는 두 엄마의 목소리가 들려왔다. 구원의 목소리였다. 두 엄마의 간절한 호명이 규와 나래를 화덕에서 나오게 만들었다. 그 어떤 신도, 설사 염라대왕이라고 해도 어머니의 위대한 힘을 막을 수는 없었다.

규와 나래는 서로의 엄마 품에 안겼다. 눈물이 규의 얼굴에 떨어졌다. 나래도 마찬가지였다. 두 엄마의 눈물에 규와 나래는 불지옥의 고통에서 겨우 벗어날 수 있었다. 죽어서도 엄마한테 빚을 지고 있다는 기분이 들었다. 잠시 후 규와 나래는 엄마 품에서 빠져나왔다.

"여기 계속 있을래?"

규가 물었다. 규가 먼저 화장장 건물 밖으로 나갔고 나래가 뒤를 따랐다. 밖에서는 두 아빠가 나란히 서서 담배를 피우고 있었다. 규의 아빠는 뻐끔담배를 피우다 자주 재채기를 했다. 규는 아빠가 담배를 피우는 것을 처음 보았다. 충격을 받은 규는 자기도 모르게 헛소리처럼 중얼거렸다.

"젠장, 나는 빙설로 뒤덮인 세계의 끝에 있다는 안개 나라, 죽은 자들의 땅 니플헤임으로 가는 줄 알았지. 그곳에서 단테처럼 베아트리체를 찾아 떠돌면, 생이 초기화될 것으로 생각했는데…….”

“나는 그저 먼 곳이었으면 좋겠다고 생각했어. 죽는다는 생각보다는 그저 먼 곳으로 간다고…….”

규의 말에 나래가 댓거리를 했다.

“말은 그럴싸하네.”

바리가 모습을 드러냈다. 바리는 규와 나래의 어리석음을 더는 참아줄 수가 없었다.

“아, 바리님.”

나래가 깜짝 놀랐다. 규는 반가웠지만 표현하지 않았다.

“너희는 죽음이 아니라 여행을 꿈꾸었겠지만, 여행이 아니라 도피가 되고 말았지. 삶에서 한 걸음만 가면 거기 죽음과 소멸이 있고, 죽음에서 한 걸음만 걸어가면 삶과 창생(創生)이 있다는 것을 너희로서는 알 수가 없었겠지. 화덕 속에서는 너의 젖가슴과 배와 허리와 코와 입이 타고 있고, 화덕 밖에서는 어미의 울음과 아비의 긴 한숨과 담배연기가 있지. 화덕 속에서 네가 타는 동안 가족을 제외한 다른 사람들은 박카스나 커피를 마시고 있어. 너를 기다리는 것이 아니라 죽음에 대한 예절 때문에 약간은 슬픈 표정을 지으며 그 시간을 견디는 거야. 한때는 사람이었던 네가 한 줌 재가 되어 화덕에서 나오면, 사람들은 각자 제 길로 가다가 근처에서 장터국밥을 사먹을 거야. 그게 인생이니까 서운할 것은 하나도 없어.”

“아, 몰라. 그래 잘났어.”

규가 짜증을 부렸다. 바리의 말은 구구절절 옳았다. 옳은 말을 듣는데 기분은 더럽게 나빴다. 그래서 어쩌라는 건가, 라고 한마디 하고 싶었지만 참았다. 바리는 그저 웃기만 했다.

"돌아가자. 여기 있는 거, 좀 그러지 않냐?"

규의 제안에 나래가 고개를 끄덕였다. 규와 나래는 조금의 망설임도 없이 화장장을 떠나고자 하였으나 한 걸음도 움직일 수가 없었다. 아까 화덕으로 규와 나래를 밀어 넣었던 그 힘이 여전히 강력하게 작용했다.

화덕 안에서 육체가 타들어가는 동안 규와 나래는 끔찍한 고통에 시달렸다. 엄마의 눈물로 화덕 안에서 잠시 나오기는 했으나 어느새 다시 들어가 있었다.

마침내 두 시간이 지나고 몸이 재로 변했다. 굵고 거친 밀가루처럼 생긴 한 줌의 재. 그것을 보는 마음이 결리고 쑤시고 아팠다. 불에 타 폭삭 주저앉은 마음의 집을 보고 있는데, 집은 사라지고 길만 남았다는 생각이 들었다.

영원히 길 위에서 떠도는…….

가운데 하늘의 날들

15

이상하다.

태어나서 지금까지 특별한 죄를 지은 것은 하나도 없는데. 왜 여기에서 카르마를 보라는 거야? 나는 이런 초기화를 꿈꾸지 않았어. 죽기 전이나 죽은 후에나 변한 게 별로 없잖아. 이게 초기화라면 좀 심한 거 같은데. 무언가 크게 잘못된 게 분명해. 포맷 실행을 클릭하면 그동안 저장되었던 자료는 물론이고 컴퓨터를 작동시켰던 모든 실행파일까지 사라져야 정상 아닌가?

그런데 이게 뭐야? 포맷이 안 된 것은 물론이고 심지어 바이러스까지 남아 있는 것 같은 이 찜찜함은 뭐지? 자기살인자의 특별법정에서 내려진 중간 심리의 내용은 카르마를 더 보라는 것인데, 대체 그게 뭐냐고?

무엇을 하고, 어디로 가라는 거야? 집으로 들어가 보라는 거야?

규는 집 근처에서 서성거리며 입을 댓발이나 내밀고 툴툴거렸다.

'집'이라고 발음하면 맨 먼저 청국장 띄우는 냄새가 콤콤하게 떠올랐다. 할머니는 이웃의 항의와 관리사무소의 경고에도 불구하고 아파트에서 청국장을 띄웠다. 가을마다 할머니는 무시무시한 잔소리로 아빠를 협박해 함양, 남원, 구례 등지를 돌아다니며 직접 메주 콩을 사들였다.

시골을 돌아다니면서도 할머니는 장터에서 콩을 사지 않았다. 장터에 나와 있는 콩의 대부분이 중국산이라는 이유 때문이었다. 상인들은 시골의 오일장에서 파는 콩에도 중국산을 섞는다고 했다. 할머니는 논두렁이나 밭에서 직접 콩을 보거나 마당에서 말리고 있는 콩만을 골라서 샀다. 그 때문에 아빠는 가을의 주말마다 차를 몰고 시골로 가야만 했다.

할머니는 콩을 아파트 주방에서 삶았다. 콩이 삶아지면 절구질을 해야 하는데 층간소음 때문에 못하고 대신에 규와 수가 나일론 보자기에 든 삶은 콩을 발로 밟았다. 절구질보다 밟는 게 더 낫다며 할머니가 좋아했다.

그런 뒤에 반은 메주를 만들어 베란다에 걸었고, 반은 청국장으로 띄우기 위해 플라스틱 함박에 담아 방으로 가져가 담요를 푹 뒤집어씌웠다. 그렇게 며칠이 지나면 온 집 안에 청국장 띄우는 냄새가 지독하게 풍겼다. 규는 두부가 듬뿍 들어간 할머니표 청국장찌개를 최고로 쳤다.

다시 또 '집'이라고 발음하면 엄마의 잔소리가 아스라이 들려오는 듯하다. 엄마는 언제나 무슨 일이든 앞질러 걱정하거나 비관적으로 예상하는 습관을 가지고 있다. 앞일에 대한 아빠의 터무니없는 낙관은 차라리 귀여웠다. 아빠의 낙관과 엄마의 비관은 늘 충돌했다.

전업주부이면서 동시에 어린이 독서교실에서 독서지도사로 일하고 있는 엄마는 늘 바빴다. 바쁜 와중에도 게임 좀 줄여라, 학원 빼먹지 마라, 라면은 몸에 나쁘다, 영어가 제일 중요해, 책상이 이게 뭐냐, 질질 흘리고 좀 다니지 마라, 학원 끝나면 딴 데로 새지 마라, 동생과 싸우지 마라, 엉뚱한 공상 좀 하지 마라 등등 온갖 '금지'를 잔소리로 풀어냈다.

세상의 거의 모든 엄마들은 자식을 끔찍이도 사랑한다. 다만 사랑의 방법이 조금씩 다를 뿐이다. 규도 그것을 모르지 않았다. 엄마의 '금지' 속에 사랑이 담겨 있다는 것을 알기에 때론 짜증을 부리고 때론 저항도 하면서 받아들였다.

아빠는 대기업의 부장이다. 곧 이사로 승진하느냐 마느냐, 명예퇴직을 당하느냐 마느냐의 불안한 위치에 있다고 했다. 회사에서 이사로 승진하는 것은 군대로 치면 장군이 되는 것이라고 한다. 아빠는 부장으로 있다가 명예퇴직 당하는 것을 치욕스런 불명예로 생각했다. 이사의 직위로 단 몇 개월이라도 근무하다가 퇴직하는 것을 진정한 명예로 여겼다. 이사가 되려면 새벽에 출근해야 하고,

밤마다 자정이 넘어 만취 상태로 퇴근해야만 하는 모양이었다.

수는 먹는 것이라면 사족을 못 쓰는 두 살 아래의 뚱보 동생이었다. 규한테 틈만 나면 쥐어박히면서도 언제나 개기고 달려들고 고자질하는 녀석이었다. 수는 신통치 않은 성적을 유지하면서도 단 일 분의 지각도 용납하지 못하는 묘한 증세가 있어서, 심지어 학원에도 늦는 법이 없었다.

무엇을 하든지 정해진 규칙과 약속은 철저히 지켰다. 그런데도 성적이 중하위권에서 맴도는 것을 규는 이해할 수 없었다. 규는 규칙과 약속을 자주 어겼고 설렁설렁 대충 공부를 해도 늘 상위권을 유지했다.

수가 규칙과 약속에 매달리는 것은 어쩌면 자폐증세일지도 모른다며 엄마는 늘 속을 끓였다. 여기저기 용하다는 소아정신과 의원에도 다녀봤고, 미술치료 등 나름의 치료도 받아서 그런지 조금씩 나아지고 있기는 했다. 초등학교 입학할 때까지만 해도 한글을 못 떼서 애면글면했다. 지금은 그때에 비하면 장족의 발전을 이룬 것이다.

아빠는 외국이나 지방에 출장을 가는 때를 제외하고는 반드시 온 가족이 모여 아침 식사를 함께하는 것을 철칙으로 삼았다. 점심은 학교나 회사에서 먹고, 저녁은 각자 먹는 시간이 달라 온 가족이 식탁에 모이는 것은 애당초 불가능하다는 게 그 이유였다.

덕택에 규의 가족은 새벽마다 온 가족이 모여 아침밥을 먹었다. 아빠의 출근 시간이 워낙 빨라 아침 식사 시간에 맞추려면 죽을 맛이었다. 엄마는 일찍 학교에 가서 자습을 하라고 했지만, 규는 학교에 도착하마자 책상에 엎드려 부족한 잠을 보충했다.

가끔 아침에도 라면을 먹겠다고 주장하는 규와 아빠 때문에 할머니와 엄마의 잔소리가 커질 때도 있었다. 라면이라는 게 참 이상하게도 중독성이 있는 음식이었다. 아빠가 찌그러진 양은냄비에 물을 끓이며 "라면 먹을 사람?"이라고 물어보면 규를 제외하고는 모두들 시큰둥하게 반응했다. 할머니와 엄마는 아침부터 라면이냐며 잔소리 폭탄을 퍼부었다.

그래 놓고도 라면 냄비가 식탁에 오르면 저마다 젓가락을 들고 덤볐다. 규와 아빠는 라면을 사수하느라 여러 번 화도 냈다. 한번은 다른 사람이 못 먹게 아빠가 라면 냄비에다 침을 뱉었다. 규는 그래도 먹었는데 수는 울음을 터트렸고, 할머니는 노여워했으며 엄마는 라면냄비를 통째로 개수통에다 쏟아버리기도 했다. 아빠는 불같이 화를 내며 굶고 출근했고, 규는 기분이 팍 상해 하루 종일 우울하게 보냈다.

이런저런 사소한 다툼과 잔소리, 컴퓨터를 사이에 둔 규와 수의 신경전까지를 포함해 '집'은 평범했고 단란했다. 엄마, 아빠, 할머니의 사랑이 넘쳐나는 집. 수와는 다투기도 했지만 사이가 좋았다. 온화한 가족의 울타리 안에서 잘 자랐는데…… 집이 그리웠다.

규는 아파트 단지의 허공을 떠다녔다. 집으로 불쑥 들어가기가 조금은 떨렸고 또 두려웠다. 세상엔 이미 어둠이 내렸고 아파트의 창마다 불빛이 환했다. 귀여운 뚱땡이, 수가 보고 싶다. 저 불빛 어딘가에 수도 있겠지. 어떻게 지내고 있을까? 혼자 컴퓨터를 독차지해서 좋을라나? 규는 허공에 떠서 아파트의 창문을 바라보았다. 네모난 아파트 창문마다 불빛이 환하게 새어 나오고 있는데 꼭 한 집에서만 불빛이 보이지 않았다. 규의 집이었다.

아, 자신도 모르게 비탄이 터져 나왔다. 거실 창문, 안방 창문, 할머니 방 창문은 아예 컴컴했고 수의 방 창문에서만 불빛이 보였는데 그마저도 희미했다. 살아 있는 사람의 집이 아닌 폐가(廢家)처럼 보였다. 들어가야 하나 말아야 하나, 숱한 망설임과 고민으로 머뭇거리고 있는데 바리가 나타났다.

"세상에서 가장 소중한 것을 잃어버린 사람들이 저기 있어. 사랑을 잃고서도 살아야만 하는 사람들이지."

바리가 말했다.

"사는 게 아니고, 겨우 숨만 붙어 견디는, 너의 엄마 아빠 할머니 동생이 저기에 있어. 가서 봐."

바리가 말한 '**겨우**'가 가시처럼 규의 심장을 찔렀다. '간신히'도 아닌 '겨우'라서 뼈가 저렸다.

16

삼우제를 마친 뒤 규의 엄마 선애는 안방으로 들어가 문을 잠갔다. 선애는 스스로를 가두었다.

문 밖에서 규의 아빠 혜준이 몇 번 방문을 두드렸으나 침묵으로 밀어냈다. 선애는 창문을 굳게 닫고 커튼을 두텁게 쳤다. 희미해진 미명 속에 오래오래 우두커니 서 있다가 이부자리를 깔고 누웠다.

이상하게도 잠이 쏟아졌다. 물속 깊이 까라지는 느낌과 혼몽(昏懜) 속에서 선애는 내리 사흘을 잤다. 중간 중간 깨기는 했으나 다시 잠에 빠져들었다. 잠에 빠져든 것이 아니라 잠에 사로잡힌 것인지도 몰랐다. 선애의 잠은 격랑의 한가운데 놓인 작은 배처럼 흔들렸고, 꿈은 토막토막 끊기며 흉측했다.

"엄마."

학원에서 돌아온 규가 가방을 소파에 내던지며 선애를 불렀다.

"아들 왔어?"

선애가 반갑게 규를 맞았다.

"배고파. 라면 끓여줘."

규는 소파에 털썩 주저앉으며 텔레비전을 켰다.

"오늘 타이거스 어떻게 됐어?"

"몰라. 엄마는 야구 안 보잖아."

선애는 양은냄비를 가스레인지 위에 올리며 대답했다.

"토욜에 애들이랑 야구장 가기로 했는데."

"표는 샀어?"

"아빠한테 인터넷으로 예매해달라고 했는데. 워낙 빨리 매진되니까 모르겠어. 아빠를 믿을 수가 있어야지."

규의 말은 아주 먼 곳에서 들려오는 것처럼 아득했다. 라면을 찾는데 기분이 섬뜩했다. 물이 끓기 시작했다. 마음은 급한데 아무리 찾아도 라면이 보이질 않았다. 선애는 외투를 걸치고 가게로 내달렸다.

가게에 갔더니 라면이 보이질 않았다. 선애는 다른 가게를 향해 달음박질을 쳤다. 그 가게에도 라면은 없었다. 숨이 턱에 닿도록 다른 가게를 향해 뛰어갔지만 라면이 없기는 마찬가지였다. 그 흔한 라면이 세상에서 감쪽같이 사라진 것만 같았다.

이게 무슨 조화 속인가. 선애는 꿈속에서 라면을 사기 위해 크고 작은 가게를 모조리 뒤지고 다녔다. 끝내 라면을 사지 못하고 잠에서 깼다. 온몸이 땀으로 흥건했고 마음은 찝찝했다. 머리맡에는 한 줌 재로 변한 아들 규가 흰 보자기에 싸여 있었다. 선애는 멍한 상태로 앉아 있다가 하염없이 울었다.

그랬다. 잠깐 울었을 뿐인데 몸과 영혼에서 습기가 몽땅 빠져나간 느낌이었다. 선애는 삭정이처럼 말라갔다.

젖가슴은 아들의 무덤이 되었다. 한때 아들에게 젖을 물렸던 가슴에 규의 무덤이 만들어지는 것을, 선애는 속수무책으로 지켜보았다. 가슴에 무덤이 만들어졌다면 심장에는 동굴이 새로 생겼다. 깊고 텅 빈 동굴이었다. 선애는 동굴에서 나가고 싶지 않았다. 동굴 바깥의 세상은 무섭고 두려웠다.

"……어떻게 할까요, 벌써 닷새째인데? 안방 열쇠가 어디 있지?"

남편 혜준의 말이 아득하게 들려왔다. 제발 들어오지 말기를 소망했다. 지금은 간절히 혼자이고 싶었다.

"그냥 둬라, 자식 잃은 어미 마음인데. 기다려야지 어쩌겠냐. 그나저나 밥은?"

할머니가 혜준한테 되물었다.

"별로…… 생각 없어요."

혜준이 대답했다.

"아무리 그래도 수를 생각해서 식탁에 앉아야지. 아무리 싫은 일이라도 어쩔 수 없이 해야만 할 때가 있고, 아무리 좋은 일이라도 하지 않아야만 할 때가 있는 법이다. 수를 생각해라. 하이고~."

할머니의 말끝에 긴 한숨이 매달렸다. 할머니도 사실은 마지막 힘까지 다 짜내 견디고 있는 중이었다. 박복한 운명이라, 너무 오래 살아서 손자를 잡아먹은 것이 아닌가 하는 망상에 자주 사로잡혔다. 규는 할머니의 환갑날에 태어난 귀한 손자였다.

생일이 같아서가 아니라 갓난아기를 키우면서 할머니는 생명이 자란다는 의미를, 그 새로움을, 소중함을 새삼스레 알게 되었다. 젊었을 때는 먹고 사는 게 바빠서 자식이 커가는, 자잘한 재미를 느낄 틈이 없었다.

맞벌이를 하는 며느리 대신 손자 규를 키우면서 할머니는 비로소 사는 재미를 느꼈다. 기저귀에 가득 싼 똥도 예뻤고, 손가락으로 똥을 찍어 맛을 보는 것도 그저 좋기만 했다. 옹알이를 하고, 까르륵 웃고, 새파랗게 질리며 경기를 일으키고, 공갈젖꼭지가 없으면 종일 칭얼거리고, 머리를 제 힘으로 드는 것을 볼 때마다 얼마나 행복했던가.

규가 마침내 첫 걸음을 뗴었을 때 온 가족이 모여 환호성을 지르며 박수를 쳤었다. 놀란 규가 넘어지며 울음을 터트렸을 때에도 할머니는 온 세상을 얻은 듯 행복했었다. 나중에 수가 태어났지만 그 정(情)은 솔직히 첫 손자 규에 미치지 못했다. 할머니는 규를 더 사랑했다. 수가 못나서가 아니었다. 규에 대한 할머니의 마음은 말 그대로 '첫정'이었다.

"수 데꼬 와, 상 차렸으니."

할머니가 말했다. 혜준이 보니, 식탁에는 밥이 두 그릇뿐이었다.

"어머니는요?"

"입이 소태처럼 쓰다."

할머니는 보리차 두 잔을 밥 옆에 놓고 방으로 들어갔다. 어머니의 뒷모습을 보는 혜준의 억장이 무너져 내렸다. 울컥, 무언가가 치밀어 올라왔지만 꾹 눌러 참고 수의 방문을 열었다. 책상이 맨 먼저 보였는데, 스탠드 불빛만 환할 뿐 수는 보이지 않았다. 수는 침대에 엎드려 있었다.

"수야, 밥 먹자."

혜준이 수의 어깨를 두드리며 말했다. 수는 말없이 일어나더니 터벅터벅 주방으로 나갔다. 식탁에 앉아서 보니 수는 완전히 얼이 빠진 아이로 보였다. 가슴이 찢어질 듯 아팠다. 혜준은 차마 수저를 들지 못했다.

"아빠, 저 배 안 고파요."

수는 수저도 들지 않고 보리차로 입술만 축인 채 방으로 돌아갔다. 혜준 혼자 식탁에 남았다. 먹을 것이라면 어떤 것도 가리지 않던 수가 저 지경이라니. 혜준은 그 무엇도 할 수 없다는, 그 사실이 너무 무서웠다. 멍하게 식탁에 앉아 있다가 밥과 반찬을 밥솥과 냉장고에 넣고 거실로 돌아가 소파에 앉았다.

문득 눈이 부셨다. 혜준은 등을 꺼버렸다. 창문을 통해 들어오는 외부의 빛 때문에 완전히 어두워지지는 않았다. 습관처럼 리모컨을 들고 텔레비전을 켰다가 깜짝 놀라 서둘러 꺼버렸다.

"어떻게 이런 일이? 아니야, 사실이 아닐 거야. 설마 그럴 리가 없어. 규는 곧 집으로 돌아올 거야."

혜준은 혼잣말로 중얼거렸다. 같은 시각, 안방에서도 선애가 '그럴 리가 없다'며 도리질을 치고 있었다.

규는 거실의 어두운 구석에서 아빠를 바라보다가 그만 울고 싶어졌다. 식구들 모두를 한 사람씩 따뜻하게 안아주었지만 그 누구도 규를 느끼지 못했다.

17

나래도 집에 도착했다.

단독주택에 살다가 근처에 지하철역이 들어서면 가격이 뛸지도 모른다는 투기성 기대와 편의성 때문에 엄마느님이 무리해서 산 아파트였다.

방이며 화장실이 많아서 좋았지만 할머니는 불만이 많았다. 무엇보다 예전에 살던 동네의 노인정까지 지하철을 타고 가야 한다는 것과 새로운 친구를 사귀기가 어렵다는 것이 불만의 주요 내용이었다.

나래에게 집은 유일한 쉼터였다. 엄마느님의 잔소리가 가득했지만 학교나 학원에 비하면 사막의 오아시스와 같았다. 집에 돌아오면 비로소 편히 쉴 수 있었다.

샤워할 때 몸에 든 멍을 보는 것도 점차 익숙해졌다. 예전에는 샤워를 끝내면 팬티 차림으로 돌아다니곤 했었다. 아빠가 거실 소파에서 텔레비전을 보고 있었지만 브래지어와 팬티만 입고도 아무렇지도 않게 머리의 물기를 말렸다. 엄마느님이 기함을 하고 등짝을 때리며 어서 옷을 입으라고 야단을 쳤지만 그러려니 했었다.

몸에 멍이 든 이후에는 옷으로 종아리까지 가리고 거실로 나갔다. 과일 등속으로 간단하게 야식을 먹고 침대에 엎드려 폰으로 게임에 열중했다. 게임을 할 때만큼은 어떤 잡념도 들어오지 않아서 마음이 편했다. 영원히 아침이 오지 않기를 기도한 적도 가끔 있었지만 대개는 게임에 빠져 있다가 지쳐 잠이 들었다.

아침에 눈을 뜨면 또 하루를 어떻게 보내야 하나, 라는 생각에 머리가 지끈 아팠다. 학교에 가는 것이 죽으러 가는 것만큼 힘들었지만 천근만근 무거운 걸음으로 집을 나서곤 했었다. 어찌 됐든 집은 그럭저럭 단란했고 평화로웠다. 희래의 노래가 소프라노로 울려 퍼지고, 엄마느님의 잔소리가 장단을 맞추었고, 아빠의 술 냄새는 애교였으며 할머니의 불평은 투덜이 스머프와 비슷했다.

엄마느님은 잔소리를 하는 와중에도 나래와 많은 이야기를 하려고 애썼다. 고등학교만 졸업하면 아나운서 타입으로 성형을 해주겠다고 귀에 못이 박히도록 말을 하고 또 했다. 나래는 엄마느님의 그 말이 진심이라는 것도 알았다. 나래도 어서 고등학교를 졸업하고, 얼굴을 확 바꿔 지옥에서 벗어나고 싶었다. 고등학교를 같이 다녔던 그 누구도 자신을 알아보지 못할 것이라는 상상을 하며 하루하루를 버텼다.

"내가 너를 잘 아는데……."

엄마느님의 잔소리는 언제나 이렇게 시작되었다. '엄마가 뭘 알아?'라고 생각하면서 나래는 엄마느님의 잔소리를 듣곤 했었다.

"내 속으로 너를 낳았는데 너를 모르겠어. 너는 어차피 부처님 손바닥 안이야. 니가 지금 무슨 생각을 하고 있는지도 다 알아."

엄마느님은 마치 하느님처럼 자신 있게 말했다. 세상의 부모들은 자기 자식을 전부 안다고 착각하는데, 그 자신감은 어디서 왔을까? 대화란 무엇일까? 대화를 하기만 하면 모두 소통을 했다고 착각한다. 대화가 소통이라니. 대화는 말을 나누는 것이고, 소통은 마음을 나누는 것이다. 마음을 나누지 않는 대화는 소통이 아니라, 서로가 서로에게 자기 말을 하는 것에 불과하다. 나래는 나래의 말을 하고, 엄마느님은 엄마느님의 말을 한다. 그렇게 서로 각자의 말을 상대방을 향해 쏟아낼 뿐이다. 상대방의 말을 듣고, 그 말에 마음이 움직일 때 비로소 소통이 되는 것이다.

나래는 엄마느님과 대화를 할 때, 내면에서 들끓는 말들을 모두 해본 적이 없었다. 마음 안에 비밀의 창고는 점점 넓어지고 높아만 갔어도 엄마느님에게 솔직하게 털어놓기가 정말 어려웠다. 진실이 일으키는 파탄이 너무 무서웠다.

대화의 왜곡과 소통의 부재는 나래와 엄마느님에게만 해당되는 것이 아니었다. 그것은 세상의 거의 모든 부모와 자식들이 겪는 평범한 일상이었다. 부모들이 자식들에게 모든 것을 알려주지 않듯이, 자식들 또한 부모들에게 있는 그대로를 모조리 말하지 않는다.

그렇게 각각의 사람들은 '자기만의 방'을 마음 한편에 만들어두고, 그 방을 비밀로 채우며 살아간다. 그렇다고 해서 그 가족이나 가정이 단란하지 않은 것도 아니었다. 나래는 허공을 걸어 유리창을 통과해 집으로 들어갔다.

"새끼 잡아먹은 년이 뻔뻔하게. 어디서 감히 내 집에 발을 들여들이길!"

할머니가 나래 엄마 지영을 표독스럽게 바라보며 말했다.

"이 집이 어머니 혼자 집이에요? 그런 말도 안 되는 말 좀 하지 마세요. 제발 부탁인데요. 지 새끼 잡아먹는 년이 세상에 어디 있다고 그러세요. 저도 지금 속이, 속이 아니라고요!"

지영도 지지 않고 시어머니한테 퍼부었다. 여기서 밀리면 말 그대로 새끼 잡아먹는 년이 되는 것이었다. 나래를 납골당에 안치하고 삼우제를 끝내고 돌아오자마자 기다렸다는 듯이 증오를 퍼붓는

시어머니가 지영은 미웠다. 그렇지 않아도 생때같은 큰딸을 잃어
지영의 온몸은 화(禍)로 가득했다. 누가 건드리기라도 하면 그대로
폭발할 것만 같은 상태였다.

"네 년이 집에 들어온 이후, 되는 일이 하나도 없었어. 기어이는
새끼까지 잡아먹고. 내가 그 결혼을 끝까지 반대했어야 하는데. 자
식 이기는 부모 없다고 허락했더니 기어이 사단이 나고 말았어. 땅
을 치고 후회한다 내가. 니가 이 집에 들어오기 전에는 나쁜 일이라
곤 눈곱만치도 없었다. 시동생 잡아먹고, 시아버지 잡아먹고 이젠
딸이냐?"

할머니는 마음껏 원망을 쏟아냈다.

"제발 그만하세요, 제발! 정말 지긋지긋하네! 아니 앞으로 아파
서 죽은 사람도 내가 잡아먹었고, 나이 들어 돌아가신 분도 내가 잡
아먹었다고요? 억지 좀 그만 부리세요. 말이 되는 말을 하세요. 입
에서 나온다고 다 말이 아니에요!"

지영도 악을 썼다.

"저년, 저 말하는 눈깔 좀 보게. 아주 나까지 잡아먹겠다고 달라드
는구나 달라들어. 그려 내 죄다 내 죄. 내가 오래 사는 죄다. 이 꼴 저
꼴 보기 싫으면 일찍 죽어야 하는데, 지금까지 살아 있는 내 죄여!"

할머니도 만만치 않았다.

"그걸 이제 아셨어요?"

지영의 눈빛에 살기가 담겼다. 지영은 안방에 들어와 문을 쾅 닫
았다.

"독한 년!"

할머니가 닫힌 문을 향해 한마디를 던졌다. 화장대에 앉은 지영은 분을 참지 못하고 부들부들 떨었다. 장례식장에서도 가끔씩 속을 긁어 힘들게 하더니. 아예 본색을 드러낸 시어머니를 참아내기가 정말 힘들었다. 이젠 더 이상 시어머니와 같이 살 수 없다는 생각이 들었다. 지난 닷새 동안 거의 잠을 자지 못한 데다 시어머니의 가시 같은 말들이 자꾸만 신경을 예민하게 건드렸다.

지영은 남편 수철을 기다렸다. 남편이 돌아오면 한바탕 퍼부을 속셈이었다. 새끼 잡아먹은 년이라는 말을 들어가면서 살아갈 자신이 없었다. 화장대 거울에 초췌한 얼굴과 퀭한 눈이 떠올랐다. 지난 닷새 동안 십 년은 더 늙어버린 것만 같았다. 속에서 열불이 치밀어 올랐다. 지영은 괴성을 지르며 화장대 위의 화장품을 손으로 쓸어버렸다. 방바닥으로 화장품이 떨어져 나뒹굴었다.

수철은 새벽 두 시가 넘어서야 술 냄새를 풍기며 들어왔다. 술 냄새를 맡는 순간 지영의 꼭지가 핑 돌았다.

"당신도 내가 나래를 잡아먹었다고 생각해?"

지영은 침대에 누운 수철에게 따지듯 물었다.

"……."

수철은 뭐라 할 말이 없었다. 방바닥에 굴러다니고 있는 화장품을 볼 때부터 마음이 상했지만 꾹 참고 있는 중인데, 아내가 시비를 걸어왔다. 아내가 뭐라 하든 오늘은 참아야 한다고 생각하며 손바닥으로 눈을 가렸다.

"벙어리야?! 말 좀 해봐, 말 좀!"

지영은 무시당했다는 생각에 더 화가 났다.

"……"

수철은 몸을 일으켜 침대 끝에 앉았다.

"무슨 말을 하라는 거야? 자자, 응? 그냥 자자고."

"왜 대답을 안 하는데? 내가 나래를 잡아먹었냐고? 대답해!"

지영은 눈을 똑바로 뜨고 대들었다. 수철의 속이 부글부글 끓었다. 잡아먹지 않았느냐고 소리를 지르려다가 꾹 눌러 참았다. 아무리 화가 나도 해야 할 말과 해선 안 될 말이 있는 법이었다. 수철은 속으로 나래의 자살에 아내의 책임이 어느 정도는 있다고 생각하고 있었다.

"흥! 알았어. 그렇다 이거지. 그래 지 새끼 잡아먹은 년이 무슨 할 말이 있겠어. 그래도 더 이상은 어머니와 같이 못 살겠어."

지영은 수철의 침묵이 기분 나빠 한 걸음 더 나갔다. 지영의 말에 수철의 눈썹이 꿈틀했다.

"그래서 어쩔 건데?"

수철은 발끝에 걸리는 화장품을 밀어내며 되물었다.

"어머니가 나가시든지, 아님 내가 나가든지. 당신의 그 잘난 누님이나 여동생께 전화해서 모시고 가라 하세요. 아니면 당신이 방을 하나 마련해주시든지."

지영은 속마음을 그대로 내비쳤다.

"자자."

수철은 짧게 말하고 침대에 누웠다.

"잠이 와, 잠이?"라는 지영의 고함 소리와 함께 무언가가 이마를 강타했다. 깜짝 놀라 벌떡 일어나 보니 휴지통이었다. 아프진 않았지만 꼭지가 뒤틀렸다.

"이게 정말, 보자보자 하니까. 해도 너무하네."

수철은 베개를 들고 일어났다. 아무래도 거실로 나가야 큰 싸움을 피할 수 있을 것 같았다. 지금 서로 마주치면 좋을 게 하나도 없었다. 그렇지 않아도 폭발 일보 직전인데, 아내까지 시비를 걸어오니 미칠 지경이었다.

"이게? 너 지금 나더러 '이게'라고 했냐?"

지영은 베개를 빼앗아 그대로 수철의 몸통을 때렸다. 지영은 시어머니 때문에 화가 멈춰지질 않았다.

"이런 개 같은!"

수철은 고함을 버럭 지르며 지영의 따귀를 올려붙이려다가 가까스로 참았다. 수철은 지영을 향해 사나운 눈길을 쏘아붙인 뒤 거실로 나갔다. 지영도 흠칫 했다. 수철의 눈빛이 예사롭지 않게 느껴졌기 때문이었다. 거실로 나가 싸우려다가 멈췄다. 욱하는 성질이 한번 터지면 끝장을 보는 수철의 성격을 지영은 무서워했다. 다행히엔간한 일은 그저 허허 하고 웃어넘기거나 침묵으로 넘겼지만 성질이 터지는 날에는 살림살이가 남아나질 않는 경우가 많았다. 속이 부글부글 끓어올랐지만 참아야 했다.

베개도 이불도 없이 거실 소파에 누운 수철은 잠이 오질 않아 텔레비전을 켰다. 이리저리 채널을 돌리다가 가장 재미없게 보이는 바둑에 화면을 고정시켰다. 노란 바둑판에 하얀 돌과 검은 돌이 놓였을 뿐인 화면을 멍한 눈길로 하염없이 바라보았다.

이런 날이 오리라고는 꿈에도 상상해본 적이 없었다. 어쩌다 이 지경까지 왔는지? 어디에서부터 무엇이 잘못되었는지? 수철은 나래를 끔찍하게도 아꼈던 딸 바보였다. 물론 먹고 사는 일이 바빠 예전보다는 자주 얼굴을 못 봤지만 그래도 나래라면 자다가도 벌떡 일어나곤 했었다. 수철은 나래를 잃자 세상도 잃었다고 생각했다. 어떻게든 살아지겠지만, 벌써부터 사는 게 고역이었다.

눈을 감았다. 경찰서에서 봤던 가해자들의 얼굴이 생생하게 떠올랐다. 아무리 학생이지만 그들은 살인범에 가까운 죄인들이었다. 나래를 살해한 그들과 한 하늘에서 같이 살 수 없다는 생각과 할 수만 있다면 당장이라도 때려죽이고 싶은 마음이 수철을 괴롭혔다. 수철은 벌떡 일어나 앉았다. 가슴 깊은 곳이 용암처럼 뜨거웠다. 끓어오르는 분노를 수철은 제어하지 못했다. 결국 냉장고를 뒤졌지만 알코올 종류는 없었다.

무릎이 나온 트레이닝복에 슬리퍼를 걸치고 아파트 단지에서 꽤 멀리까지 나가 편의점에서 소주 몇 병을 사들고 돌아왔다. 안주는 어린 시절에 먹던 새우깡으로 대신 했다. 아까 먹은 술에다 부실한 안주와 소주를 더하니 불에다 기름을 붓는 격이었다. 맥주잔에다 소주를 부어 두어 잔 마시다보니 아내로부터 받았던 온갖 서운한 것들이 영화처럼 스쳐 지나갔다. 서운한 것들이 생각나니 슬슬 부아가 치밀었다.

수철은 비틀거리며 일어나 화장실을 다녀오는데 어머니 방에서 텔레비전 소리가 들렸다. 수철은 방문을 벌컥 열었다. 누워 텔레비전을 보던 어머니가 화들짝 놀라 벌떡 일어났다.

"아이고, 술 냄새. 어쩔라고그려? 그러다 몸 베려."

나래 할머니가 텔레비전 음량을 줄이며 말했다.

"엄니. 세상에 어떤 에미가 지 새끼를 잡아먹는다고 그래요. 그러면 안 되지요."

수철은 어머니 앞에 털썩 주저앉으며 말했다.

"나는 그런 말 한 적 없다."

어머니가 태연하게 대답했다.

"어여 가서 자. 너도 좀 쉬어야지."

어머니는 잔뜩 술에 취한 아들이 불쌍했다. 딸을 잃고 얼마나 가슴이 아플까 싶었다. 술에 취해 판단력이 흐려진 수철이 비틀거리며 일어났다.

"엄니는 진짜 그런 말 한 적 없다 이거지요?"

수철이 혀 꼬부라진 소리로 물었다.

"그려. 없으니께 어여 가서 자."

수철은 어머니 방을 나와 식탁에 부딪치고 거실 탁자에 무릎이 꺾일 정도로 비틀거리다가 소파에 몸을 던졌다. 취기가 몰려들었다. 눈은 가물가물했지만 정신은 얼음처럼 맑았다. 물론 그것은 수철의 착각이었다. 소파에 누워 곰곰이 생각하니, 생각할수록 아내

지영이가 괘씸했다. 수철은 끙 하며 몸을 일으켰다. 안방에 들어갔더니 아내 지영이가 침대에 누워 곤하게 자고 있었다. 자는 모습이 너무 미웠다.

"잠이 오냐? 잠이 와!"

수철은 아내의 따귀를 찰싹찰싹 때리며 소리쳤다. 지영이 비명을 지르며 일어났다.

"나쁜 년! 너 때문에 나래가 그리 된 거야, 알아!"

수철은 다시 주먹을 휘둘렀다. 지영은 주먹을 피하면서 얼른 침대에서 내려와 로션 병으로 수철의 머리를 쳤다. 퍽 하는 소리와 함께 수철의 머리에서 피가 터졌다.

"이러고도 니가 남편이냐? 이런 개새끼! 그 에미에 그 자식이 딱 맞는 말이네."

지영은 악을 쓰며 술에 취해 제대로 힘을 쓰지 못하는 남편을 할퀴고 꼬집고 깨물었다. 화장품 병에 맞은 수철의 이마에서는 살이 찢어져 피가 줄줄 흘렀다.

"아아악!"

놀라서 달려온 희래가 비명을 질렀다. 안방의 벽지에까지 피가 튀어 있었고 침대는 아예 벌겋게 핏물이 들었을 정도였다. 희래는 정신없이 119에 전화를 걸었다.

18

응급실에서 치료를 받고 돌아온 수철은 본격적으로 부부싸움을 시작했다. 싸움은 길고 지루했으며 폭력적이었다. 지영은 당연히 완력에서 남자인 수철에게 밀렸다. 접시며 냄비를 던지며 저항했지만 수철은 막무가내로 밀고 들어가 지영의 머리채를 휘어잡고 두들겨 팼다.

두 사람 사이에서 싸움을 말리던 희래는 이러다가 엄마가 죽는 게 아닌가 싶었다. 할머니는 '저년이 사람 잡을 년'이라며 아빠의 편에서 고래고래 악을 썼다. 희래는 다시 119에 전화를 걸었고 이어 112에도 신고했다.

수철에게 맞아 지영의 입술은 두툼하게 부어올랐다. 구급대원과 경찰 두 명이 거의 동시에 아파트에 도착했다. 경찰이 오자 일단 싸움은 중단되었다. 지영은 병원에 안 가겠으니 구급대원한테 돌아가라고 말한 뒤 외삼촌들에게 전화를 걸어 빨리 오라고 말했다.

경찰은 '남의 가정사에 끼어드는 것이 곤란'하다며 적극적으로 개입하지 않았다. 그 사이에 할머니는 계속 악을 썼고, 희래는 엄마의 얼굴에 묻은 피를 닦으려고 붕대와 알코올을 가져 왔다.

"치워!"

지영은 희래를 거칠게 밀어냈다.

"엄마, 얼굴에 피는 닦아야지."

희래가 울먹이며 말했다.

"치우라니까!"

지영은 몸부림치며 악다구니를 질러댔다.

"엄마, 제발!"

희래는 그래도 포기하지 않고 엄마의 얼굴을 닦으려고 했다. 지영은 자신도 모르게 희래의 따귀를 올려붙였다. 순간 후회했지만 이미 늦은 뒤였다. 희래의 코에서 피가 주르륵 흘렀다. 그것을 본 수철은 광분해서 경찰이 잠시 방심한 사이에 지영에게 달려들어 머리채를 잡고 주먹으로 얼굴을 가격했다.

"아저씨!"

경찰이 수철을 잡았다. 지영의 머리채를 끝내 놓지 않고 질질 끌고 다니는 수철의 팔을 경찰이 뒤로 꺾었다. 그제야 수철은 지영의 머리채를 잡았던 손을 놓았다. 머리카락이 한 움큼 뽑혔다. 지영은 그 사이에 찌개 냄비를 들어 수철에게 던졌다. 김치찌개가 허공에 흩뿌려졌고, 수철의 몸은 찌개 건더기와 국물로 범벅이 되었다.

"저년이 마구니에 악마여. 아 뭐하는 거여? 저 드런 년을 후딱 잡아가지 않고!"

할머니가 경찰들에게 눈을 흘기며 악을 썼다.

"정말 골 때리는구만. 어이 김 순경, 지원 요청 좀 해. 우리 둘로는 어림도 없겠어."

잎사귀 세 개를 어깨에 달고 있는 경찰이 말했다. 김 순경이란 사람이 즉시 지원을 요청하는 무전을 날렸다. 그 사이에 구급대원은 희래의 코피를 멈추게 해주곤 떠났다. 희래는 엉엉 울며 제발 싸우지 말라며 수철을 붙잡고 애원했다. 희래는 엄마와 아빠 사이에 주저앉아 눈물만 흘렸다.

"지영아!"

"오빠아!"

지영은 친정 큰오빠를 보자마자 통곡을 터트렸다.

"이게 무슨 일이야?"

큰오빠가 지영을 품에 안고 수철과 할머니를 죽일 듯한 눈빛으로 노려봤다.

"이런 개새끼가!"

뒤따라 들어오던 작은 외삼촌이 벽력같이 소리를 지르며 수철의 턱을 주먹으로 쳐버렸다. 방심하고 있던 수철은 그 주먹에 뒤로 나가떨어졌다.

희래는 작은 외삼촌의 주먹이 아빠의 머리를 때리는 순간, 모든 것이 끝났다는 것을 느꼈다. 이제 엄마와 아빠는 이 집에서 함께 살 수 없게 되었다. 눈물이 뚝 멈췄다.

나래는 희래를 꼭 안아주었다. 나래의 두 팔은 바람 같아서 희래를 스치기만 할 뿐, 안아줄 수는 없었다. 나래는 당황했다. 비록 살의 감촉은 없을지라도 동생 희래를 꼭 안아줄 수만 있다면, 사람이 아니라 돼지의 팔이라도 좋다고 생각했다.

"어떻게 해, 희래가 불쌍해서 어떻게 해."

나래는 발을 동동 굴렀다.

"이제 그만. 돌아갈 시간이 되었어."

바리가 나래의 팔을 잡아끌었다.

"싫어, 싫어."

나래는 바리의 손을 뿌리치며 도리질을 쳤다. 집에 남아, 희래의 볼 위로 흐르는 눈물을 닦아주고, 어머니와 아버지의 싸움도 말리고 싶었다. 남아 있는 가족이 예전처럼 화목해진다면, 마음 놓고 집을 떠날 수 있다고 생각했다. 나래는 엉겨 싸우고 있는 외가와 친가 사이로 뛰어들었다.

"소용없어, 그만해."

바리가 그 사이에서 나래를 끄집어냈다. 바리는 나래가 가족한테 집착할까봐 걱정이었다. 나래와 같은 원령(怨靈)이 가장 쉽게 범하기 쉬운 게 바로 집착이었다.

원령의 집착은 누군가의 육체에 들러붙어 떨어지지 않으려 드는 것이었다. 친족 중에서 심리적으로 가장 불안한 사람을 골라 그의 육체에 들러붙어 이승을 떠나지 않으려고 집착하는 경우를 바리는 아주 많이 보았다.

심리적으로 허약한 사람의 육체에 령이 붙는 것을 '귀신이 씌었다'고 한다. 귀신에 씌이면, 정신병자처럼 행동하게 된다. 힘은 장사로 변하고, 허공에 대고 끊임없이 혼자 중얼거리고, 누구의 말도 듣지 않으며, 수면제를 아무리 먹여도 잠을 자지 않는다. 귀신이 그 사람을 움직이기 때문이다. 결국 귀신에 씌인 사람은 정신병자로 취급받고 끝내는 정신병원으로 끌려가는 순서의 삶을 살게 된다. 바리는 나래가 희래한테 집착하여 희래의 육체에 붙을까봐 그게 걱정이었다. 강제로라도 나래를 가운데 하늘로 돌려보내야만 했다.

바리가 손가락을 탁 튕기자 어두운 밤하늘에 초록색 빛의 길이 희미하게 나타났다. 동시에 희래도, 서로 엉겨 싸우고 있는 식구들도, 집도 스르르 사라지고 말았다. 나래는 미친 듯이 사라진 집으로 돌아가려고 발버둥을 쳤다.

"가자."

바리가 희미한 초록색 빛의 길로 나래의 손을 잡고 걸어갔다. 나래는 어둡고 탁한 초록색 빛의 길을 천천히 걸었다.

발목을 잡는 기억들 때문에 슬펐고 힘들었다. 망각의 강을 건너면 기억들도 사라질 줄 알았는데 그게 아니었다. 기억이 사라지지 않으면 슬픔도 지속된다. 슬픔은 상처가 아니라 기억에 뿌리내린 나무였다.

나래는 자꾸만 뒤를 돌아보았다. 바리가 돌아보지 말라고 경고했다. 그래도 습관처럼 고개가 뒤로 돌아갔고, 사라진 집과 식구들과 길처럼 뻗어 있는 기억을 바라보았다. 참다못한 바리가 손가락을 입에 넣고 휘파람을 불렀다.

끼악, 깍!

순간, 심장을 찢을 듯한 괴성과 함께 상반신은 사람이고 하반신은 새인, 검은 괴물이 거대한 날개를 퍼덕이며 나래 앞에 나타났다. 괴물 새는 성형 바느질 자국이 무수한 미녀의 얼굴로 나래를 굽어보았다. 나래는 공포에 질려 비명도 지르지 못했다. 죽은 사람의 영혼을 실어 나르는 괴물, 금시조 상상이었다. 나래는 그 자리에 털썩 주저앉았다.

"데리고 가!"

바리가 명령을 내리자 상상이 비명을 지르는 나래를 징그러운 발톱으로 집었다. 순식간에 나래를 가운데 하늘의 한 복판으로 데려갔다. 상상은 사막보다 더 황량한 벌판에 나래를 내려놓고 허공 속으로 사라졌다. 나래는 무릎 사이에 얼굴을 묻었다. 여기가 아닌 다른 곳으로 가고 싶었다.

"너도 상상을 타고 왔구나."

규가 나래의 곁으로 와서 앉으며 말했다. 나래는 여전히 상상의 공포에 사로잡혀 온몸을 떨었다.

19

"무엇 때문이냐?"

규에 대한 개별 조사가 시작되었다. 모든 자기 살인자들은 일원법신이 직접 심문했다. 그만큼 자기 살인은 중차대한 범죄에 속했다. 나래는 이미 심문을 받았다.

"다른 령들은 비교적 자기 살인의 이유가 명확하다만 너는 그렇지 않았다. 그 이유가 무엇이냐?"

"……."

규는 얼른 대답을 하지 못했다.

'신이라면서 다 알고 있는 게 아닌가, 아니 다 알아야 하는 게 아닌가?'

이런 생각이 들었다. 침묵이 길어지고 있었다. 말이 이토록 궁색할 줄은 몰랐다. 일원법신은 독촉하지 않고 규의 대답을 기다렸다.

"잘 모르겠어요. 사람인 것도 싫고, 학생인 것도 싫었어요. 그냥 싫고 귀찮았어요. 무언가 잘못되었다는 생각이 늘 들었어요. 밤마다 자위를 했는데요, 어느 밤에는 자지 껍질이 까질 정도로 자위를 하기도 했어요. 자위를 하고 나면, 제가 그렇게 싫을 수가 없었어요. 허탈하고, 무언가 소중한 것을 잃어버린 기분이 들었고, 화가 났고 또 죄책감에 시달려야 했어요. 그런데도 자위가 멈춰지질 않는 거예요…… 엄마를 빼고 세상의 모든 여자를 마음으로 간음했어요. 학교의 여선생님도, 운주도, 수녀님도, 비구니 스님도, 거리를 걷는 모든 여자들을 당연히 간음했죠. 그런 내가 싫었어요. 싫은데 멈춰지질 않는 거예요. 마음으로 하는 간음인데 뭐 어떠냐고요? 내가 정말 싫어져요. 자위를 하고 손가락 사이에 묻은 정액을 보는 순간, 정말로 내가 싫고 미웠어요."

규가 말을 멈추고 잠시 허공을 바라보았다. 막상 말을 하려니 창피하고 부끄러웠다. 이 세상의 누구에게도 해본 적이 없는 말이었다. 일원법신은 규가 말을 이어가기를 기다려주었다. 일원법신이 아무것도 묻지 않아서 그나마 위로가 되었다.

"엄마 아빠와 가족들한테는 참 미안해요."

가족을 생각하니 울음이 터졌다. 규는 오래 울었다. 일원법신은 말없이 규의 울음이 끝나기를 기다렸다.

"나는 왜 인간으로 태어났을까요? 인간으로 태어나지 않고 나무나 풀, 낙타나 고양이로 태어났으면 학교도 다니지 않았을 거고…… 인간으로 태어난 괴로움도 없을 텐데 말이에요. 그런 생각이 찾아들면, 모든 게 귀찮아지고 멍때리는 순간들이 점점 길어지고 많아졌어요. 가슴이 답답하고, 물속에 갇힌 듯 갑갑하고, 아프고 화가 나고 미친 듯이 자위하고…… PC방에서 게임을 해도 우울하기만 했어요. 아주 나쁜 꿈을 꾸는 것 같았어요. 이게 현실이면, 너무 나쁘다는 생각을 끝없이 했어요. 차라리 깨지 않았으면 좋을 것 같았어요."

여기까지 말을 하고 규는 일원법신을 쳐다보았다. 일원법신이 계속 말을 하라고 손짓했다.

"두렵고 무서웠어요. 누군가가 날 구원해줬으면 좋겠다고 생각했어요. 내 속엔 내가 너무도 많아요. 나도 어찌 해볼 수가 없는 그런 내가 있어요. 천사였다가 동시에 악마와 같은 나. 악마가 내 귀에 소곤거려요. 죽으면 모든 게 끝. 얼마나 편하냐. 그래요. 차라리 죽고 싶었어요. 인간은 누구나 죽어요. 그건 진리잖아요. 이 세상에 죽지 않는 인간은 아무도 없어요. 일찍 죽느냐 아님 오래 살고 죽느냐의 차이만 있을 뿐, 그 누구도 죽음 앞에서 예외일 수가 없잖아요. 그렇지만 솔직히 두려웠어요. 저도 죽음이 두려웠다고요. 구원 받고 싶었어요. 교회도 가봤고, 절에도 가봤어요. 세상의 모든 신들에게 구원을 빌었죠. 응답이 없었어요. 왜 신들은 응답하지 않는 거죠? 나는 그게 정말 궁금했어요. 아무리 묻고 물어도 신은 대답해주지 않았어요. 대답을 기다리다 점점 인간인 것이 더 싫어졌죠. 절망적인 순간들이 자주 찾아왔고요. 컴퓨터 하드를 포맷하는 것처럼 삶을 리셋하고 싶어졌어요. 그러면 모든 것을 처음부터 다시 시작할 수 있잖아요. 더러운 내면을 싹 밀어내고 다시 순수하고 깨끗한 내면으로 다시 시작하고 싶었어요."

규가 말을 마쳤다. 일원법신이 규를 물끄러미 바라보았다.

"너의 악 카르마가 참으로 깊고 깊구나. 너의 악업을 어찌할꼬? 사춘기 때에는 누구나 인간 자체에 대해, 그리고 신에 대해 강렬한 의문을 품게 되지. 다만 정도의 차이가 있을 뿐이다. 자기 변론이 아무리 그럴 듯해도, 본질은 변하지 않는다. 너의 카르마는 참으로 악하구나. 일단 너에 대한 심문은 여기서 끝내겠다. 가서 기다려라."

규는 일원법신 앞을 떠났다.

불타는 집

20

아무리 걷고 걸어도, 아무리 떠나고 떠나도 매양 처음으로 돌아오곤 했다.

규와 나래는 털썩 주저앉고 싶었다. 집에서 학교로, 학교에서 학원으로, 학원에서 집으로, 다시 집에서 학교로 이어지는 지난날의 시간처럼 변하지 않는 가운데 하늘의 풍경. 나무 한 그루 풀 한 포기 없이 온통 누렇기만 한 벌판과 산들. 누런 강물과 괴물 새들, 끝없이 이어진 메마른 길들, 좀비처럼 떠도는 다른 령들…….

하지만 걸음을 멈출 수도 없었다. 강제로 러닝머신 위에 올라가 있는 것처럼 규와 나래는 잠시도 쉬지 않고 걷고 또 걸어야만 했다. 쉬고 싶어서 앉으려고 해도 알 수 없는 부력에 의해 저지당했고 잠시만 걸음을 멈춰도 어떤 힘이 등을 밀었다. 나래와 규의 의지는 전

혀 힘을 쓰지 못했다. 쉬고 싶어도 쉴 수 없었고 가기 싫어도 가야
만 했다.

"또 여기네."

나래가 말했다.

"또 처음이고."

규가 맞장구치며 말을 이어갔다.

"우씨, 차라리 곤장을 때리지. 이게 벌이라면 너무 지루하고 재미
없고 힘들다, 그치?"

규의 말에 나래는 말없이 고개만 끄덕였다. 가운데 하늘의 길은
평탄한 듯 보였지만 규와 나래에게는 날카로운 작두 위를 걷는 느
낌이었다. 한 걸음 걸을 때마다 발바닥을 파고 들어오는 칼날의 아
픔에 살이 에이고 마음이 저렸다. 이 길에서 벗어나고 싶은 마음이
굴뚝같았다.

한참을 걸어가고 있는데 어디에선가 짐승의 소리가 들렸다. 규와
나래는 그 소리에 이끌렸다. 짐승의 소리를 찾아갔더니 축계(畜界)
가 나타났다. 돼지와 수탉과 뱀이 축계 안에서 우글거리고 있다가
규와 나래를 환호하며 맞아들였다.

"손에 쥔 떡을 버리고, 꿈속의 떡을 찾아가는구나. 꿈속에서 떡을
먹어본들……."

축계로 들어가는 규와 나래를 보고 허공법계에서 일원법신이 중
얼거렸다.

규와 나래는 돼지와 수탉과 뱀의 무리에 들어가 편안하게 어울렸

다. 축생의 무리와 어울리고 있는데도 낯설다는 느낌이 전혀 들지 않았다.

나래가 뱀과 춤을 추는 동안 규는 돼지, 수탉과 함께 삼중창으로 노래했다. 돼지의 목소리는 멱을 따는 듯 시끄러웠고 수탉의 높고 긴 목청은 짜증스러웠다. 하지만 규는 그들의 목소리를 사랑스럽게 느꼈다.

한 노래가 끝나고 새 노래를 시작할 즈음에 규의 몸은 돼지로 머리는 점차 수탉으로 바뀌어갔다. 인간의 다리와 돼지의 몸통, 수탉의 머리로 바뀐 몸에 규는 즐겁게 반응했다. 그렇게 춤추고 노래하는 사이에 나래의 몸 안에서 독사들이 우글거리며 나왔고, 규의 몸 안에서 돼지와 수탉이 뛰쳐나왔다. 몸 안에서 나온 축생들은 다시 나래와 규의 몸 안으로 기어들어갔다.

축사에서의 요란스러운 축제는 강 건너 도시의 어느 대학 앞 라이브 카페처럼 흥겨웠다. 반인반수의 몸으로 규와 나래도 미친 듯이 헤드뱅잉을 했다. 짜릿한 전율이 온몸을 휘감았다. 괴성과 격렬한 춤이 이어지는 동안, 마음에 있던 잡념들이 하나씩 사라지고 오로지 행위만이 남았다.

몸의 미친 듯한 움직임 속에서 살[肉]이 조금씩 흘러내렸다. 격렬한 동작의 뼈만 남기고 마침내 살이 흩어져 사라졌다. 규와 나래는 해골이 되었다. 해골이 되어 춤을 췄다.

그들은 본래 해골이었다.

21

선애는 몽유병자처럼 떠돌았다. 몽유(夢遊)의 시간. 할 수 있는 게 아무것도 없어서 선애는 겨우 숨만 쉬었다. 숨쉬기조차 미안해서 자주 숨을 참았다. 견디다 못해 숨이 터지면 물속으로 숨고 싶었다. 그랬다. 차라리 익사를 소망했다. 무슨 낯으로 산단 말인가. 정말이지 낯을 들고 방 밖으로 나갈 자신이 없었다. 거리에 나서면 온 세상 사람들이 손가락질을 할 것만 같았다.

잠을 자는 것도 아니고, 깨어 있는 것도 아닌 상태에서 선애는 끊임없이 자기에게 닥친 이 현실이 꿈이기를, 제발 생시(生時)가 아니기를 빌고 빌었다.

'설마 규가 그렇게 할 리가 없어. 그냥 꿈일 거야. 그럼 꿈이고말고. 아침에 일어나면 규를 깨워 학교에 보내야 할 거야. 어떻게 나한테 이런 일이? 아니야, 그럴 리가 없어. 규는 잠시 여행을 간 거야. 규가 어떻게 나한테 그럴 수가 있어? 세상에서 제일 착한 아이인데. 내가 저를 얼마나 사랑하고 의지하고 믿고 살았는데. 지 아빠가 딴 짓을 했을 때에도 저 때문에 갈라서지 않고 모든 걸 견뎌냈는데. 규는 착해서 나한테 그렇게 못된 짓을 하지 않을 거야. 내일이면 모든 게 정상으로 바뀌어 있을 거야. 지금 꿈을 꾸고 있는 거야. 이 모든 것들은 그저 거짓말이야. 사람들이 나를 놀리려고 거짓말을 한 거야. 규는 그럴 애가 아니거든. 아무렴 그렇고말고.'

희미한 새벽의 미명이 방 안으로 쏟아져 들어왔다. 미명에도 눈이 부셨고 속이 메슥거렸다. 아득한 현기증에 선애는 침대 끝에 털썩 주저앉았다. 잠시 그대로 앉아 숨을 고른 뒤에 불을 켰다. 닷새 만에 켜는 형광등이었다.

불빛에 환하게 드러나는 방 안의 풍경. 먼지가 뽀얗게 앉은 거울과 마구잡이로 흐트러진 화장품들, 방바닥을 굴러다니는 눈물 닦은 휴지들, 허물처럼 놓여 있는 검은 상복, 귀신처럼 산발한 머리, 검은 보자기에 싸인 작은 상자가 눈에 스치듯 지나갔다. 선애의 입술은 타고 남은 재처럼 바삭하게 말랐고 또 검었다.

'저것이 무엇일까?'

선애는 상자를 오래 바라보았다. 규의 뼛가루가 담긴 상자지만 실감나지 않았다. 지금쯤 규는 제 방에서 곤히 자고 있을 것만 같았다. 어지럼증이 가라앉자 선애는 안방에서 나갔다.

거실을 가로질러 곧장 규의 방으로 향했다. 코고는 소리가 요란했다. 편도선이 유난히 커서 규는 코골이가 심했다. 미명 속에서 들려오는 코골이 소리에 선애는 안심했다. 누군가가 살아 있다는 소리였으니까. 규의 방문을 열고 곧장 불을 켰다.

휑하다.

코고는 소리도 순식간에 사라졌다. 방 안에 싸늘한 기운이 가득했고, 침대는 텅 비어 있다. 규가 침대에 누웠다가 빠져나간 그대로, 베개는 떨어져 있고 이불은 뭉쳐진 채 흐트러져 있다. 이불을 뭉쳐 다리 사이에 끼고 자는 잠버릇의 아들. 그것도 일종의 유전이다. 뭉친 이불을 곧게 펴려는데 이불 속에서 휴지 뭉치가 서너 개

나왔다. 선애는 휴지 뭉치를 집어 냄새를 맡아보았다. 규의 정액 냄새가 희미하게 코를 자극했다.

'짜식, 또 자위했었네. 지 애비를 닮아 아주 질질 흘리고 다니는 건 어찌 그리도 똑같은지. 뒤처리를 했으면 휴지통에 버리지 이게 뭐야, 이게.'

휴지를 쓰레기통에 던져 넣고 이불을 곱게 펴고 베개를 제자리에 두었다. 선애는 침대 모서리에 엉덩이를 걸치고 방 안을 둘러보았다.

책꽂이에 가득한 『아즈망가의 대왕』을 비롯한 일본 만화책들과 미야자키 하야오의 만화영화들. 저 만화책을 읽고 만화영화를 보기 위해 규는 스스로 일본어를 공부하고 깨쳤다. 『북유럽 신화』, 『인도 신화』, 『그리스로마 신화』, 『신화동물상징사전』, 『만화 서양미술사』, 『세계신화사전』, 『악동이』, 『나의 라임오렌지나무』, 『신곡』, 그리고 온갖 소설들이 뒤죽박죽으로 꽂혀 있다.

책상 위에는 캐릭터 화집들과 피규어 몇 개, 그리다 만 그림, 다양한 종류의 연필들, 표지가 너덜너덜한 참고서, 읽다 만 책들, 지우개똥 등이 어지럽게 놓여 있다. 익숙한 풍경이다. 규가 곧 돌아와 저 물건들을 사용할 것만 같다.

오늘도 선애는 책상 정리를 포기했다. 규는 엄마가 책상 정리를 해주면 불같이 화를 냈다. 아무리 지저분해도 자기 나름의 질서로 물건들이 책상에 놓여 있으니 제발 치우지 말라고 부탁하기도 했다.

'그래, 이대로 두자.'

선애는 주방으로 갔다. 식구들의 아침밥을 짓기 위해서였다. 항아리에서 쌀을 퍼내다가 옆에 놓인 밥솥을 열어보았다. 밥이 솥에 가득했다. 며칠째 그대로 있었는지 냄새까지 났다. 지난 며칠간 식구들이 밥을 거의 안 먹었다는 게 확실했다.

'내가 안 차려줘서 굶은 거야, 뭐야?'

갑자기 속에서 열불이 치솟았다. 얼굴까지 빨갛게 달아올랐고 손이 바르르 떨렸다. 도무지 화를 참을 수가 없었다. 열을 식히지 않으면 이대로 폭발해버릴 것만 같았다. 선애는 입은 그대로 외투 하나만 들고 집을 나와버렸다.

아파트 단지 앞 상가, 마을버스 정류장에서 새벽 첫 버스가 불을 밝히고 손님을 기다리고 있다. 선애는 버스를 지나쳐 아래쪽 주택가 도로로 접어들었다. 어디로 가야 할지 뚜렷한 목적지도 없이 선애는 걷기만 했다. 무엇을 어떻게 해야 할지도 몰랐다. 12월의 쌀쌀한 새벽길이었다.

드문드문 사람들이 나타났다가 사라졌다. 은행나무 아래서 낙엽을 쓸어내는 환경미화원들, 네온으로 붉게 빛나는 십자가의 예배당으로 새벽예배 보러 가는 두 할머니, 지하철역 방향으로 뛰어가는 남자의 뒷모습, 긴 머리를 말리지도 않은 채 바쁘게 걸어가는 아가씨, 짐수레가 된 유모차에 폐휴지를 싣고 낑낑거리며 밀고 가는 할머니.

할머니를 좀 도와줄까 하다가 돌아섰다. 선애는 자신의 무게만으로도 충분히 버거웠다. 자신은 할머니가 밀고 가는 짐보다 훨씬 더 무거운 무엇을 밀고 가는 중이었다.

22

규와 나래가 축생의 무리와 어울려 광란의 축제를 벌이고 있을 때, 일원법신과 신제는 거울을 통해 그 광경을 낱낱이 보고 있었다. 일원법신이 혀를 끌끌 찼다.

"다음 단계를 준비할까요?"

신제가 묻자 일원법신이 고개를 끄덕였다.

"그럼 분부대로 하겠사옵니다."

신제는 일원법신 앞에서 물러나왔다. 신제 앞에는 축생계의 광란이 펼쳐져 있었다.

"분노여, 저들을 징치하라. 삶을 모독한 저들의 죄업에 대해 마음껏 분노하라!"

신제가 허공에 대고 외쳤다. 그러자 한순간에 축생의 무리들이 사라졌고, 허공이 점차 어두워지기 시작했다. 검은 구름이 몰려오더니 천둥과 벼락이 허공을 뒤흔들었다.

그 사이에 해골로만 존재하던 규와 나래의 몸에 살이 붙었다. 해골이든 살이 붙었든, 그것은 모두 두 령의 마음이 만들어낸 현상이었다. 령은 육체가 없기 때문에 뼈도 살도 없는 존재다. 오히려 령은 마음의 뼈, 마음의 살로 이루어진 존재라고 할 수 있다. 바람 같은 마음.

벼락이 지나가자 땅이 흔들렸다. 땅 위를 뱀처럼 기어가던 누런 강물도 바닥을 드러내며 뒤집어지더니 온갖 축생의 무리들이 남겨 놓은 똥과 뒤섞였다. 두려움에 질린 나래가 규를 붙잡고 떨었다. 마음의 뼈들이 두려움으로 삐걱거렸다.

'여기가 아니라면 그 어디든 다 좋아.'

옥상에서 몸을 던지기 전에 나래는, 검은 밤하늘에 별이 총총하게 떠 있는 아름다운 세상을 상상했었다. 지옥 같은 현실에서 벗어나면 그곳으로 갈 줄 알았는데. 어디나 마찬가지라는 사실 앞에 나래는 그만 울고 싶었다. 그 어디든 모두 '여기였던 거기'와 비슷했다. 죽어도 죽은 것이 아니라니…….

'그래 어디 해볼 테면 해봐.'

규는 삐딱한 시선으로 강물이 똥물로 변하는 것을 바라보았다. 해골의 텅 빈 눈두덩 속에 담긴 규의 시선에는 어떤 고집 같은 게 담겨 있었다. 두려움을 겉으로 드러내기는 싫었다. 자존심 문제였다. 지하철에 몸을 던지기 전에, 규는 이런 곳이 있다고는 티끌만큼의 상상도 하지 않았다.

만일 알았다면, 지하철에 몸을 던지지 않았을 터였다. 여기는 참으로 고약한 오지(奧地)였다. 사막도 아닌데 사막처럼 생겼고, 극지도 아닌데 극지처럼 보였고, 얼음산도 아닌데 얼음산보다 혹독했다.

그런데 이제는 똥물로 가득한 강물이라니. '모든 건 마음의 환영이니라'라고 언젠가 바리가 말했었다. 그 무슨 귀신 씨나락 까먹는 소리란 말인가. 마음이 뭐 어쨌다고 툭하면 마음, 마음이라고 하는 것인지.

"여기서 얼른 떠나자."

헛구역질이 올라올 정도로 냄새 또한 역겨웠다. 규는 당장이라도 여기를 떠나야 한다고 생각했다. 하지만 나래는 여전히 머뭇거렸다. 똥물이 마침내 범람을 시작했다. 높은 곳으로 이동하지 않으면 똥물이 삼키려 들 터였다. 규는 마음이 급했다. 어느새 똥물이 발목을 적셨다. 여기저기에 똥 덩어리가 둥둥 떠다녔다.

"똥물에 빠져 죽을래?"

규가 소리쳤다.

"똥물? 나는 똥물 싫은데."

나래가 울상을 지었다.

"여기서 이럴 틈이 없어. 얼른 가자."

규가 나래의 손을 잡았다. 규와 나래는 언덕을 향해 달려가기 시작했다. 강보다 높은 곳이어서 아무리 똥물이 범람해도 안전할 것 같았다.

"여기는 괜찮겠지?"

나래가 물었다.

"아, 몰라."

규가 고개를 홱 돌렸다. 느닷없이 짜증이 샘솟듯 솟았다. 아무래도 더 높은 곳으로 가든지 아니면 아예 여기를 떠나는 게 나을 듯했다. 혼자라면 편하게 갈 수 있는데 동작도 굼뜨고 겁도 많은 나래를 데리고 다니려니 힘이 두 배로 들었다.

"아악! 니 머리, 머리에!"

나래가 비명을 지르며 펄쩍펄쩍 뛰었다.

해골로 변한 머리통의 사방팔방 갈라진 틈에서 머리를 풀어헤친 분노의 신이 꾸역꾸역 기어 나오고 있는 게 보였다. 하얀 소복은 똥물로 더러웠고 입으로는 끊임없이 똥물을 게워냈다. 돼지와 수탉과 뱀들이 게워낸 똥물에서 살려달라며 아우성을 쳤다.

분노의 신은 똥물을 분수처럼 뿜어내며 규의 옆에 섰다. 규는 얼른 자리를 피했다. 나래의 두개골에서도 흉측한 몰골의 분노가 기어 나왔다. 규는 두려움에 질린 표정으로 분노의 신을 바라보았다. 나래의 두개골에서 나온 분노의 신은 오른손에 창자를 들고 왼손으로는 그것을 입에 집어넣다가 그만 토하고 말았다.

분노의 신의 입에서 폭포수처럼 쏟아져 나오는 구토물은 똥물과 섞여 출렁거렸다. 규와 나래가 똥물의 범람을 피해 왔던 언덕도 귀신들이 토해낸 똥물과 구토물로 출렁거리게 되었다.

똥물은 빠른 속도로 불어났다. 똥물이 발목 근처까지 차오르자 나래가 비명을 지르며 폴짝폴짝 뛰었다. 규는 당황했다. 똥물에 잠수하는 것은 정말 싫은데 피할 수 있는 방법이 전혀 없었다.

똥물은 발목을 지나 무릎까지 차올랐다. 규와 나래의 두개골에서 나온 분노의 신들이 언덕의 꼭대기에서 똥물을 게워내는 양은 엄청났다.

"어떻게 좀 해봐!"

파랗게 질린 나래가 애원하듯이 말했다.

"아, 나도 몰라 씨바!"

규가 버럭 화를 냈다.

똥물은 무서운 속도로 불어났다. 규는 똥물이 순식간에 사라지는 마법의 순간이 왔으면 좋겠다고 생각했다. 그 순간, 나래가 꼬르륵 똥물 속으로 가라앉았다. 순간 나래가 규의 다리를 잡았다. 규도 똥물 속으로 빨려 들어갔다.

23

안개가 자욱했다.

수철은 아내 지영과의 약속에 늦지 않기 위해 거칠게 차를 몰았다. 안개와 신호등 따위는 무시했다. 끓어오르는 화 때문에 보이는 게 없었다. 이혼하기에 딱 알맞은 날씨라고 수철은 생각했다. 이혼을 질질 끌고 싶지 않았다. 작은 처남이 수철의 얼굴을 주먹으로 때렸을 때 이미 결정된 일이었다.

"어어!"

방금 전까지만 해도 안 보이던 차가 불쑥 나타났다. 급하게 브레이크를 밟았지만 속도를 이기지 못하고 앞차와 추돌하고 말았다. 순간, 에어백이 터지며 얼굴을 강타했다. 에어백이 얼굴을 덮치자 아무것도 보이지 않았다. 그 짧은 순간에 수철은 이대로 죽어버렸으면 좋겠다고 생각했다.

충격에 비해서는 작은 사고였다. 다행히 앞차의 운전수는 다치지 않은 모양이었다. 그럼에도 불구하고 주저앉아 엄살을 피웠다. 근처에 있던 교통순경이 와서 사고 조사를 했다. 앞차의 뒷범퍼가 주저앉았다. 수철은 귀찮아서 모든 잘못이 본인에게 있다고 말했다. 사람이 다쳤으니 경찰서로 가야 한다는 것을 가정법원 출석통보서를 보여주며 뒤로 미뤘다. 법원에서 나오자마자 경찰서로 곧장 와서 조사를 받는다는 것을 약속하고서야 수철은 택시를 탈 수 있었다.

지난 오월, 결혼 이십 주년 기념으로 아내와 함께 제주도로 여행을 다녀올 때만 하더라도 수철은 이 결혼과 가정에 대해 아무 불만이 없었다. 불만은커녕 단란함과 단단함에 행복을 느꼈다. 누가 보더라도 평범한 가정이었다.

지영은 잔소리가 좀 많다는 것을 빼고 나면 나무랄 데 없는 아내였다. 나래와 희래, 두 딸도 예쁘게 잘 자라주었다. 아내가 알뜰하게 재산을 불려나가는 바람에 생각보다 빨리 지금의 넓은 아파트도 장만했다. 명예퇴직의 압박이 스트레스였을 뿐, 수철은 이 삶에 큰 불평이 없었다. 행복하다고 큰소리칠 것은 아니지만 적어도 불행하진 않았다.

나래의 자살로 그 모든 것들이 모래성처럼 무너져 내렸다.

재산을 반으로 나누고, 희래의 양육권을 아내에게 넘겨주지 않는 것을 조건으로 이혼이 성립되었다. 이제 구청에 가서 신고하는 것으로 법적인 정리가 모두 끝나는 셈이다. 가정법원을 나오면서 수철과 지영은 인사도 없이 헤어졌다. 수철은 곧장 구청으로 가서 행정 절차를 모두 마쳤다. 집으로 가려고 택시를 잡는데 경찰서에서 전화가 왔다.

경찰서에서 조사를 마치고 파김치가 되어 집으로 돌아오니, 이삿짐센터에서 나온 인부들이 아내의 짐을 싣고 있었다. 차라리 잘되었다 싶었다. 차일피일 미뤄봤자 서로 부담만 될 터였다. 고가 사다리로 짐이 내려가는 동안 큰 처남이 베란다에서 담배를 피웠다.

수철의 어머니는 세모눈을 뜨고 짐을 하나하나 검사했다. 수철의 어머니와 큰 처남이 안방의 TV 때문에 한바탕 붙었다. 큰 처남은 지영이가 적어둔 목록대로 짐을 실어나가려고 했고, 수철의 어머니는 당신이 보기에 마음에 걸리면 무조건 안 된다며 떼를 썼다.

"그냥 두세요, 어머니. 재산을 정확히 반으로 나누기로 했어요."

수철이가 말했다.

"그래? 어디 톱이 있을 텐데⋯⋯."

어머니가 다용도실로 들어가 톱을 찾아 나왔다.

"그걸로 뭐하시게요?"

수철이 물었다.

"테레비를 잘라 반만 보내야지. 딱 반으로 나누기로 했다며?"

어머니의 눈에 살기가 돌았다.

"독한 년! 아주 기다렸다는 듯이 짐을 빼? 그래 뭐든 반으로 잘라서 보내주마."

어머니가 톱을 들었다.

"제발 좀 그만하세요, 그만!"

수철은 화를 버럭 내며 어머니의 손에서 톱을 빼앗았다.

"희래는?"

어머니의 입가에 하얀 거품이 일었다.

"내가 키워요."

"그래, 나래는 지 년이 잡아먹었으니 희래까지 잡아먹겠다고 할 염치는 없었겠지."

어머니가 큰 처남의 뒤통수에 대고 큰 소리로 말했다.

"허긴, 곧 딴 놈이랑 붙어먹으려면 딸년이 거추장스럽겠지!"

어머니가 노골적으로 고함을 질렀다. 수철은 어머니의 입을 막고 방으로 데리고 들어갔다. 어머니는 분을 참지 못하고 대성통곡했다. 수철은 냉정해지려고 노력했다. 여기서 무너지면 나래의 복수도 못한다는 생각에 입술을 깨물었다. 수철은 욕조 가득 뜨거운 물을 받고 그 속으로 들어갔다. 어깨며 목뼈가 무너진 듯 아팠다.

지영은 흠씬 두들겨 맞은 듯 꼼짝도 할 수 없었다. 오빠한테 오피스텔까지 알아봐 달라고 부탁했다. 짐은 이삿짐센터에 보관하기로 했다. 친정에 있기도 창피해 당분간 호텔에서 지내기로 했다.

이혼녀가 될 줄은 꿈에도 몰랐다. 이혼은 전적으로 남편과 시어머니에게 그 책임이 있다고 지영은 생각했다. 그렇게 오랜 세월을 모셨는데도 어찌 그리 딸과 며느리를 정확하게 구별하여 차별할 수 있는지. 시어머니의 그 심리가 정말 궁금했다.

이십 년 동안 한 침대에서 같이 잤고 같은 꿈을 꾸며 살고 있다고 생각했는데 착각이었을까? 아직은 이혼이 실감나지 않았다. 실감 나지 않지만 지영은 돌아갈 집을 잃었다. 집을 잃으니 길도 잃게 되었다.

무엇을 어떻게 해야 할지, 그저 막막해서 지영은 술을 마셨다. 본래 술을 잘 마시지 못했으나 달리 할 일도 없었다. 술을 마시면 아주 잠깐이나마 나쁜 일들을 잊을 수 있었다. 술에서 깨면 온갖 나쁜 기억들이 벌레처럼 온몸을 기어 다녔다. 그래서 또 술을 마셨다.

너무 속이 쓰려 눈을 떴더니 창문이 훤했다. '애들 학교, 아빠 출근'이 맨 먼저 떠올라 지영은 침대에서 벌떡 일어났다. 주방으로 달려갈 마음으로 주변을 보는데, 익숙한 안방이 아니라 낯선 공간이라는 것을 그제야 느꼈다. 지영은 침대에 털썩 주저앉았다. 지난 시간의 단조로운 반복을 몸은 기억하고 있었다.

지난밤에 마신 온갖 종류의 미니어처 양주병들이 탁자에 쓰러져 있는 게 보였다. 거울에 얼굴을 비춰봤다. 마스카라와 루즈가 번진 반쯤 미친 몰골의 얼굴에 지영은 비명을 지를 뻔했다. 화장실 변기도 토사물로 지저분했다.

"미친 거야, 미친 거."

지영은 혼자 중얼거렸다. 침대에 놓인 전화기를 봤더니 희래한테서 열 번도 넘게 전화가 와 있었다. 큰오빠한테 두 번, 남동생도 세 번. 전화 기록을 보면서 지영은 비로소 이혼녀가 되었다는 것을 실감했다. 큰오빠가 오피스텔을 구했다는 연락이 오기까지 지영은 호텔방에서 나가지 않았다. 호텔 근처 편의점에 가서 소주와 맥주를 잔뜩 사다가 냉장고에 넣어 두고 마시고 또 마셨다.

맨 정신으로 깨어 있는 게 싫어 지영은 술에 의지했다. 취해 있으면 고통을 잊을 수 있어서 좋았다. 혼자 춤추고 혼자 노래를 불렀다. 아무도 건드리는 사람이 없으니 호텔방은 천국이었다.

"이게 뭐냐? 쯧쯧."

호텔방에 들어서자마자 큰오빠가 오만상을 찡그리며 혀를 찼다.

"오빠 왔엉? 싸랑하는 울 오빠."

지영은 큰오빠의 볼에 입을 맞추었다. 큰오빠가 버럭 화를 내며 지영을 밀어냈다.

"사는 게 정말 사는 게 아니네. 가방 챙겨, 가자 빨리."

큰오빠가 싸늘하게 말했다. 술이 덜 깬 지영은 비틀거리며 가방에다 마구잡이로 옷을 쑤셔 넣었다. 호텔에서 나오자마자 큰오빠는 지영을 데리고 병원으로 갔다. 친구가 원장으로 있는 작은 병원에 지영을 강제로 입원시켰다.

낮에는 큰 올케, 작은 올케가 와서 번갈아 가며 간병인 노릇을 했다. 밤에는 큰오빠와 남동생이 와서 지영을 지켰다. 영양제에 수면 효과가 있는 약을 넣어서 그런지 지영은 병원에 있는 동안 내리 잠만 잤다.

그 사이 나래를 자살로 몰고 간 아이들에 대한 재판이 열렸다. 아이들의 부모가 거액을 제시하며 합의를 하자고 했지만 수철은 단호하게 거절했다.

수철은 아이들이 살인죄로 처벌받기를 원했다. 하지만 살인죄는 물론이고 과실치사도 적용되지 않았다. 폭력행위 등 처벌에 관한 법률의 특수폭력과 집단상해죄로만 기소되었다.

아무리 최고형을 선고받는다고 해도 살인죄에 비하면 처벌을 안 받는 것과 마찬가지였다. 법이 없다면 몽둥이로 때려죽이고 싶었다. 그래야 나래의 복수를 하는 것이고, 나래도 편히 눈을 감을 수 있다고 수철은 생각했다.

수철은 목에 깁스를 하고 결심공판에 참석했다. 판사가 판결문을 읽는 동안 수철은 물에 빠진 느낌에 사로잡혔다. 가슴이 답답했고 자주 숨이 막혔다. 아이들이 죄를 인정하고 반성한다고 했기 때문에 다툴 일이 없었다. 수철은 아이들이 집행유예로 출소하게 되면 집으로 찾아가 몽둥이찜질이라도 퍼붓겠다는 심정으로 선고를 기다렸다. 사실은 몽둥이찜질로도 분이 풀리지 않을 것 같았다.

판사는 피고들이 반성하고 있다는 점과 학생이라는 점, 또 초범이라는 것을 참작해도 자살이라는 결과를 낳았기 때문에 형의 집행을 유예할 수 없다고 했다. 그러면서 각각 단기 2년에 장기 4년을 선고했다.

판사의 선고를 듣는 순간, 수철은 분노가 치밀었다. 소년원이나 소년교도소에서 착실하게 있으면 2년 만에 교도소에서 석방된다는 뜻이었다. 수철은 분노를 억제하지 못하고 괴성을 지르며 재판

정으로 뛰어들었다. 법정 경위가 수철을 잡았다. 판사가 법정모독
죄로 3일 감치명령을 내렸다.

24

선애는 빠르게 야위었고 해골처럼 비쩍 말라버렸다. 혜준은 벙어
리처럼 입을 닫고 살았다. 할머니는 수를 데리고 막내딸 집으로 옮겼
다가 하루 만에 돌아왔다. 수가 견디지를 못한다고 하면서 할머니는
굵은 눈물을 흘렸다. 선애는 하루에도 몇번씩 규에게 문자를 보냈다.
규는 한 번도 답장하지 않았다. 그래도 선애는 그리움이 담긴 다정
한 말로 문자를 보냈다. 그럴때마다 규의 전화기가 진동했다.

선애는 안방에 웅크리고 있다가 새벽이면 밖으로 나갔다. 스스로
가 죄인이었기에 속죄하는 마음으로 근처의 교회에 가서 새벽예배
를 보는 신도들 곁에 앉아 있기도 했다. 어떤 날에는 조금 더 멀리
절에도 가서 새벽예불을 보며 백팔 배를 하기도 했다. 그렇다고 교
회나 절에 마음을 둔 것도 아니었다. 하릴없이 걷다 발길이 닿는 곳
으로 들어갔을 뿐이었다.

어느 날, 낮에 전화벨이 요란스레 울렸다. 받지 않았다. 전화벨은
끈질기게 울렸다. 그래도 선애는 전화를 받지 않고 버텼다. 이 세상
의 누구와도 말을 섞고 싶은 마음이 없었다. 시어머니가 받은 모양
인지 끈질기게 울리던 전화벨이 툭 끊겼다.

잠시 후 시어머니가 방문을 똑똑 두드렸다. 선애는 문을 열지 않고 모른 척했다. 문 밑 틈새로 종이쪽지 하나가 밀려들어왔다. 쪽지를 펴보았다.

'수의 담임한테 전화 왔다. 수가 이상하단다.'

수? 수가 누구지? 선애는 쪽지에 적힌 내용을 얼른 이해하지 못했다.

새벽의 배회를 끝내고 돌아왔을 때 거실에 한 아이가 있었다. 그러나 그 아이는 선애의 마음 밖에 존재했다. 선애의 눈에 보이질 않았다. 수를 보면서도 수가 보이지 않던 선애의 마음.

'아, 그래. 내 아들 수.'

쪽지를 읽는 손이 바들바들 떨렸다.

'수가 이상하단다.'

눈앞이 캄캄해졌다. 선애는 심호흡을 크게 하고 산발한 머리를 대충 묶고 뛰어나갔다. 오늘따라 수의 학교가 멀고도 멀었다. 아무리 달음박질을 쳐도 길은 줄어들지 않았다.

간신히 학교에 도착해 수의 교실로 향했다. 복도 창문으로 보니, 수가 앉아 있다. 그 모습을 보니 꽉 막혔던 숨통이 조금 트이는 것 같았다. 선생님이 복도에서 기웃거리는 선애를 발견하고 교실을 나왔다.

"오셨어요?"

젊은 여자 선생님이 공손하게 인사했다. 담임의 얼굴에는 근심이 가득해 보였다.

"아, 예. 우리 수가 어떻다고요?"

선애는 어서 빨리 수를 보고 싶었다.

"예에, 정말 이상해요. 와서 보실래요? 아, 잠깐만요. 곧 수업 끝나니까 애들 내보내고요."

담임이 다시 교실로 들어갔다.

선애는 복도 창문으로 수의 모습을 훔쳐보았다. 칠판을 정면으로 응시하고 있는데, 무슨 문제일까? 자세히 보니, 다른 애들이 웃고 떠들고 산만하게 움직이는 것과 달리 수는 미동조차 하지 않았다. 마치 굳어버린 진흙인형 같았다.

그때 또다시 물에 빠져 숨을 못 쉬는 듯한 느낌이 몰려왔다. 선애는 입을 크게 벌리고 숨을 몰아쉬었다. 입과 코로 물이 쿨렁거리며 밀려드는 느낌이 아주 생생했다. 숨이 막혔다.

아이들이 교실 밖으로 쏟아져 나왔다. 수는 그대로 앉아 있었다. 담임이 선애를 교실로 불렀다. 선애는 가쁜 숨을 몰아쉬며 수한테로 갔다.

"수야, 엄마 왔어."

선애가 아들의 이름을 불렀다.

"……"

수는 선애를 흘깃 쳐다보더니 아무런 대꾸 없이 앞만 쳐다보았다.

"공황……장애……같아요."

담임이 조심스레 말했다.

"그게 뭔데요?"

선애로서는 처음 듣는 단어였다.

"정신적 충격 이후에 찾아오는 패닉 상태 같은 건데요. 아무래도 빨리 병원에 데리고 가보셔야 할 듯……."

미처 말을 맺지 못하고 담임이 돌아서서 눈물을 훔쳤다. 자세히 살펴보니, 수는 넋이 나간 사람처럼 앉아 온몸에 땀을 뻘뻘 흘리고 있었다. 눈에 초점도 없었다. 선애는 수를 와락 끌어안았다. 수는 어떤 반응도 하지 않고 그대로 안겨 있다가 선애를 밀어냈다.

"수야, 왜 이래? 수야, 엄마야 제발 정신 차려."

선애는 수를 흔들었다. 수는 목각인형처럼 흔들렸다. 아무리 선애가 노력해도 수는 일어서지 않고 버텼다. 선애는 하는 수 없이 혜준에게 전화를 걸었다. 혜준은 전화를 받지 않고 '회의 중'이라는 문자를 보내왔다. 회의 중이라는 사람한테 수가 이러저러하니 당장 오라고 하긴 싫었다. 그런 문자를 받으면 그 사람은 또 얼마나 힘이 들 것인가.

"119에 전화할까요?"

담임이 물었다.

"네, 그렇게라도 해주세요."

달리 다른 방법이 없었다.

담임이 119에 도움을 청하는 동안 선애는 수의 곁에 서서 자세히 살펴보았다. 쉬는 시간이 끝나 교실로 돌아온 아이들이 여기저기서 웅성거렸다. 수의 몸은 진땀으로 흥건했다. 이제 겨우 초등학교 6학년의 몸으로, 수도 죽을 힘을 다해 견디고 있는 것으로 보였다. 선애는 수를 끌어안았다.

"엄마가 미안해. 모두 엄마 잘못이야, 수야. 미안해, 미안해 수야."

선애는 통곡이 터져 나오려는 것을 이를 악물고 참아냈다.

잠시 후 119 구급대원이 와서 수를 구급차에 태웠다. 아이들이 몰려나와 그 모습을 쳐다보았다. 선애는 옆에 앉아 수의 이마에 송송 맺혀 있는 진땀을 닦아주었다. 수는 여전히 멍한 모습이었다. 겁이 덜컥 났다. 이러다가 수마저도 잘못되는 게 아닌가 하는 공포가 밀려왔다. 선애는 두 손을 모으고 간절히 기도했다.

응급실에 갔더니 소아신경과 의사가 와서 수를 살폈다. 수는 의사의 질문에 단 한마디도 대답하지 않고 그저 멍하니 앉아만 있었다. 의사는 눈동자의 움직임과 초점을 살핀 뒤, 청진기로 여기저기를 검사했다. 뇌파와 심장도 검사했다.

"무슨 큰 사고를 겪었나요?"

의사가 선애한테 물었다.

"예."

선애는 의사한테 규의 자살을 말하고 싶지 않아 짤막하게 대답했다. 의사가 선애의 입을 빤히 쳐다보며 다음 말이 나오기를 기다렸다. 선애는 입을 꾹 다물었다.

"전형적인 외상 후 스트레스 장애로 인한 공황 상태인데, 이대로 두면 환자한테 큰일이 생길 수도 있습니다."

의사가 심각한 표정을 지었다.

"어떻게 하면 좋을까요?"

"이게, 몸이 아프거나 뭐 이래서 나타난 문제가 아니고 마음이 일으킨 병이라…… 안정제를 처방해 드릴 테니 먹이고 푹 쉬게 해주세요. 당분간 학교에 보내지 마시고 절대 안정을 취하도록 해주세요. 생각하시는 것보다 훨씬 더 심각한 상태라는 것도 명심하시구요."

"정신병인가요?"

"뇌에 이상이 생긴 정신병과는 다릅니다. 마음에 생긴 병이니까요. 한방에 가면 온몸의 기가 꽉 막힌 상태라고 할 겁니다. 그게 틀린 말이 아니랍니다. 이 환자의 경우, 아주 심각한 상태로 공황을 겪고 있어요. 입원해서 고칠 병도 아니고요."

의사의 진단에 선애는 그저 막막할 뿐이었다. 정신병이 아니라는 것을 미치지 않았다는 뜻으로 선애는 받아들였다. 그것만으로도 수한테 고마웠다.

수를 데리고 병원을 나오면서 선애는 너무 아득해서 어찌할 바를 몰랐다. 버스를 탈까 하다가 조금 걷기로 했다. 선애는 수의 손을 잡았다. 손을 뿌리치지 않고 순순히 따라오고 있는 수를 슬쩍 쳐다봤다. 날씨가 선뜩한데도 여전히 땀을 뻘뻘 흘리고 있는 수를 보니 억장이 무너져 내렸다. 조금 걸어가는데 족발집이 보였다. 수는 자다가도 벌떡 일어날 만큼 족발을 좋아했다.

"족발 먹을래?"

선애가 묻고 난 뒤 수의 눈치를 살폈다.

"……."

수의 침묵은 쇠처럼 단단했다. 선애는 그렇게 느꼈다. 다른 때 같았으면 족발집을 보고 먼저 뛰어갔을 수였다. 하지만 이번에는 달랐다. 족발집 앞을 무심히 그냥 지나치는 수를 보며 선애는 겹쳐오는 불행에 절망했다. 무엇을 어찌해야 할지 몰라 그냥 딱 죽고 싶었다.

더러운 똥물 속에 빠졌다는 느낌이 다시 찾아들었다. 아무리 빠져나오려고 애를 써도 누군가가 위에서 머리를 꽉 누르고 있다는 이 느낌. 선애는 숨이 가빠 걸음을 멈췄다. 이대로 걷다가는 심장이 터질 것만 같았다.

"수야, 잠시만."

선애는 그 자리에서 주저앉아 숨을 골랐다. 수가 선애를 빤히 쳐다봤다. 수의 눈에 초점이 돌아온 것도 같고 아닌 것도 같았다. 선애는 쉴 곳을 찾아 주변을 두리번거렸다. 개똥도 약에 쓰려면 없다더니, 그 흔한 커피숍도 눈에 띄지 않았다. 대신 자그마한 벽돌 건물에 동그라미가 그려진 교당이 눈에 띄었다. 선애는 수를 데리고 그곳으로 들어갔다.

법당은 담백했고 경건했다. 동그라미 아래에 소박한 꽃 장식이 몇 개 있을 뿐, 요란한 구석이 전혀 없었다. 선애는 수를 옆에 앉히고 긴 의자에 앉아 두 손을 모았다. 기도를 하는데, '엄마 살려줘, 숨 가빠'라는 규의 말이 들리는 듯했다. 선애는 소스라치게 놀라 기도를 중간에 끊고 두리번거렸다. 앞만 뚫어져 쳐다보고 있는 수 말고는 아무도 없었다.

선애는 규와 수를 위해 기도를 시작했다. 기도의 말들이 나오기도 전에 울음부터 쏟아졌다. 온몸으로 흐느끼다 마침내 폭포수처럼 크게 울었다. 정면에 걸린 동그라미가 흔들릴 정도로 울음이 법당 안을 가득 채웠다.

잠시 후, 검은 치마에 하얀 저고리를 입은 여성 한 분이 법당으로 들어와 선애의 울음을 가만히 지켜보았다. 그 여성은 선애의 뒷자리에 앉아 두 손을 모으고 눈을 감았다. 울음이 잦아들고 선애는 침묵의 기도에 들었다. 기도의 말들은 허공에서 뒤엉켰다.

"아줌마는 누구세요?"

뒤로 고개를 돌린 수가 그 여성한테 조용히 물었다.

"응, 나는 여기 사는 사람인데, 나를 교무님이라고 부르더라. 최선덕 교무라고 해. 너는 누구니?"

최 교무가 밝게 웃으며 되물었다.

"저는 은행초등학교 6학년 2반 김우수라고 해요. 집에서는 줄여서 수라고 부르고요."

수가 또박또박 대답했다.

"공부를 아주 잘하게 생긴 이름이구나."

최 교무가 수의 머리를 쓰다듬었다. 수는 얼른 머리를 뺐다.

"공부하곤 거리가 먼 이름이에요. 어리석을 우에 빼어날 수인데요. 아빠가 그러시는데 너무 똑똑한 사람들이 많아서 세상이 어지러우니, 어리석게 사는 게 좋다고 해서, 히."

수가 자기 이름을 설명하는 동안 선애는 기도를 그쳤다.

"이야! 정말 멋진 이름이구나."

최 교무가 엄지를 세웠다.

"얼마 전에 우리 형아가요……."

수가 규의 일을 얘기하려고 하자 선애가 나서서 얼른 수의 입을 막았다.

"죄송합니다, 교무님. 이제 가봐야 해서요."

선애는 수의 손을 잡고 부리나케 교당을 나왔다.

25

잠수 끝!

똥물을 벌컥벌컥 마시고 있는데 위에서 내리누르던 힘이 사라졌다. 규는 위로 몸을 솟구쳤다. 나래도 규의 다리를 잡고 함께 올라왔다.

푸우우. 규는 고래처럼 길게 숨을 내뿜었다. 벌써 몇 번째 잠수 시작과 끝을 반복했는지 몰랐다. 똥물 지옥의 형벌은 숨이 가빴고 또 더러웠다. 규는 똥물 속에 잠수하여 숨을 참고 참다가 똥물이 입과 코로 쏟아져 들어올 때마다 간절히 엄마를 찾았다.

"영혼을 정화했느냐? 이 똥물은 너희의 영혼 속에 있던 것들이다. 너희 영혼이 이 똥물보다 깨끗하다고 생각했다면 그것은 착각이다. 영혼이란 늘 맑고 깨끗한 것이 아니다. 어느 순간에는 가장 탁하고 가장 더러울 수도 있다. 그것을 알아야 한다."

똥물 밖에서 못난 원숭이 신제가 소리쳤다. 규와 나래는 똥물에 빠진 강아지의 몰골이었다. 물 밖으로 나온 강아지처럼 온몸을 흔들어 똥물을 털어냈다.

"자기 살인의 죄, 그중에서도 십 대의 자기 살인은 여기 있는 똥물을 다 들이켜도 용서받지 못할 죄임을 너희는 알라. 그동안 너희들은 세 번째 가운데 하늘로 옮겨졌는데도 그것조차 깨닫지 못하고 있구나. 그 죄를 어찌하면 좋겠느냐? 내가 김우규 령을 똥물지옥에서 건져 올린 것은 이승에서 올라온 네 어머니의 간절한 기도 때문이었느니라. 어머니의 기도에 감사하도록 하여라. 하지만 세 번째 가운데 하늘의 형벌이 예비되어 있다는 것도 알아야 하느니라. 집행관이 곧 너희 앞에 나타나리라."

신제가 허공 속으로 사라졌다. 아직도 형벌이 남았다니. 차라리 어서 빨리 재판을 받고 진짜 지옥으로 가버리고 싶었다. 신제가 사라지자마자 허공에서 스핑크스처럼 생긴 괴물이 내려왔다.

"나는 세 번째 바르도의 집행관이니라. 나는 너희들의 형벌을 도우러 왔다. 이제 너희 스스로 자기 살인의 벌을 받아야 한다."

말을 마치자마자 집행관이 지체 없이 큰 칼로 규와 나래의 목을 쳤다. 집행관은 규와 나래의 잘린 머리통을 잡더니 강제로 입을 벌리게 만들었다. 이어 그는 뻥 뚫린 입으로 각자의 창자를 강제로 밀어 넣기 시작했다.

제 몸의 창자를 씹어서 삼켜야 하는 규와 나래의 입. 집행관이 사납게 창자를 밀어 넣고 턱을 움직여 씹게 만들었다. 나래의 뻥 뚫린 눈두덩에서 창자 속에 있던 똥물이 흘러내렸다. 규도 눈두덩에서 똥물이 흐르는 것을 느꼈다.

"씹어라! 스스로를 살인할 정도면 이 정도야 아무것도 아니지 않느냐? 어서 씹어 삼켜라!"

집행관이 활활 타오르는 분노의 눈빛으로 호령했다. 규와 나래는 구역질을 하면서도 창자 씹기를 멈출 수 없었다. 규와 나래는 머리통의 골수까지도 입으로 빨아야 했다. 골수까지 텅 비어 온전한 해골의 두개골로 변하고서야 형벌이 겨우 멈췄다. 창자와 심장, 팔다리와 몸통, 간과 허파와 골수에 이르기까지 몸을 구성했던 모든 부위를 제 입으로 삼켜야 하는 형벌. 자기 살인죄에 대한 진정한 형벌이었다. 스스로 자기 몸을 해친 죄인들 중에서도 아직 스무 살이 안 된 죄인들에게만 특별히 실시되는 형벌이라고 집행관은 덧붙였다.

"이제 너희들은 다음 단계의 벌을 받기 위해 이동해야 하느니라. 그 벌은 피할 수도 없으며 피해지지도 않는다는 것을 명심하라. 또한 너희들을 도울 신은 아무도 없다. 너희 스스로 그 벌을 체험하라."

집행관이 엄숙하게 말했다. 자기 몸을 씹어 삼킨 고통의 여진에서 아직 헤어 나오지도 못했는데 또 다른 벌이라니, 아무리 가운데 하늘라고 해도 너무 가혹했다. 자기 몸을 씹어 삼킨 탓에 끊임없이 구역질이 올라왔다.

"나는 이 벌을 거부하겠습니다."

규는 터져 나오는 구역질을 간신히 참으며 집행관을 향해 애써 당당하게 말했다.

집행관이 동작을 멈추고 규를 가만히 응시했다. 이어 입가에 흉측한 미소를 띠며 입을 열었다.

"네놈이 잘난 척하다가 스스로를 해친 놈이로구나. 대가리에 피

도 덜 마른 놈이 실존의 허무 어쩌고저쩌고하던…… 진정 고얀 놈
이로다. 네놈 스스로는 초기화 어쩌고 하면서 합리화를 하겠지만,
우리가 보기에 너는 삶을 살아낼 그 어떤 용기도 없었던 비겁자에
불과하다. 아직 오지도 않은 삶에 미리 겁을 먹고 서둘러 패배해버
린 비겁자!"

집행관이 규의 본질을 예리하게 지적했다.

"나는 비겁자가 아니야!"

규가 항의했다.

"다가올 삶에 미리 겁을 먹고 쫄아서 뒈져버린 주제에 어찌 비겁
자가 아니라고 할 수 있겠느냐? 비겁자 중에서도 가장 이기적인 비
겁자. 삶에는 본래 패배와 승리가 없고 실패와 성공 또한 없다. 하
지만 너는 그것이 있다고 생각하지 않았느냐? 이기적인 놈이로고."

집행관이 준엄하게 말했다. 규는 억울했다. 다가올 삶에 겁을 먹
은 적은 한 번도 없었다. 살아낼 용기가 부족해서가 아니라 살아갈
이유를 발견하지 못했다. 그 이유를 알고 싶기도 했고, 죽음을 통해
삶을 온전히 초기화시키고자 했던 것뿐이었다.

"어리석고 비겁하고 이기적이고 무지한 령이로다. 살아갈 이유
를 진정으로 발견하고 싶었다면 더 살았어야 하였느니. 어둠에 갇
혀[無明] 아무 것도 모르는[無知] 상태에서 어찌 실존 운운하며 삶
의 그물망 전체에서 그물코 하나만 보려고 했더냐? 너의 죄는 바로
거기서부터 시작되었도다. 실존에 대해서도 아무것도 모르면서 아
는 척만 했으니, 쯔쯧, 참으로 안타까운 죄인이로고. 이제 그만 그

더러운 주둥아리는 닥치고 가서 네 눈으로 직접 보아라."

집행관이 휘파람을 불었다. 허공에서 검은 새가 내려와 집행관을 태우고 유유히 사라졌다.

26

규는 도시의 허공 위를 걸었다. 규의 발아래에는 빌딩의 숲이 펼쳐져 있다. 도시의 허공에 도착하자마자 규와 나래는 헤어졌다. 헤어지고 싶어서가 아니라 헤어지게 되었다. 규는 허공 위를 걷다가 중심가 쪽으로 오게 되었다. 중심가로 오게 된 것도 규의 자유의지가 아니었다. 자신을 강력하게 강제하는 그 무엇이 존재한다는 것을 규는 느꼈다.

규는 차라리 의지를 놓아버렸다. 두 팔을 활짝 벌려 바람 앞에 몸을 놓아버리는 것처럼. 그렇다고 허공에 떠다니는 풍선도 아니었다. 신장개업을 하는 상점 앞의 홍보용 바람 허수아비 같다고 하는 게 딱 맞는 표현이었다.

그렇게 중심가 위의 허공을 걸어가고 있는데 아빠의 냄새가 느껴지기 시작했다. 아빠의 냄새는 점점 진해졌다. 규는 자신도 모르게 냄새를 좇아 허둥지둥 움직였다.

아빠의 냄새는 갈색 대리석 빌딩의 창에서 풍겨 나오고 있었다. 규는 빛이 유리창을 통과하듯이 아빠의 사무실로 들어갔다. 아빠의 품으로 규는 뛰어들었다. 아빠는 규가 온 줄도 모르고 모니터에 띄워진 문건을 읽고 또 수정했다. 규는 서운한 마음이 들었다.

혜준은 멍한 상태로 있다가 다시 업무에 열중했다. 점심도 걸렀다. 배는 고팠지만 먹고 싶은 마음이 전혀 생기질 않아 건너뛰고 말았다. 요즘에는 자주 점심을 굶었다. 물론 저녁을 굶는 날도 많았다.

조금 전 과장이 와서 3/4 분기 실적에 대해 보고했다. 목표치를 훨씬 뛰어넘는 성과를 거두었으니 안심이 되기는 하였으나 흥(興)은 나질 않았다.

규가 떠난 이후, 혜준은 사는 것에 흥을 잃었다. 무엇을 하든지 재미가 없었다. 마음 같아서는 사표를 내고 어딘가로 훌쩍 떠나고 싶었다. 퇴근하고 집에 가도, 출근하고 직장에 와도 혜준 앞에 펼쳐진 것은 메마른 황무지였다.

황무지 한가운데 규의 무덤이 있다. 세상 모든 황무지 가운데 가장 가혹하고 황량한 황무지는 자식의 무덤이 있는 가슴속 황무지다. 혜준의 가슴에서는 이제 그 무엇도 자라지 못했다.

상무이사가 전화로 혜준을 호출했다. 혜준은 상무이사실로 올라갔다. 상무가 환하게 웃으며 혜준을 맞이했다. 올해의 성과에 대해 축하한다고 말한 뒤, 오늘 한 턱 쏘겠다며 과장급 이상만 참석하는 회식을 준비하라고 지시했다.

혜준의 노력으로 상무는 이번 연말 정기 인사에서 전무이사로 승진할 가능성이 매우 높아졌다. 출신대학이 서로 다르기 때문에 상무는 혜준을 전적으로 신뢰하진 않았지만 혜준의 업무 장악력과 추진력만큼은 탁월하다고 인정하는 편이었다.

상무의 방을 나오면서 혜준은 마음이 착잡해졌다. 일찍 퇴근하여 수와 함께 지내겠다고 마음먹은 날이었다. 며칠 전, 공황장애에 빠진 수 때문에 혜준은 마음에 큰 타격을 받았다. 사실 수가 그토록 심각한 충격을 받았을 거라고는 상상조차 못했었다.

식구들 모두 각자의 상처 앞에서 허둥지둥했을 뿐 서로를 돌볼 겨를이 거의 없었다. 각자의 상처 앞에 웅크리고 앉아 집이 폐허로 변하는 것을 속수무책으로 지켜봐야만 했었다. 규 하나만 빠졌을 뿐인데…….

혜준은 상무한테 회식이 어렵다고 솔직하게 털어놓지 못한 것을 자책하면서 과장한테 회식 장소를 예약하라고 지시했다. 그는 당면한 업무를 처리하느라 바빴다. 겉으로는 업무에 매달려 있지만 속으로는 불쑥불쑥 떠오르는 규와 수에 대한 생각으로 무너지고 있는 중이었다. 그럴 때마다 입술을 꽉 깨물고 업무에 집중했다.

팀장 미팅을 할 때, 혜준은 환하게 웃으며 회의를 진행했다. 거래처 손님을 만날 때에도 농담을 던져가며 상대방을 편하게 해주었다. 사무실에서 혜준은 한 번도 얼굴을 찡그린 적이 없었다. 속으로는 끝없이 울었지만 겉으로는 환하게 웃었다.

업무시간이 끝나자마자 혜준은 곧장 상무이사실로 올라갔다. 상무는 방에 없었다. 사장실에 올라갔다고 비서가 말해주었다. 비서실 앞 대기석에서 상무를 기다렸다. 비서의 말에 의하면 금방 내려

올 거라고 했는데 상무는 좀체 나타나질 않았다. 하루의 피로가 몰려와 온몸이 축 늘어지는 기분이었다. 혜준은 눈을 감았다.

쪽잠이라도 들었으면 좋으련만. 늘어지는 육체 속에서도 정신은 날카로웠다. 가뭇없이 규가 떠올랐다. 혜준은 규의 자살 이유를 알아내기 위해 많은 노력을 기울였지만 유서로 남겨진 세 문장 외에는 그 어떤 것도 알아내지 못했다. 바로 옆에서 화장(火葬)했던 정나래라는 여학생처럼 왕따와 학교폭력 때문이라는 분명한 이유라도 있었으면 차라리 나을 듯도 싶었다. 분명하지 않은 이유 때문에 혜준은 더 괴로웠다.

눈을 감으니 규의 얼굴이 떠올랐다. 함께 국토기행을 하던 시절의 얼굴이다. 꿈에도 자주 규가 나타났다. 규는 나타날 때마다 점점 어려지고 있었다. 어제는 마침내 갓난아기 시절의 규가 꿈에 보였다. 보드라운 살결과 맑은 눈동자, 생생한 젖 냄새를 풍기며 아장아장 걸어와 품에 안기던 규.

그러다가 홀연히 멀어지는 규를 향해 뛰었다. 규와의 거리는 아무리 뛰어도 가까워지질 않았다. 그 절망감의 깊이는, 겪어보지 않은 사람이라면 결코 알 수 없다. 혜준은 지금도 그 꿈이 아팠다. 두어 번 심호흡을 하며 아픔을 견뎠다.

곧 온다던 상무는 한 시간을 넘게 기다렸어도 오지 않았다. 식당에서 기다리고 있던 과장한테 전화가 빗발쳤다. 혜준은 먼저 식사를 시작하라고 했다. 짜증이 확 올라왔지만 내색 않고 기다렸다.

두 시간이 넘어서야 상무가 내려왔다. 상무는 입으론 미안하다고 했지만 얼굴에는 미안한 기색이 조금도 없었다. 혜준은 상무를 모시고 회식 장소로 갔다.

회식은 길었다. 혜준은 상무 바로 옆에 앉아 기쁨조 딸랑이 노릇을 했다. 상무가 썰렁한 유머를 해도 크게 웃었고, 술잔이 비면 기꺼이 폭탄주를 말았다. 상무가 좋아할 만한 말만 골라서 했고 면전에서 손바닥도 잘 비볐다. 혜준은 아부의 제왕이었다. 상무의 전무 승진을 기원하는 건배사까지 읊었다. 상무가 쑥스러운 표정을 지으면서도 엄지를 치켜세웠다.

일차가 끝나자 노래방으로 자리를 옮겼다. 상무는 나훈아의 노래를 불렀고 혜준은 남진의 노래로 흥을 돋우었다. 과장들은 넥타이를 이마에 질끈 매고 상무 앞에서 개다리 춤을 추었고, 혜준은 화장지를 풀어 이마에 두르고 트위스트를 추며 몸을 비비 꼬았다.

노래방에서 두 시간을 보낸 뒤에 근처 호프집으로 삼차를 갔다. 회식에 참석했던 과장들 중에서 누구도 먼저 떠난 사람은 없었다. 상무를 장군처럼 모시고 기꺼이 졸병 노릇을 했다.

호프집에서 나왔을 때에는 벌써 자정이 넘어 있었다. 과장 하나가 뛰어가서 택시를 잡아 왔다. 상무가 택시에 타는 순간, 혜준은 깊게 허리를 숙여 절을 했다. 택시가 떠나자 과장들은 그제야 한숨을 길게 내쉬며 긴장을 풀었다. 입가심으로 포장마차에 가서 딱 한 잔만 더 하자는 과장들을 뿌리치고 혜준은 택시를 탔다.

혜준은 거실에 서서 우두망찰 집 안을 둘러보았다. 꺼진 텔레비전, 꼭꼭 닫힌 문들, 깊은 침묵에 잠겨 있는 냉장고며 밥솥, 초침이 멈춘 벽시계, 배달된 채 그대로 놓여 있는 탁자 위의 아침신문, 뜯지 않은 우편물들…….

온기가 없는 집 안의 공기. 혜준은 옷도 벗지 않고 거실 소파에 털썩 주저앉았다. 서글펐다. 하루의 고단함이 밀물처럼 밀려왔다. 혜준은 옆으로 픽 쓰러졌다.

"애비야, 애비야. 들어가 자야지. 여기서 이러면 몸 상한다."

누군가 어깨를 흔들어 깨우는 바람에 혜준은 간신히 눈을 떴다. 어머니가 안타까운 얼굴로 혜준을 내려다보고 있었다. 혜준은 간신히 몸을 일으켰다.

"왜 나오셨어요? 계속 주무시지."

"화장실 가다가."

어머니가 혜준의 곁에 앉았다. 혜준은 어머니를 위해 자리를 조금 비켜주었다.

"가서 주무세요."

혜준은 마른세수를 하며 말했다. 어머니는 짧게 헛기침만 하고 입을 닫았다. 어색한 침묵이 이어졌다.

"이 말은 꼭 하고 싶구나."

혜준은 어머니를 가만히 바라보면서 말을 기다렸다.

"죽은 사람을 사랑하지 말고, 산 사람을 사랑해라. 부디 수를 생각해라."

어머니의 말은 짧았다. 그 짧은 말에 울컥 했다. 울음과 눈물이 동시에 핑 돌았다. 늙은 어머니 앞에서 아들이 울 수는 없었다. 그래서는 안 되는 일이라고 혜준은 이를 악물었다. 혜준은 어떤 경우에도 식구들 앞에서, 아니 다른 사람 앞에서 절대로 울지 않겠다고 맹세했었다. 그 누구보다도 아내 선애와 아들 수, 그리고 어머니 앞에서는 결코 울어서는 안 된다고.

어찌 울고 싶지 않겠는가. 하지만 자신에게는 가족을 지켜내야할 책임이 있었다. 울음과 눈물이 혜준의 악다문 입 안에서 으깨졌다.

어머니는 혜준의 손을 꽉 잡았다가 놓은 뒤 방으로 들어갔다. 어머니가 남겨놓고 간 짧은 말이 긴 여운으로 남아 혜준을 휘감고 돌았다.

혜준은 안방으로 들어갔다. 아내 선애는 잠을 자는지 기척이 없었다. 혜준은 아내의 잠에 방해가 될까봐 조심스레 옷을 갈아입은 뒤 셌다. 침대로 올라갈까 하다가 수의 방으로 갔다. 깊은 잠에 빠진 수를 가만히 쳐다보았다. 이마에 맺힌 진땀을 수건으로 닦아주었다.

안방으로 돌아와 침대에 누웠지만 잠이 오질 않았다. 어머니가 남긴 말이 자꾸만 떠올랐다. 어떻게 할까, 어떻게 살아야 하나? 아무리 궁리해봐도 막막하기만 했다. 그러다 깜빡 잠이 들었다. 잠결에 혜준은 짐승이 우는 소리를 들었다.

눈을 뜨니 아내 선애가 침대에 엎드려 흐느끼고 있는 게 보였다. 들키지 않으려고 울음을 속으로 삼키면서 우는 아내를 보니 창자가 끊어지는 듯한 아픔이 밀려들었다. 혜준은 모르는 척 그대로 누워 있었다.

몸을 떨며 한참을 울던 아내가 조용히 침대에서 일어나 방에서 나갔다. 혜준은 귀를 곤두세웠다. 화장실에서 물소리가 들렸다. 잠시 후 세수를 하고 왔는지 두꺼운 옷을 주섬주섬 챙겨 입더니 아내가 밖으로 나갔다. 현관문이 닫히는 소리를 듣고 혜준은 벌떡 일어나 아내의 뒤를 쫓았다.

전속력으로 뛰었더니 아파트 단지에서 막 빠져나가는 아내가 눈에 띄었다. 혜준은 속도를 늦추고 아내의 뒤를 미행했다. 아내는 앞만 보고 곧장 걸었다. 버스 정류장 두 개쯤 지났을 때 아내는 어느 원불교 교당으로 들어갔다.

새벽의 허공 위에서 규는 일원상을 보고 깜짝 놀랐다. 가운데 하늘에서 자주 보던 그 동그라미가 여기에도 있을 줄은 꿈에도 몰랐다. 엄마가 동그라미가 그려진 곳으로 들어가다니, 놀라웠다.

27

집이 사라졌다.
가족도 뿔뿔이 흩어졌다.
나래는 갈 곳을 잃었다.
나래는 령체이기 때문에 엄마느님과 아빠, 할머니와 희래가 각각 어디에 살고 있는지 알았다. 엄마느님은 오피스텔에, 아빠는 작은 아파트로, 할머니와 희래는 막내 고모집에서 가까운 빌라로 옮겼다. 아빠의 아파트에서 걸어서 오 분 거리였다. 어떤 힘이 나래를 엄마의 오피스텔로 보냈다.

　오피스텔에서 엄마느님은 술에 취해 살았다. 끼니도 거의 챙기지 않으면서 술에 의지해 화를 삭였다. 술에서 깨면 또 술을 찾았고, 술에 취하면 또 술을 찾았다. 방 안에는 나날이 소주병이 쌓여만 갔다. 나래가 갔을 때도 엄마느님은 대낮부터 술을 마시고 있는 중이었다. 안주도 부실했다.

　엄마느님은 뼈만 앙상했다. 퉁퉁했던 사십 대 중반의 여사님이 한꺼번에 폭삭 늙어버린 아줌마의 몰골로 변해 있었다. 나래가 어깨를 붙잡고 왜 이러냐며 화를 냈지만 엄마느님은 나래를 느끼지 못했다. 이제 엄마는 하느님이 아니었다. 알코올중독자가 되어가고 있는 보통의 여자였다.

　술을 마시면서 엄마는 혼자 중얼거렸고 노래를 불렀다. 노래는 전부 처량했고 슬픈 가사의 발라드뿐이었다. 이대로 혼자 두었다가는 정신병에 걸릴지도 모를 지경이었다.

　나래는 엄마가 이토록 철저하게 망가지게 될 줄은 정말이지 상상도 하지 못했다. 나래에게 엄마는 그 어떤 일에도 꿀리지 않는 동네에서 제일 힘이 센 아줌마였다. 학교에 한 번 나타나면 치맛바람은 또 얼마나 거셌는지…….

　나래가 오피스텔에 머무는 동안 엄마는 끈질기게 술잔을 기울였다. 엄마가 불쌍했지만 한 편으론 지겹기도 했다. 나래는 밖으로 나와버렸다. 밖에는 이미 어둠이 내린 뒤였다.

그때, 나래의 령을 통과해 함박눈 한 송이가 툭 떨어져 내렸다. 가로등 불빛에 눈의 결정체가 선명하게 보이는, 굵고 아름다운 눈송이였다. 나래는 손을 뻗어 함박눈을 받으려고 했다. 함박눈은 나래의 손바닥을 통과하더니 가볍게 바람에 실려 멀리 날아가버렸다. 함박눈조차 나래의 손바닥에 쌓이질 않았다.

오래지 않아 본격적으로 함박눈이 쏟아져 내리기 시작했다. 눈은 교회당 첨탑의 빨간 십자가 위에, 핸드폰 매장 밖의 작은 크리스마스트리 위에, 아직 잎을 다 털어내지 못한 플라타너스에, 손바닥을 내밀며 행복한 표정을 짓는 사람들의 미소에, 거리에, 골목에, 지붕에 소리 없이 춤추며 내려와 쌓였다.

언제였던가, 시골에서 아빠와 함께 눈사람을 만들며 행복했던 시절이. 할머니와 할아버지 눈사람, 아빠와 엄마 눈사람, 나래와 희래 눈사람을 만든 적이 있었다. 눈사람 여섯과 진짜 사람 여섯이 나란히 서서 찍었던 가족사진이 거실 벽에 오래 걸려 있었는데…….

그때는 할아버지와 할머니가 시골에서 따로 살았다. 할아버지가 돌아가시자 할머니는 서울로 왔다. 엄마가 기를 쓰고 반대했지만 아빠가 기어이 모시고 온 것이었다. 이유야 어쨌든 나래는 할머니와 함께 살게 되어 신이 났었다.

나래는 할머니와 희래가 살고 있는 연립주택을 향해, 허공 가득 쏟아지는 눈을 헤치며 갔다. 할머니 댁에 도착한 나래는 곧장 들어가지 못하고 창문으로 안을 살폈다.

할머니와 희래가 각자의 방에 겨울잠을 자는 곰처럼 웅크리고 있는 게 보였다. 함박눈이 내리는 것도 모른 채 웅크리고 있는 두 사람을 보고 있자니 가슴이 먹먹해졌다. 할머니는 그 좋아하는 텔레비전도 켜지 않고 멍한 표정으로 누워 있었다. 할머니보다도 더 안타까운 사람은 희래였다.

"희래야, 제발 나가서 놀아. 친구들 없으면 하다못해 그냥 걷기라도 좀 하고 들어와."

나래의 말을 희래는 듣지 못했다. 희래는 트레이닝복 바람으로 의자 위에 쪼그리고 앉아 미동도 하지 않았다. 까불기 좋아하고, 잠시도 가만히 있지 못하던 애였다. 식당에 가더라도 하다못해 의자에 앉아서 다리라도 떨었다. 엄마가 복 달아난다고 다리를 때리기도 했지만 그 버릇을 고치지 못했다. 그런데 오늘은 다리마저도 떨지 않고 석고상처럼 앉아만 있다.

"희래야, 다리라도 좀 떨어."

나래는 미칠 것만 같았다. 희래한테 너무 미안했다. 나래 때문에 희래는 엄마와 아빠를 동시에 잃어버렸다. 불에 타버린 집에서 홀로 살아남은 듯한 희래. 언제가 될지는 모르지만 희래를 다시 만나게 되면 정말 잘해줘야겠다고 다짐했다.

골목 저편에서 술에 취해 비틀거리는 눈사람 하나가 걸어왔다. 아빠의 냄새가 진하게 풍겨왔다. 아빠의 냄새에 나래의 가슴이 두근거렸다. 미치도록 그리운 아빠의 체취. 아빠의 몸에서 풍겨 나오는 술 냄새, 땀 냄새 그리고 입 냄새가 눈 내리는 허공으로 퍼져 나갔다. 나래는 아빠의 냄새를 음미했다. 볼에 뽀뽀를 할 때의 따가운 수염도 느껴보고 싶었다. 손에 작은 상자를 든 눈사람은 연립주택 현관에 도착하더니 몸에 쌓인 눈을 털어냈다.

나래는 아빠의 품으로 뛰어들었다. 술 냄새가 진동했다. 아빠는 비밀번호를 눌러 문을 열었다. 아빠가 자신을 느끼지 못하자 나래는 그게 그렇게 서운할 수가 없었다.

"어머니, 저 왔어요! 희래야!"

아빠는 현관에서 신을 벗으며 소리쳤다. 조금 전 창문에 붙어서 볼 때까지만 하더라도 무덤같이 괴괴하던 집이었는데, 아빠의 고함이 쩌렁하게 울리니 느낌이 확 달라졌다.

"애비 왔냐?"

할머니가 방문을 벌컥 열고 콧구멍만 한 거실로 나왔다. 아들을 기다렸던 듯 표정이 한결 밝아진 할머니. 할머니가 아빠를 보자마자 눈을 흘겼다.

"아이쿠 술 냄새. 술로 한세월을 사는구나 살아, 쯔쯧. 밥은?"

"먹었어요. 희래는요?"

아빠가 거실 탁자에 피자 상자를 내려놓으며 물었다.

"먹긴 뭘 먹어? 시늉만 하다가 말았겠지. 속이 속이 아닌데, 밥이 목구멍으로 넘어갈까 싶다."

할머니가 혼잣말처럼 말하며 희래의 방문을 두드렸다.

"아부지 왔다, 어여 나와! 너 좋아하는 피자도 사왔네."

아빠가 소파에 앉자마자 상자를 열어 피자를 꺼내놓았다. 피자 냄새가 나래를 자극했다. 한 조각 들고 먹고 싶었지만 몸이 없으니 먹을 수도 없었다. 할머니가 접시와 포크를 챙겨올 때까지 희래는 코빼기도 비치지 않았다.

"희래야!"

"내가 데꼬 오마."

아빠의 부름에도 대답이 없자 할머니가 희래에게로 갔다. 잠시 후, 꾀죄죄한 몰골의 희래가 거실로 나오더니 아빠를 향해 말없이 고개만 까닥 숙였다.

"피자 먹어."

아빠가 피자 한 조각을 접시에 담아 희래한테 내밀었다. 희래는 접시를 받더니 도로 탁자 위에 올려놓았다. 아빠가 보란 듯이 피자 한 조각을 크게 베어 먹었다. 아빠는 본래 피자를 좋아하지 않았다. 아빠가 좋아하는 것은 치킨에 맥주를 먹으며 영국 프리미어리그를 보는 것이었다. 희래는 피자를 먹지 않고 쳐다보기만 했다. 아빠의 표정이 살짝 굳어졌다.

"오늘 회사에 사표 냈어요."

아빠가 말했다. 할머니의 표정이 단박에 어두워졌다.

"어쩔라고?"

"뭐 사는 게 재미가 있어야지요. 좀 쉬었다가 장사나 하든지."

"그래, 뭔 재미가 있겠냐? 내가 오래 살아 그렇다. 진즉에 죽었어야 하는데, 오래 살면서 죄만 짓고 폐만 끼친다."

"어머니는 좀, 그런 말 좀 하지 마세요."

아빠가 버럭 화를 냈다.

"틀린 말도 아닌데 뭘⋯⋯ 그건 그렇고, 얘기할 것이 있는데."

할머니가 아빠 옆으로 바짝 붙어 앉았다.

"뭔데요?"

아빠가 퉁명스럽게 말을 받았다.

"내가 저기 좀 다녀왔는데. 굿을 해야겠다. 나래를 잘 보내야 하지 않겠냐. 원한이 쌓이고 쌓였을 텐데, 풀어줘야지."

여기까지 말을 꺼내놓고 할머니는 아빠의 눈치를 봤다. 아빠는 듣고 뭐라 말이 없었다.

"당골래가 그러는데 나래가 처녀귀신으로 그리되었으니, 결혼을 시켜줘야 한다더라. 굿할 때 하면 좋다던데."

"애가 죽고 없는데, 무슨 결혼이요?"

아빠가 화를 냈다. 아빠의 목소리가 높아지자 희래가 조용히 일어나더니 방으로 들어가버렸다.

"영혼 결혼, 처녀로 죽으면 귀신이 되어 공동묘지 같은데 나타난다고 하더라. 짝을 맺어 좋은 곳으로 보내야지. 왜 화부터 내!"

할머니도 언성을 높였다.

"잔소리 말고, 신랑 좀 찾아봐. 비슷한 또래면 좋겠지만, 나이 든 총각도 괜찮아. 내 말대로 해."

할머니는 조금도 물러서지 않고 못을 박았다. 아빠가 한숨을 크게 내쉬었다. 결혼이라니, 나래는 어이가 없어 그저 웃음만 나왔다. 이상하게도 맨 먼저 떠오른 령은 규였다. 나래의 얼굴이 빨개졌다.

서천꽃밭

28

　가운데 하늘에 온 지 어느덧 사십이 일이 지났다.

　사십구 일이 되면 규와 나래는 가운데 하늘을 떠나야만 했다. 규에 대한 일원법신의 고민이 깊었다. 나래에 대해서는 고민할 게 별로 없었다. 일원법신이 고심하고 있는 동안에 규와 나래는 발목에 쇠줄과 쇠뭉치를 차고 가시나무 지옥에 갇혀 있어야 했다.

　신제가 규의 접시에서 검은 조약돌과 흰 조약돌을 분리했다. 규가 이승에서 살아온 날들이 짧았으니 흰 조약돌의 숫자는 그다지 많지 않았다. 선업을 쌓은 행적이 그만큼 적다는 뜻이었다. 검은 조약돌의 숫자도 흰 조약돌의 숫자와 비슷했다. 하지만 검은 조약돌 중에는 주먹만 한 크기의 돌멩이가 섞여 있었다. 자기 살인의 악업을 상징하는 돌멩이였다.

신제가 두 령에 대한 보고서를 일원법신한테 제출하였다. 신제의 보고서는 평결에 중요한 참고자료였다. 아무리 일원법신이라고 해도 보고서를 깡그리 무시할 수는 없었다. 보고서를 읽어본 일원법신은 고민 끝에 신제를 불렀다.

"김우규와 정나래는 어찌하여 분리하지 않고 둘을 묶어 한꺼번에 보고서를 냈느냐?"

일원법신은 규와 나래가 가운데 하늘에 있는 동안 내내 서로 붙어 다니는 게 신기해서 물었다.

"두 령은 전생에 어떤 인연도 없었사옵니다. 그러나 가운데 하늘에 온 뒤에는 어떤 인연인지는 모르나 줄곧 함께 다녔습니다. 저도 그 점을 이상하게 여겨 살펴보았으나 특이한 점은 없었사옵니다."

"거참, 이상한 일이로고. 그건 그렇고 죄인들의 가족들은 어떻게 지내는고?"

일원법신이 고개를 갸우뚱하며 물었다.

"졸지에 사랑하는 사람을 잃었으니, 그 지옥이 얼마나 크고 깊고 넓겠습니까. 가족들을 살아 있는 지옥으로 밀어 넣은 죄, 참으로 크다 하겠습니다."

"너는 언제나 옳은 말만 하는구나. 알았다, 나가 보아라."

일원법신이 굳은 표정으로 말했다. 신제가 얼른 물러났다. 일원법신은 다시 보고서를 펼쳤다.

가운데 하늘에서 가장 중한 벌은 인간계의 바로 아래 단계인 축생계로 환생하게 하는 것이었다. 그동안 규와 나래의 령에서 가장 많이 나타난 동물은 수탉과 뱀과 돼지였다. 신제의 보고서에는 규를 수탉으로, 나래를 뱀으로 환생시켜 인간계에서 쌓은 악업을 씻도록 하는 게 좋겠다고 기록되어 있었다.

일원법신은 마지막으로 어린 자살자의 유가족들을 거울로 보는 절차를 실행했다. 사자(死者)가 가운데 하늘에서 생전에 쌓은 업에 대해 선고를 받을 때 중요하게 참고하는 것 중의 하나가 그 기간 동안 가족들이 행하는 천도(遷度)의식과 선업(善業)의 내용이었다.

가족들이 장례기간 중에 친인척과 이웃들에게 쌓는 선업과 마음을 다해 사자의 명복을 비는 천도가 있느냐 없느냐가 최종선고에 큰 영향을 미쳐왔다. 만일 유가족들이 사자가 남긴 유산이나 사업을 서로 소유하고자 다툰다면, 그 사자는 유가족으로부터 어떤 도움도 받지 못했다.

또한 사자가 두고 온 재산에 미련을 갖고 있다면 축생의 단계로 환생하는 게 가운데 하늘의 관례였다. 사자가 비록 대재벌의 회장이라고 할지라도 유가족들이 상속문제로 조금이라도 다투는 기미가 보이거나 선업을 행하지 않는다면 아무리 천도재를 잘 지낸다고 해도 돼지나 거지로 환생시켰다.

불행히도 규와 나래의 유가족들은 천도나 선업을 전혀 행하지 않았다는 신제의 보고가 있었다. 규와 나래의 령이 가운데 하늘에 머무는 사십구 일 중에서 사십이 일이나 허비한 셈이니, 일원법신은 안타까운 마음을 금할 길이 없었다.

"두 죄령의 거울을 가져오너라."

일원법신이 명령했다. 일원법신은 신제가 가져온 규와 나래의 거울을 받아 들었다. 일원법신의 손에서 두 거울은 강력한 공명(共鳴)을 일으켰다. 일원법신은 고개를 갸웃하며 규의 거울을 먼저 보았다. 규의 거울에 맨 먼저 떠오른 것은 일원상이었다. 일원법신은 깜짝 놀라 거울을 자세히 들여다보았다.

선애는 일원상을 향해 절을 시작했다. 두 손을 모았다가 천천히 무릎을 꿇고, 손을 바닥에 내려놓으며 몸을 숙인다. 이마를 땅에 대고 손바닥을 뒤집어 올렸다가 내린다. 이어 반대의 순서로 일어서면 한 번의 절을 마치게 된다. 똑바로 서서 두 손을 모을 때부터 온갖 잡념이 들끓었다. 지나온 삶의 순간들이 주마등처럼 스치고 지나갔다.

즐거웠던 순간보다는 괴로웠던 순간들이, 기뻤던 순간보다는 슬펐던 순간들이, 웃었던 순간보다는 울었던 순간들이, 상처를 주던 순간보다는 상처를 받던 순간들이, 갓난아기의 예뻤던 규보다는 깨지고 찢긴 시체로 누워 있던 규가 순서도 맥락도 없이 떠올랐다.

백팔 배가 아주 어려운 줄 알고 겁을 먹고 시작했는데, 삼십여 분만에 끝나니 조금은 싱거웠다. 선애는 절을 더 하기로 했다. 첫 번째 백팔 배는 분노로 채워졌다면, 두 번째 백팔 배는 회한으로 채워졌다. 살아오면서 잘못을 저질렀던 온갖 순간들이 절 한 번에 하나씩 떠올랐다.

기어이 절에 눈물이 섞이고 말았다. 후두둑 떨어진 눈물에 이마를 찧고 오래 흐느끼기도 했다. 회한에 가득한 절이 팔십여 회를 넘기던 때였는지 아닌지는 잘 모르겠지만, 어쨌든 어느 순간부터 선애에게 무아(無我)가 진행되기 시작했다.

마음에 들끓던 잡념과 형상이 바람처럼 빠져나가고 더는 들어오지 않았다. 마음을 채웠던 것들이 텅 비게 된 것이었다. 이어 마음까지 '텅 빈' 상태를 선애는 경험했다. 경험하고 있으나 경험한다는 사실도 눈치채지 못했다.

마음이 텅 비니 남은 것은 몸이었다. 오직 몸만 자동화된 기계처럼 오체투지의 절을 끊임없이 반복했다. 절의 숫자를 세던 것도 잊어버렸고, 절이라는 행위만 남은 명상 상태가 지속되었다.

온몸이 땀으로 흥건하게 젖었다.
일원상마저도 사라져 허공(虛空)만 남았다.
마음이 텅 비니, 몸도 텅 비었다.

선애는 오백 배 가깝게 절을 한 뒤에 더 이상은 몸을 일으키질 못했다. 혼몽의 상태로 빠져든 것이었다. 마치 유체이탈을 한 듯이 선애는 자신의 몸이 일원상 앞에 엎드려 있는 것을 한 뼘 정도의 허공 위에서 보았다. 그러다 몸속으로 의식이 연기처럼 빨려 들어갔고 동시에 또 빠져나갔다. 선애는 모든 것을 툭 놓아버렸다.

얼마나 오래 그 상태가 지속되었는지 모르겠다. 선애가 눈을 떴을 때에는 이마에 수건 하나가 놓여 있었다. 낯선 곳이었지만 마음은 편했다. 반면에 몸은 움직이기 어려울 정도로 불편했다. 손가락 하나 까닥할 힘이 남아 있지 않았다. 선애는 조심스레 정신을 수습한 뒤에 간신히 몸을 일으켰다. 온몸의 뼈들이 우두둑 소리를 냈다.

"절이 쉬워 보여도 생각보다 힘들죠? 저도 매일 백팔 배를 하는데, 하기 싫어서 요리 빼고 조리 빼고 하다가 간신히 하곤 해요. 막상 시작해도 삼십 배 정도를 하기까지는 중간에 때려치우고 싶은 마음이 굴뚝같죠. 삼십 배가 넘어서야 비로소 겨우 안정되어서 끝까지 마칠 수 있고요. 자, 드세요."

언제 왔는지, 최 교무가 냉수 한 잔을 내밀었다.

"고맙습니다."

한참 목이 마르던 터라 선애는 냉수를 고맙게 받아 단숨에 들이켰다. 물이 식도를 타고 위장으로 방울방울 떨어지는 느낌이 들었다. 물맛은 달았고 또 시원했다.

"물이 정말 달아요."

선애는 잔을 돌려주며 말했다.

"땀을 많이 흘리셨으니까, 몸이 물을 원했던 거지요. 그리고 편안하게 더 계시다가 땀이 좀 마르면 나가세요. 지금 밖이 아주 추워요. 그럼 저는 이만."

빈 잔을 돌려받은 최 교무가 가볍게 목례를 하고 돌아섰다. 지난 사흘간 선애는 새벽마다 교당에 나와 기도를 하거나 가만히 앉아 있거나 했다. 그동안 최 교무를 두어 번 마주쳤는데 선애는 서둘러 고개를 숙여 시선을 피하기만 했다.

"저기요, 교무님."

선애는 막 교당에서 나가려는 최 교무한테 한 발 다가섰다.

"제가 뭐 도와드릴 것이라도?"

"여기서 얘기 좀 할 수 있을까 해서요."

선애가 조심스레 입을 열었다.

"예에. 그럼 앉으시죠."

최 교무가 먼저 긴 나무의자에 앉고, 선애는 그 옆에 앉았다. 잠시 어색한 침묵이 이어졌다. 선애는 크게 한숨을 쉰 다음에 규의 이야기를 꺼냈다. 말없이 듣기만 하던 최 교무의 눈이 젖어들었다. 담담하게 말을 이어가던 선애는 그 모든 게 자신의 잘못이라고 말하다가 그만 통곡하고 말았다. 최 교무는 선애의 손을 잡고 침묵의 기도를 했다. 최 교무는 선애가 마음껏 울도록 내버려두었다. 아주 오래 울도록 손을 꼭 잡아주었다.

"죄송해요. 울어도 울어도 끝이 없네요."

선애가 가방에서 손수건을 꺼내 눈물을 닦아낸 뒤 쉰 목소리로 말했다.

"잘하셨어요."

최 교무의 목소리에도 울음이 담겨 있었다.

"고마워요, 교무님. 이제 가볼게요."

선애는 목례를 하고 일어섰다.

거울에 비친 선애의 모습을 보고 일원법신은 고개를 끄덕였다.

일원법신은 특히 청소년 자기 살인자들의 유가족들이 지옥보다 더한 고통을 겪어내는 것을 보면서 늘 마음이 무거웠다. 어미 선애가 저토록 영혼을 저미는 상실의 고통에 몸부림치고 있을 때, 정작 자식은 그 무엇도 깨닫지 못하고 여전히 죄업을 쌓기에만 바빴다. 자식을 잃은 어미의 상처는 겪어보지 않고는 누구도 그 속을 알 수가 없다. 상처는 치유되지 못하고 쌓여만 간다.

일원법신은 규가 미웠다.

29

규와 나래는 가시나무 지옥에서 누런 강물이 흐르는 강가로 왔다. 강 건너 편으로 다시 가고 싶은 마음이 강렬해져서 자꾸만 이승의 풍경에 눈길이 갔다.

교미 중인 돼지의 자궁이 자꾸만 규를 끌었다. 나래도 규와 비슷한 상태였다. 나래는 교미 중인 뱀의 자궁이 자꾸만 떠올랐고, 바로 앞에 있으면 그 자궁 안으로 뛰어들고 싶었다.

"건너갈까?"

규가 나래한테 물었다. 무슨 뜻인지 알기에 나래의 얼굴이 빨개졌다. 나래는 자신도 모르게 고개를 끄덕였다. 강을 건너 교미 중인 뱀의 자궁으로 뛰어들고 싶은 욕망이 점점 강해졌다.

"그래, 씨바. 건너가자."

규가 나래의 손을 잡고 허공으로 떠올랐다. 이번에 이승으로 건너가면 가운데 하늘로 돌아오고 싶지 않았다. 가운데 하늘에서의 형벌과 방황을 이쯤에서 끝내고 싶었다.

규와 나래가 손을 잡고 누런 강을 건너가고 있을 때, 강가에 있던 바리가 그들의 행적을 목격했다. 바리는 깜짝 놀랐다. 지금, 가운데 하늘을 떠나면 필연코 축생계로 떨어지게 된다. 그것도 모르고 위험을 자초하다니. 축생계로 떨어져 돼지로 환생하면 먹고 자기만 하면서 똥밭을 구를 것이고, 뱀으로 환생하면 어둡고 축축한 곳으로만 기어 다닐 것이 뻔했다. 게다가 아직 일원법신님이 판결도 내리기 전이 아닌가. 바리는 서둘러 휘파람을 불렀다.

강을 건너 이승에 도착한 나래는 교미 중인 뱀을 먼저 찾자고 말했다. 규는 싫다고 말하려다가 아무래도 남자가 양보하는 게 낫겠다 싶어 그러자고 했다. 나래는 교미 중인 뱀을 찾아 허공을 빠른 속도로 떠다녔다. 하지만 뱀들은 겨울잠을 자려고 일제히 땅굴을 파고 들어간 뒤였다.

"어쩌지?"

나래가 울상을 지으며 물었다.

"걔네들을 찾으려면, 온대를 떠나 아열대나 열대로 가야지 뭐."

규가 시큰둥하게 대답했다. 혹시라도 같이 가자고 할까봐 걱정이었다. 교미 중인 돼지는 쉽게 찾을 수 있다고 생각했다. 적어도 돼지는 겨울잠을 자는 동물이 아니었다. 게다가 도시를 떠나 농촌으로 오니 여기저기서 교미의 냄새가 진하게 풍겨왔다. 규는 마음이 급했다.

"뱀들은 적도 부근에 많다더라. 거기로 가. 나는 여기에서 충분히 찾을 수 있어."

규가 말했다.

"혼자 가기 싫어. 같이 가자 응?"

나래가 은근히 떼를 썼다.

"아, 됐어. 이제 그만 찢어져. 너 혼자 가. 나도 혼자 갈래."

규는 그러고 싶은 마음이 전혀 없었다. 나래는 규의 말에 그만 토라지고 말았다. 섭섭하고 서운해서 눈물이 나려고 했다. 규는 나래가 그러거나 말거나 교미 중인 돼지를 찾으러 가야겠다고 마음먹었다.

어차피 환생하는 것, 사람이 아니고 돼지면 또 어떤가. 차라리 돼지인 것이 죄를 덜 지을 수도 있었다. 태어난 그대로 본능과 욕망에 충실하면 될 것이다. '그렇게 살다가 나중에는 삼겹살이나 족발, 순대가 되겠지. 그게 뭐 어때서? 차라리 깔끔하잖아. 그래, 돼지도 좋아'라고 생각하는 순간 교미 중인 돼지의 자궁 냄새가 훅 끼쳐왔다. 규는 코를 벌름거리며 방향을 잡았다.

"그럼, 잘 가."

나래한테 손을 흔들고 규는 돼지 자궁의 냄새를 좇아 돌아섰다.

"싫어. 같이 가."

나래는 굳이 뱀이 아니라도 좋았다. 돼지면 또 어떤가. 돼지보다도 규와 헤어지는 게 더 싫었다.

"그럼 따라오든지."

규는 시큰둥하게 대답하고 자궁 냄새가 나는 방향으로 빠르게 달려갔다. 지긋지긋한 가운데 하늘에서 벗어날 생각을 하니 기분이 너무 좋았다. 나래는 교미 중인 뱀을 만나지 못해 아쉽긴 했지만 돼지도 나쁘지 않았다. 돼지로 태어나 한세상 게으르게 사는 것도 나쁘지 않을 것 같았다. 나래보다 두어 걸음 먼저 허공을 걸어가던 규의 머리에 언뜻 스치는 것이 있었다. 규는 나래를 향해 돌아섰다.

"너 조심해. 잘못하다간 너랑 나랑 쌍둥이가 될 수도 있어. 내가 뛰어든다고 너까지 뛰어들면 곤란해. 이제 그만 엮이고 싶어."

규가 말했다.

"알았어, 알았어. 빨리 가기나 해."

나래는 규의 등을 밀었다. 나래가 보기에 규는 무엇이든 부정적이고 비관적으로 생각하는 나쁜 버릇이 있다. 돼지야 한 배에 열 마리 가량의 새끼를 낳는다. 그까짓 돼지 쌍둥이가 되는 것은 흔하디 흔한 일로 부끄럽거나 창피한 일도 아니었다.

'그런데 뭐가 걱정이람?'

나래는 규의 뒤통수를 향해 혀를 삐죽 내밀었다. 오래지 않아 규는 양돈축사에 도착했다. 본래는 흰 털의 돼지였는데 똥밭에 하도 굴러서 그런지 까맣게 보였다. 규는 양돈축사 위의 지붕 아래 허공을 떠돌며 어떤 돼지들이 교미를 하나 살폈다.

나래는 규의 뒤를 졸졸 따랐다. 한참을 살피는데 어떤 사람이 암돼지 한 마리를 수돼지 우리로 넣는 게 보였다. 규는 교미가 시작되자마자 암퇘지의 자궁으로 뛰어들 생각에만 골똘히 사로잡혔다.

나래도 옆에서 살짝 떨었다. 마침내 수퇘지가 암퇘지의 엉덩이를 타고 올랐고, 교미가 시작되었다. 규와 나래는 동시에 교미 중인 자궁으로 뛰어들었다.

끼약, 깍!

순간, 괴음과 더불어 상상이 날카로운 발톱으로 규와 나래의 목덜미를 낚아챘다. 상상은 규와 나래가 저항할 틈도 주지 않고 빛의 속도로 가운데 하늘을 향해 날았다. 눈 깜빡할 새에 상상은 가운데 하늘 한복판에 규와 나래를 내려놓았다. 너무 순식간의 일이라 규와 나래는 정신을 차릴 수가 없었다. 머리를 흔들어 정신을 차리고 보니 바리가 앞에 서 있었다.

"너희가 돼지의 자궁으로 들어가는 것을 내가 막았어."

"왜요?"

규가 따지듯 물었다.

"왜 그랬는지 나도 잘 모르겠어. 그냥 그랬어."

바리의 대답에 규는 어처구니가 없었다. 바리는 가운데 하늘의 신녀 중에서 거의 유일하게 령들을 위해 울어주고 기도해주는 존재가 아닌가. 그런 신녀가 잘 모른다니, 말도 안 된다고 규는 생각했다.

"내가 일원법신님의 허락도 안 받고, 너희가 돼지의 자궁으로 들어가려는 것을 막은 게 잘한 일인지 못한 일인지 모르겠다. 하지만 어쨌든 너희는 돌아왔다. 이제 일원법신님의 판결을 기다리도록

해. 이승에 계신 너희 부모님들이 마침내 천도재(遷度齋)를 시작했
으니 그 명복도 받도록 하고."

규와 나래는 얼떨떨한 표정으로 바리를 바라보았다. 일원법신의
판결을 기다리라니. 정말 싫었다. 그 판결에 따라 받아야 하는 지옥
의 형벌은 생각만 해도 무섭고 괴로웠다.

"비록 내가 너희를 막긴 했으나, 그것 역시도 너희의 카르마가 행
한 일임을 알아야 한다. 너희의 카르마가 너희를 돼지의 자궁으로
들어가는 것을 막은 것이다. 오해하지 말기를."

아리송한 말을 남기고 바리는 그곳을 떠났다.

30

새벽 다섯 시, 선애는 가족들과 함께 집을 나섰다.

여섯 시에 교당에서 규의 천도재를 올리기로 했다. 시어머니, 남
편 혜준, 아들 수를 데리고 새벽길을 걸었다. 어제 내린 폭설로 길
은 미끄러웠다. 선애는 아들 수의 손을 잡고 걸었고 남편 혜준은 시
어머니를 부축하며 걸었다. 식구들은 서로 말을 아꼈다. 교당에 도
착하니 최 교무님이 반겨 맞았다. 시어머니가 법당을 보더니 고개
를 갸웃거렸다.

"절에서는 상을 거하게 차리던데, 천도재가 맞긴 맞는 거여? 좀
이상하지 않냐?"

시어머니가 선애의 귀에 대고 조용히 물었다.

"네, 어머니. 여기 교당에서는 음식이나 제물을 차리지 않는다고 하네요. 영가의 천도를 위하는 것이니 음식보다는 독경이 중요하다고요. 교무님이 오셔서 재를 시작하기 전에 우리는 일원상 앞에 앉아 교전 읽으며 마음을 다스리는 게 좋을 것 같아 좀 일찍 왔어요. 괜찮죠, 어머니?"

선애가 말했다.

"나는 눈이 어둡고 침침해서 어쩌냐?"

시어머니가 걱정했다.

"글씨 큰 게 있으니 너무 걱정 마세요. 안 읽으셔도 괜찮아요."

선애는 시어머니의 손을 부드럽게 잡았다가 놓았다.

"그래도 그렇지. 기어이 읽어야 규한테 이로울 것 아녀. 돋보기를 준비하라 그러지 그랬냐?"

시어머니가 많이 아쉬워했다. 선애는 혜준과 수한테 교전을 주며 천도품을 읽으라고 했다. 시어머니를 위해서는 큰 글씨의 독경집을 따로 준비했다. 그런 뒤에 일원상 앞에 자리를 잡고 삼배를 올렸다. 그런 뒤에 자세를 바르게 하고 입정(入定)에 들었다. 입정에 들자마자 규의 얼굴이 떠올랐다. 선애는 규의 환영을 떨치고자 이를 악물었다. 하지만 제대로 된 입정에는 끝내 들지 못했다. 선애의 마음은 뜨겁게 끓어올랐다.

혜준은 천도품을 읽었다. 감당하기 힘든 문장들이 가득했다. 그저 책에 인쇄되어 있는 문장이 아니라 살아서 움직이는 생명의 말들 앞에서 혜준은 부끄러웠다. 그동안 살기에 바빠 책 한 권도 제대로 읽은 적이 없었다. 기껏 읽는 책이라야 재테크나 자기계발에 관한 책들이었다. 그 알량한 독서도 사실은 퇴직 이후의 불안 때문에 시도했었다.

'나이 사십이 넘으면 죽어가는 보따리를 챙겨야 한다.'

어쩌라는 것인가. 혜준은 혼란스러웠다. 사실 지금까지 살아오면서 죽음에 대해 깊게 생각해본 적이 없었다.

여섯 시가 되자 최 교무가 나와 천도재를 시작했다. 천도재의 순서에 대해 전혀 몰라 당황스럽기는 했으나 독경집에 나와 있는 대로 따라 했다. 오래지 않아 식구들은 흐느끼기 시작했다. 흐느낌은 넓고 깊었다. 울음이 터지는 것을 끝끝내 참고 온몸으로 견뎌내는 흐느낌. 식구들의 흐느낌 위로 천도품이 흘렀다.

"김우규 영가야, 정신을 차려 내 말을 잘 들어라. 이 세상에서 네가 선악 간 받은 바 그것이 지나간 세상에서 지은 바 그것이요, 이 세상에서 지은 바 그것이 미래 세상에 또다시 받게 될 바 그것이니, 이것이 곧 대자연의 천업이라 …… 범부와 중생은 마음의 자유를 얻지 못한 관계로 이 천업에 끌려 헤아릴 수 없는 고통을 받게 되므로 …… 김우규 영가야, 일체 만사를 다 네가 짓는 줄로 이제 확연히 아느냐. 김우규 영가야, 또 들으라. 생사의 이치는 부처님이나 너나 일체 중생이나 다 같은 것이며 …… 우주와 만물도 또한 그 근본은 본연 청정한 성품 자리로 한 이름도 없고, 한 형상도 없고, 가고 오는 것도 없고, 죽고 나는 것도 없고, 부처와 중생도 없고, 허무와 적멸도 없고, 없다 하는 말도 또한 없는 것이며, 유도 아니고 무도 아닌 그것이냐……."

천도재를 마치자마자 혜준은 곧장 회사로 출근했다.

오늘 하루도 밤늦게까지 일정이 빡빡했다. 그중에서 고등학교 동문 송년회가 제일 마음에 걸렸다. 고등학교를 졸업한 이후로 작년까지 군대 시절을 제외하고는 매년 빠진 적이 없었던 모임이었다. 어떻게 할까 고민하고 있는데 전화가 울렸다. 받아보니 낯선 사람이었다.

"아, 안녕하십니까. 저는 정수철이라고 하는 사람입니다. 실례가 아니라면 잠시 얘기를 좀 하고 싶은……."

그냥 끊을까 했는데 마지막 말에 멈칫했다. 예의를 다해 묻는 사람에게 대답 없이 전화를 끊는 것은 큰 실례였다.

"예, 말씀하시죠."

혜준이 친절하게 말을 받았다.

"전화로 하긴 좀 그렇습니다. 혹시 시간 되시면 좀 뵐 수 있는지요?"

수철의 말에 혜준은 짧게 고민했다.

"글쎄요. 무슨 일인지는 모르지만, 전화로 하시지요."

예의를 갖춰 전화를 했다고 해서 꼭 만나야 하는 것은 아니었다. 혜준은 회사에 출근해서 직원들을 만나는 것도 겨우 해낼 정도였다. 비록 겉으로 드러내진 않았지만 다른 사람과 함께 있는 것이 정말이지 버거웠다.

"다시 말하지만, 전화상으로는 좀 그렇네요. 제가 그쪽으로 갈 테니 잠시만 짬을 내주시죠. 차 한잔 마실 정도면 충분합니다."

상대방의 목소리에서 허튼 소리를 하지 않을 것이라는 느낌이 왔다. 혜준은 냉정하게 끊지 못하고 그렇다면 회사 현관에 와서 전화를 달라고 말했다. 어쨌든 유쾌한 일은 아닐 것이라고 생각했다. 한시간 반쯤 뒤에 혜준은 회사 빌딩의 지하 커피숍에서 수철을 만났다. 첫인상 역시 유쾌하지 않았다. 몹시 지치고 피곤해 보이는 얼굴이라 혜준은 수철을 내심 경계했다. 수철은 혜준한테 시간을 내주어 고맙다는 인사부터 했다.

"사실 우린 구면입니다."

수철이 말했다.

"어디서……?"

혜준은 수철을 기억하지 못했다.

"화장장에서요."

수철은 조심스러웠다. 화장장이라는 말을 듣고서야 혜준은 수철을 기억해냈다. 잠시 같이 서서 담배를 피웠던 그 날의 아픔이 새삼스레 뼈에 저렸다.

"여러 말을 해봐야, 서로 아프기만 할 것 같구요. 제 용건만 간단히 말씀드리겠습니다. 저도 나름 고민을 많이 하다가 이렇게 용기를 냈습니다."

"예, 이해합니다."

혜준은 수철의 얼굴에서 그동안 겪어냈던 지옥 같은 날들을 읽어냈다. 어쩌면 자신의 얼굴도 수철의 얼굴과 크게 다르지 않을 거라고 혜준은 생각했다.

"서론은 거두절미하고요, 본론부터 꺼내겠습니다. 애들, 결혼시킵시다."

"예? 뭐라고요?"

혜준은 난데없는 수철의 말에 기겁했다. 수는 이제 겨우 열셋에 불과한 초등학생인데 결혼이라니, 말도 안 되는 소리였다. 혜준은 속으로 이 사람이 미쳤나 싶었다.

"죽은 우리 애들, 영혼 결혼을 말하는 겁니다."

수철이 말했다.

"영혼 결혼이요? 그건 또 뭡니까?"

혜준은 어안이 벙벙했다.

"처녀귀신, 총각귀신으로 떠돌고 있을 우리 애들을 결혼시켜 혼이라도 맺어주자는 것이죠."

수철은 손바닥에 흐르는 땀을 허벅지에 문질러 닦아내며 말했다. 혜준과 수철 사이에 어색한 침묵이 흘렀다. 혜준은 한 번도 생각해본 적이 없는 일이라 무척 당황했다. 게다가 영혼을 결혼시키자니, 말도 안 되는 소리였다. 수철 역시 영혼 결혼이 성사되리라고 생각해서 혜준을 만난 게 아니었다. 하도 어머니가 조르고 쪼아대는 바람에 말이라도 꺼내보자 해서 나온 것이었다.

"죄송합니다. 한 번도 생각해본 적이 없는 일이라서…… 그럼 전 바빠서 이만."

혜준은 냉정하게 자르고 일어섰다.

"아닙니다. 제가 오히려 죄송하죠. 실례 많았습니다. 그럼 이만."

수철도 대답을 빨리 들으니 오히려 마음이 편했다.

수철과 혜준은 악수를 하고 헤어졌다. 지하철역을 향해 걸어가는 수철의 뒷모습을 보며 혜준은 씁쓸하게 웃었다. 그런데 이상하게도 수철의 뒷모습에서 눈이 떨어지질 않았다. 수철의 어깨에 놓인 자식에 대한 짐이 눈에 자꾸만 밟혔다. 얼마나 무거울까? 이런 생각을 하는데 가슴 밑바닥에서 무언가가 울컥하며 올라왔다.

혜준은 지하주차장으로 내려갔다. 차를 몰고 주차장에서 나오면서 수철한테 너무 매정하게 굴었나 싶어 마음이 찜찜했다. 딸에 대한 사랑이 얼마나 간절했으면, 먼 길을 왔을까 싶었다. 착잡한 마음으로 자동차를 몰았다.

결혼은 안 될 일이었다. 아무리 아비라고 하더라도 자식의 일을 마음대로 결정할 수는 없었다. 인연이 있으면 혼령이 되었다 하더라도 저희들끼리 사귀거나 결혼하면 되는 것 아닌가 싶었다.

어디로 갈까? 마땅히 갈 곳도 없었다. 그냥 도시를 떠나고 싶었다. 도시 외곽으로 나오자 도로가 한산해졌다. 혜준은 과속카메라도 무시하고 달리기 시작했다. 풍경이 빠른 속도로 뒤로 밀려났다. 눈이라도 오려는지 서쪽 하늘에 걸린 뭉게구름이 서서히 검게 변했다. 검은 뭉게구름 사이에 빛나는 겨울의 하늘과 마른 울음처럼 서 있는 가로수들.

'규야, 너는 서쪽 하늘에서 잘 지내고 있느냐, 아비는 잘 있으니 걱정하지 말아라. 여기는 너와 함께 걷던 길의 어디쯤이다. 앞서 걷다가 조용히 나를 기다려주던 너의 검게 탄 얼굴, 온 세상을 환하게 빛나게 하던 너의 순하고 하얀 웃음. 아비는 네가 있어 행복했다. 너와 함께했던 지난 추억들이 속도에 밀려가는 풍경처럼 빠르게 뒤로 사라진다. 내가 너를 잃은 것이냐, 네가 나를 잃은 것이냐. 어쩌자는 것이냐, 나쁜 놈아. 나쁜 놈아. 부탁하건대 단 한번만이라도 너를 만지고 싶다. 너를 안고 싶다. 너의 몸을 내 몸으로 느끼고 싶다.'

"나쁜 자식!"

혜준의 입에서 비명처럼 한마디가 튀어나오는 것과 동시에 눈물이 쏟아져 내렸다. 혜준은 자동차를 길섶에 세웠다.

목 놓아 울었다.

31

규와 나래가 가운데 하늘에 온 지 사십팔 일이 되는 날이었다. 이제 하루만 지나면 가운데 하늘을 떠나게 되어 있었다. 규의 령은 새벽마다 가족들이 지낸 천도재 때문에 제법 차분해진 상태로 지냈다. 반면에 나래의 령은 축생계에 이끌려 교미 중인 뱀을 찾아 틈만 나면 가운데 하늘을 떠나려고 했다. 그것을 막아준 이는 바리였다.

사십팔 일 오전 열한 시쯤 나래는 강둑에 서서 강 건너를 바라보았다. 나래는 바리 몰래 강을 건너갈 묘안을 찾느라 마음이 바빴다. 규와 바리가 실시간으로 감시하고 있는 것을 알기에 나래는 온갖 잔머리를 굴려보았다.

 하지만 묘책이 나오질 않았다. 심지어 바리는 상상을 바로 옆에 대기시켜놓고 있는 중이었다. 강 건너 아열대 지방에서 풍겨오는 교미하는 뱀들의 냄새가 나래의 령을 끊임없이 자극했다. 나래는 감시고 뭐고 강을 건너 뱀의 자궁으로 뛰어들겠다고 결심했다.

 결심의 순간, 어떤 소리가 강 건너에서 아득하게 들려왔다. 징소리, 장구 소리, 놋쇠방울 소리, 대나무 가지 흔드는 소리의 불협화음이 나래의 령을 휘감고 돌았다. 이어 늙고 쉰 어떤 여자의 귀기 서린 목소리가 나래를 사로잡았다.

 "오구씻김굿이다."

 바리가 손바닥을 활짝 펴서 귓바퀴를 감싸며 말했다. 규는 바리를 흉내 냈지만 어떤 소리도 들을 수 없었다.

 "오구씻김굿, 그게 뭔데요?"

 규가 물었다.

 "오구씻김굿은 너희처럼 물에 빠지고, 들보에 목을 매달고, 독약을 먹고, 높은 곳에서 몸을 던지고, 지하철에 몸을 던진 자기 살인자들과 결혼을 못하고 죽은 자들, 맞아죽은 자들, 억울하게 사형당한 자들의 원한을 씻겨주는 굿이지. 나래를 위한 굿이다."

 바리가 대답했다.

나래는 오구썻김굿의 소리에 그만 발목을 잡히고 말았다. 늙고 쉰 목소리에 밧줄처럼 꽁꽁 묶여 옴짝달싹도 하지 못했다.

　"저승길이 몇만 리나 되는 줄을 알았더니, 대문 밖이 저승이로구나, 멀고 먼 황천길이 몇만 리나 되는 줄을 알았더니, 금목수화토로 태어난 인생이, 도로 흙으로 묻히네그려 ……

　귀촉도 귀촉도 슬피 울어 독야 청산의 뭿 되려나, 너는 뉘를 이별하고 밤새도록 체혈을 하느냐. 아무리 울어본들 어느 벗님이 찾을쏘요 ……

　바리데기가 뒷동산에 올라, 여러 가지 꽃도 있고 열매도 있고, 여러 가지 볼 것이 많아서, 화초타령을 잠깐 불러 보겠습니다 ……

　동백주 설죽매는 아름답게 피어 있소. 청태산 들어가니 체혈허던 뒤견화, 이화 도화 행화 난초 지초 왼갖 행초, 다 놓여 있소. 다 숨겨 있소, 다 만발허여 있소 ……

　모든 것을 다 용서를 하셔서, 맺히고 맺힌 마음 훨훨 풀으시고, 새 옷 갈아입고 새 신발 신으시고, 길 열어주시오 ……."

　굿이 끝나자 그 사이에 하루가 흘렀다. 나래의 령은 어느새 차분해져 맑고 고요한 상태로 강둑에 앉아 있다. 사십구 일 새벽에 규의 천도재도 일곱째 날의 종재(終齋)로 끝이 났다.

　저만치에 꽃 한 송이가 피어 있었다. 가운데 하늘에서 꽃을 본 것은 처음이었다. 흙이 있었고, 그 위로 물이 흘렀다. 허공에서 불꽃이 일어났고 바람이 춤추었다.

흙에서는 흰 빛이, 물에서는 노란 빛이, 불에서는 붉은 빛이, 바람에서는 초록 빛이 나타나 규와 나래를 휘감았다. 빛 속에 질문이 있었다.

삶이 너를 혹독하게 다룬 적이 있느냐?
네가 겪어낸 삶을 다른 아이들도 견뎌내지 못하더냐?
네 부모와 가족은 남은 삶을 지옥에서 보내게 될 터,
그 지옥을 어찌할 것이냐?

질문은 아팠다. 가운데 하늘에서 받은 그 어떤 형벌보다도 아프고 시렸다. 규와 나래는 비로소 깊은 반성에 잠겼다. 부모님을 생각하니, 정말 큰 죄를 지었다는 생각이 밀려왔다. 규와 나래는 강둑에 앉아 이승의 부모님께 삼천 배를 올렸다. 절을 하는 동안에 울음이 강물처럼 흘렀다.

32

"신제야, 그 아이들을 데리고 오너라. 바리도 참석하라 하고."

일원법신이 신제를 불러 명했다. 그동안 일원법신은 규의 천도재와 나래의 오구씻김굿을 하나도 남김없이 보았다. 비록 자기 살인자들이지만 그들은 가족의 극진한 사랑을 받은 령들이었다. 물론 가족들은 길고 오랜 상처에 몸부림치게 되리라는 것을 일원법신은 알았다. 그럼에도 불구하고 가족들은 어린 령들을 위해 정성을 다한 것이었다. 일원법신은 그 정성에 감복했다.

"법신님, 대령하였나이다."

신제가 아뢰었다. 령들의 천도를 위한 가족들의 지극한 정성이 있어 정상참작의 근거가 마련된 것은 다행이었다. 일원법신은 죄령(罪靈)들이 대기하고 있는 재판정으로 나갔다.

"기립! 경배!"

신제가 외쳤다. 규와 나래, 그리고 바리가 염라대왕의 자리에 착석한 일원법신을 향해 세 번의 오체투지를 했다.

"이제 판결을 내리겠다. 먼저 규, 너는 자기 살인을 통해 생을 초기화하겠다는 망상의 죄를 범했느니라. 인간계에 다시 환생해 생의 고해를 처음부터 다시 겪어내야만 한다. 네가 전생에 겪었던 것보다 더한 지옥과 고통이 너를 기다릴 것이다. 친구와 같았던 전생의 부모를 다시 만나는 게 아니다. 이기적인데다 자주 폭력을 행사하며 자식을 소유물로 생각하는 성격이 포악한 악덕의 부모 밑에서 다시 한 생을 견뎌야 하느니라. 그렇게 된 것은 자기 살인의 악업 때문이니라. 김우규 령체는 듣거라. 너에게 윤회의 형벌을 선고한다. 바리는 김우규 령체를 서천꽃밭으로 데리고 가라."

서릿발처럼 준엄한 일원법신의 판결과 선고에 규는 절망하지 않았다. 오히려 담담했다. 이승에서 천도를 해주신 전생의 부모님한테 정말 죄스러운 마음이 들었다. 그 천도가 없었으면 축생계로 환생해 돼지로 살아야만 했을 터였다. 이제 다시는 그런 부모를 만날 수 없다고 생각하니 등뼈가 휘어지도록 슬펐고 아팠다.

"정나래 령체는 듣거라. 너는 학교폭력과 따돌림에 시달리다가 끝내 이겨내지 못하고 자기 살인을 행동에 옮겼다. 스스로를 죽일 정도의 각오였으면, 왜 맞서 싸우고 견디질 못했느냐? 그들의 폭력에 죽을 각오로 맞섰다면 너는 자기 살인의 범죄자가 되진 않았을 것이다. 무엇이 그토록 두려웠느냐? 아무리 그들의 폭력이 두렵다고 한들 죽음보다 두려웠겠느냐? 너는 혼자가 아니었지만 혼자라고 생각했고 스스로를 고립시켜 폭력의 희생자가 되었다. 폭력에 희생되었다고 해서 자기 살인의 악업이 줄어드는 것은 결코 아니다. 네게 폭력을 휘두른 그 아이들은 지금 감옥에 갇혀 있다. 눈을 들어 거울을 보아라."

일원법신이 말했다. 나래는 신제가 들고 있는 커다란 청동거울을 바라보았다. 낯익은 얼굴과 낯선 장소가 청동거울에 나타났다. 소년교도소에서 누런 죄수복을 입고 걸어가고 있는 C와 K였다. 그들은 고개를 푹 숙이고 누군가를 따라 걷고 있었다. 그들이 간 곳은 교도소 면회실이었다.

교도소 면회실은 투명한 창으로 나뉘어져 있었다. K가 면회실로 들어서자 곧장 문이 열리며 K의 부모님이 들어왔다. K의 어머니는 면회실로 들어서자마자 눈물을 터트렸다. K도 울었다.

'밥은 먹었냐?'

K의 아버지가 울음을 누르며 간신히 물었다. K는 대답을 못하고 고개만 끄덕였다. 사실 K는 굶다시피 하며 지냈다. 밥알이 모래알 같아 도무지 넘어가질 않았다.

'입이 짧은 애가 먹기는 뭘 먹어? 얼굴에 살이 그냥 쏙쏙 빠졌네. 아이고 불쌍한 내 새끼.'

K의 어머니가 투명한 창을 손으로 만지며 안타까워했다. K는 어머니와 아버지의 모습을 보고 깜짝 놀랐다. 그 짧은 사이에 삼십 년은 더 늙어보였던 것이다. 어머니와 아버지 모두 폭삭 늙은 할머니와 할아버지로 변해 있었다. K는 부모님께 너무 죄송해서 미칠 것만 같았다. 한순간의 실수 때문에 부모님의 인생까지 망친 것 같아 쥐구멍이라도 있으면 들어가고 싶었다.

"됐다."

일원법신의 짧은 한마디에 신제가 청동거울을 옆으로 치웠다. 나래는 그저 멍했다.

"L은 여자교도소에 있느니라, 자, 나래 너는 어찌 생각하느냐? 가해자니까, 폭력을 휘둘렀으니까 당연하게 느껴지느냐? 저들의 부모는 어찌하여 저토록 깊은 상처를 받아야 하느냐? 상처는 이쯤에서 멈춰지는 것이 아니다. 상처는 또 다른 상처를 낳으며 한 사람의 생애를 깊은 수렁으로 밀어 넣을 것이다. 그들은 그곳에서 폭력과 도둑질 등 온갖 범죄를 학습하고 나올 것이다. 그들은 폭력의 악순환에서 벗어나지 못할 것이다. 이것 또한 너의 악업이니라. 너는 지금, 그게 어찌 나의 악업이냐고 묻고 싶을 것이다. 네가 폭력에 순응하지 않고 더 일찍 저항했더라면, 저항은 아니더라도 적극적인 방법으로 신고했더라면 그들의 폭력은 그쯤에서 멈췄을지도 모른다. 폭력에 대해 폭력으로 저항하라는 뜻이 아니다. 폭력에 순응하고 복종하는 것이야말로 폭력을 부르는 원인임을 알았더라면 얼마든지 다른 방법을 찾았을 것이다. 폭력에 순응하는 것도 악업을 쌓는 일이 된다는 것을 명심해라. 너로 인해 네 가족들은 서로 싸웠고 끝내는 헤어졌다. 그 악업은 또한 어찌하려느냐? 하여 너는 인간계에 환생해 폭력의 고해를 더 겪어내도록 해라. 네가 자기 살인을 하지 않았더라면 이런 판결을 듣진 않았을 것이다. 자기 살인의 악업은 그만큼 위중하니라. 마음공부를 열심히 하여 그 악업을 씻어내도록 하라. 무엇보다도 너 자신을 사랑하라. 정나래 령체는 듣거라. 너에게 윤회의 벌을 선고한다. 바리는 정나래 령체를 서천꽃밭으로 데리고 가라."

폭력의 고해를 다시 겪어내야만 한다는 일원법신의 판결에 나래는 절망했다. 자기 살인의 죄가 그토록 큰 죄인가 싶어 나래는 그자리에서 푹 주저앉았다. 바리가 규와 나래를 데리고 떠나려고 하자 일원법신이 한마디만 더 하겠다고 했다.

"너희들에게 마지막으로 할 말이 있다. 먼저 규에게, 너는 너를 사랑하지 않은 죄를 범했다. 자기 자신을 사랑하지 못하면 다른 사람도 사랑할 수 없다. 사랑이 없는 죄 또한 악업 중의 악업이니라. 마음공부를 열심히 하여 그 악업을 씻어내도록 하라. 나래 또한 스스로를 진정으로 사랑하지 않았기에 폭력에 대항할 수가 없었다.

자기 자신을 진정으로 사랑했다면 그 사랑으로 자기 자신을 지켜 냈을 것이다. 비록 윤회의 형벌로 인해 전생보다 더한 고통을 받는 삶을 시작하게 될 것이나, 무엇보다도 자기 자신을 사랑하도록 하라. 거울에 비친 제 얼굴이나 보고 감탄하라는 뜻이 아니다. 자기 삶의 주인공이 되어야 한다는 말이다. 짧은 생애 동안 너희는, 너희 삶의 보조출연자로 살았다. 이제부터는 주인공으로 살아라. 주인 공은 쉽게 포기하지 않는다. 어떤 어려움이 닥쳐와도 끝까지 견뎌 내는 것이 주인공이다."

말이 끝나자마자 일원법신이 홀연히 사라졌다. 신제가 퇴장하자 방금까지 존재했던 법정도 공기 중으로 흩어졌다. 황량한 가운데 하늘 아래 규와 나래, 바리만 남게 되었다. 바리가 나래를 일으켜 세웠다.

"서천꽃밭으로 가자."

바리가 길잡이가 되어 규와 나래를 데리고 서천꽃밭으로 향했다. 부드러운 바람을 엮어 짠 것 같은, 하얀 옷을 입은 바리는 가볍게 길을 걸었다. 반면에 규와 나래는 한 걸음 한 걸음이 힘에 겨웠다. 규와 나래가 한 걸음씩 걸어갈 때마다 뒤에 남은 가운데 하늘의 풍경이 그만큼씩 지워졌다.

"내가 서천꽃밭을 찾아갈 때만 하더라도 삼 년이란 시간이 걸렸지. 길을 몰라 길값을 치러야 했고, 목이 말라 물값을 치러야 했고, 저승 구경을 했으니 구경값도 치러야 했지. 그걸 다 치르는 동안에 아들 삼형제도 낳아줬어. 그제야 같이 살던 동수자가 약물터로 나를 데려가는 거야. 그 약물터 옆에 서천꽃밭이 있더라고. 아름다운 곳이었어."

바리가 말했다.

가운데 하늘에서 서천꽃밭까지는 삼천 리 길이었다. 하지만 그 거리는 절대적인 게 아니었다. 한 걸음이 십 리나 백 리일 수도 있다. 한참을 걸어가니 원천강이 보였다. 오늘이가 손을 흔들어주었다. 규는 오늘이를 만나고 싶었다.

"오늘이를 만나는 것은 금지되어 있단다. 이제 곧 너희의 시간은 절대성의 시간에서 상대성의 시간으로 바뀌게 될 거야. 오늘이 신녀가 너희에게 손을 흔드는 것은 시간의 변화가 일어나게 될 것이라는 신호야. 그 신호를 온 우주가 받아들이고, 우주의 섭리가 너희에게 변화된 시간을 허락해주는 것이지. 아직까지는 절대성의 공간인 가운데 하늘에 있지만, 곧 환생하면 상대성의 공간으로 이동하게 될 거야. 환생이란 다시 태어난다는 것이 아니라 다른 차원의 세계로 이동한다는 뜻이야. 서천꽃밭은 일종의 정류장인 게지."

바리가 말했다.

원천강 옆의 호수를 지나니 하루에 세 방울씩만 떨어지는 약물터가 나타났다. 그 물이 모여 거대한 생명의 호수가 된 것이었다. 호수에는 생명의 근원이 되는 생명체가 살고 있다고 했다. 신들의 밝은 눈에도 보이지 않을 정도로 작은 그 생명체는 우주의 섭리에 의해 관리된다고 바리가 말했다.

약물터를 지났다. 약물터를 지나면서 꽃밭으로 이어진 꽃길이 나타나기를 기대했다. 하지만 거대한 황무지 한복판으로 좁고 가느다란 오솔길이 끝도 없이 뻗어 있을 뿐이었다. 황무지를 오래 걸었다. 걷고 걸었지만 황무지는 그 끝을 보여주지 않았다. 인내심이 바닥을 드러냈다. 마침내 규가 툴툴거리며 불평을 쏟아냈다.

"네 마음을 바꿔. 그 순간 황무지가 꽃길로 변하느니."

바리가 웃으며 말했다. 그 말에 규는 더 화를 냈다. 나래는 잠시 걸음을 멈추고 눈을 감았다. 나래가 다시 눈을 떴을 때에는 황무지의 오솔길이 꽃길로 변해 있었다. 나래는 꽃길을 걸었다. 반면에 규는 여전히 거친 오솔길을 걸어야 했다. 바리와 나래와 규는 같은 방향의 길을 걷고 있었으나, 각자의 마음에 따라 길의 색(色)이 달랐다. 규는 황무지에서 천년쯤 헤매고 있다는 마음이었고, 바리는 마음 자체를 갖지 않았고, 나래는 방금 전에 황무지에서 벗어나 꽃길을 걷는 마음이었다. 마음에 따라 시간의 색도 달랐다.

"얼마나 더 가야 하나요?"

잔뜩 화가 난 규가 바리한테 따지듯 물었다. 바리와 나래가 빙그레 웃었다. 그게 더 기분 나빠 나래를 노려보았다.

"여기가 서천꽃밭이다."

바리의 말과 동시에 규 앞에 꽃밭이 펼쳐졌다. 마치 말[言語]이 있기 때문에 꽃밭이 있는 것 같았다. 바리가 말하기 전에는 그 어디에도 꽃밭은 존재하지 않았다.

규는 꽃밭을 둘러보았다. 지평선 너머까지 아득하게 펼쳐진 꽃밭에는 온갖 종류의 꽃들이 만발했다. 바람 속에는 천상의 꽃향기가 가득했다. 그 사이에 바리는 꽃밭에서 겨우살이풀 두 가지를 꺾어 동그란 원을 만들어 손에 쥐었다.

규와 나래가 꽃밭을 걸어가면서 꽃구경을 하는데, 장미처럼 꽃잎이 겹겹인 검붉은 색의 꽃이 보였다. 겹꽃잎의 끝마다 물방울 같은 게 하나씩 맺혀 있다. 바리가 울음꽃이라고 일러주었다.

울음꽃을 보는 순간 나래의 눈망울에 눈물이 맺혔다. 나래는 슬피 울기 시작했다. 규도 참으려고 했지만 저절로 울음이 터져 나오는 것을 막을 수는 없었다. 우는 동안에 엄마를 비롯한 가족의 얼굴이 조금씩 규와 나래의 기억 속에서 지워졌다. 나래와 규는 그런 변화를 전혀 눈치채지 못했다. 한참을 울고 났더니 마음이 조금 맑아졌다. 마음이 맑아진 것은 전생의 기억이 조금씩 지워지고 있기 때문이었다.

울음꽃을 지나니, 온통 가시로 된 꽃이 보였다. 꽃을 보는 순간 기분이 나빠졌다. 갑자기 옆에 있는 나래가 미워 견딜 수가 없었다. 악심꽃이라고 바리가 이름을 알려주었다. 나래가 갑자기 규의 아빠를 비난하며 시비를 걸어왔다. 규는 무슨 소리냐며 화를 냈다. 규의 아빠가 나래의 결혼을 반대했다며 네까짓 게 뭔데 그리도 잘났냐며 손톱을 세워 규의 얼굴을 할퀴었다. 규는 나래의 따귀를 때렸다. 규와 나래는 악심꽃 앞에서 철천지원수를 만난 것처럼 싸웠다. 바리가 원수처럼 싸우면 후생에 또 만난다고 하자 나래가 얼른 돌아섰다. 나래가 돌아선 곳에 온갖 넝쿨로 이루어진 꽃의 터널이 나타났다.

"순간의 꽃들이란다."

바리가 말했다.

"순간의 꽃, 그게 무슨 꽃이죠?"

규가 되물었다.

"순간의 꽃 터널을 지나면, 지금까지 너를 이루고 있던 령체는 소멸되고, 너의 일부였던 전생의 기억은 카르마의 창고로 옮겨지게 될 거야. 카르마의 창고로 전생의 기억이 옮겨지면, 전생의 그 무엇도 기억할 수 없게 되는 거지."

바리의 말에 규와 나래는 멈칫 서버렸다. 거대한 두려움이 밀려들었다. 전생의 기억이 사라진다는 말에 마음이 얼어붙었다. 하지만 바리는 냉정했다. 규와 나래의 등을 밀어 순간의 꽃 터널을 지나게 했다. 순간의 꽃 터널은 서천꽃밭에서도 가장 중요한 생명의 비밀 정원으로 이어졌다. 규와 나래는 터널을 통과해 생명의 비밀 정원으로 들어갔다.

두 령이 지나온 시간에 대한 모든 기억은 봉인되었다. 이제 두 령 앞에는 다가올 시간만 허락되었다. 한 번의 생과 사가 끝났고, 또 다른 생과 사가 열리는 순간이 다가오고 있었다.

비밀 정원에는 오색의 꽃들이 만발해 있었다. 바리는 두 령을 데리고 칠흑처럼 검은 꽃으로 갔다. 과거의 형체와 기억이 사라진 순수한 두 령은 바리의 손에 이끌려 검은 꽃 앞에 섰다. 바리가 꽃잎을 땄다. 검은 꽃잎에서 가시 같은 꽃가루가 날렸다.

"뼈오를꽃이다."

바리는 검은 꽃잎을 규와 나래의 붉은 입 안에 넣어주었다. 규와 나래는 꽃잎을 꿀꺽 삼켰다. 그러자 투명한 령체에 뼈대가 섰다. 바람 같았던 령체가 비로소 색을 갖는 순간이었다. 이어 바리는 살빛의 샛노란 꽃을 찾았다. 노란 꽃에서는 복숭아 비슷한 향기가 풍겼다. 바리가 꽃잎을 땄다.

"살오를꽃이다."

나래와 규는 바리가 내미는 꽃잎을 받아먹었다. 꽃잎을 삼키자마자 뼈에 살이 붙기 시작했다. 해골에 살이 붙자 비로소 사람의 색을 지니게 되었다. 하지만 여전히 마네킹이나 인형의 모습에 불과했다. 바리가 피처럼 새빨간 꽃을 찾아냈다. 꽃잎을 따서 나래와 규의 입에 넣었다.

"피오를꽃이다. 뼈와 살이 갖춰진 뒤에 피가 돌게 하는 꽃이란다."

두 령은 꽃잎을 삼켰다. 그 순간 꽃잎에서 핏물이 나오더니 살과 피 속으로 스며들었다. 심장이 서서히 시동을 걸기 시작했다. 바리는 두 령이 색으로 채워지는 것을 기꺼운 마음으로 보았다. 다음 생애를 살아갈 색이었다. 이제 필요한 것은 바람 같은 색이었다. 바리는 물빛처럼 새파란 꽃을 찾아냈다. 그 꽃은 마치 솜사탕처럼 보였다.

바리는 손가락으로 솜사탕을 집듯이 꽃잎을 땄다. 바리가 꽃잎을 따자 기다렸다는 듯이 규와 나래가 입을 벌려 붉은 혀와 목구멍을 드러냈다.

"숨오를꽃이다."

바리가 숨오를꽃을 규와 나래의 벌린 입에 살짝 던졌다. 규와 나래는 어린 아이처럼 숨오를꽃을 받아먹었다. 순간 심장에 피가 돌기 시작하면서 폐가 숨을 만들어내기 시작했다. 마침내 색이 몸의 형태로 완성되었다. 몸의 형태는 완성되었지만 그것으로는 부족했고 불완전했다.

바리는 눈처럼 새하얀 꽃이 무리지어 피어 있는 곳으로 갔다. 하얀 꽃은 맑고 밝고 싱그럽게 피어 지극한 선(善)의 자태를 자랑하고 있었다. 아름다운 꽃이지만 반면에 쉽게 더러워지고 추해지며 지독한 악취를 풍길 수도 있었다. 하얀 꽃의 본성은 '하양'이다. 하지만 하양은 너무 쉽게 다른 색으로 변하기도 한다. 그것이 늘 돌부리에 발끝이 채이듯 바리의 마음에 걸렸다. 꽃잎을 언제나 하양으로 유지하기 위해서는 각고의 노력이 필요한 법이었다. 잠시라도 한눈을 팔면 아주 빠르게 다른 색이 스며들곤 했다. 바리는 하얀 꽃잎을 땄다.

"마지막 꽃, 마음오를꽃이다."

규와 나래가 꽃잎을 잘 씹어 삼키자 얼굴이 맑아졌다. 바리는 겨우살이풀로 만든 화환처럼 생긴, 동그란 원을 규와 나래의 머리 위에 올렸다. 그와 동시에 규와 나래는 서천꽃밭에서 흔적도 없이 사라져 인간계로 이동했다. 서천꽃밭에서 인간계로 이동하는 그 순간, 규와 나래의 가운데 하늘이 닫혔다.

그들은 인간계에 도착하여 아기로 환생하였다.

새로운 생명을 받아 다시 한 번 삶의 고해(苦海)를 건너가야만 했다. 태어나는 지역과 부모의 선택은 아기의 의지가 아니었다. 전생에 지은 업의 결과로 정해지게 되어 있었다.

아기는 새로운 이름을 받게 될 것이다. 새로운 이름으로 전생의 기억을 잃은 채, 전생에 미처 살지 못했던 생을 다시 살게 될 것이다. 자기 살인의 업 때문에 시작부터 고통과 마주치게 될 것이다.

오늘도 바람은 불고 새로운 꽃들이 피어난다.

■작가의 말

지난봄부터 뉴스를 거의 보지 않았습니다. 이 땅, 대한민국의 청소년 관련 뉴스는 여전히 너무 슬프고 가혹합니다. 지난봄, 남쪽바다에서 온 청소년들의 소식은 절망적이었습니다. 차라리 영화였으면 좋겠다고 생각했습니다. 소설을 쓰는 동안, 청소년들한테 닥친 불행 때문에 많이 아팠습니다.

내게도 지옥을 건너던 시절이 있었습니다. 그 시절을 겪어내지 못했다면 이 소설은 존재하지 않았을 것입니다. OECD 국가 중에서 청소년 자살률 1위의 기록은 통계가 아니라 구체적인 현실입니다. 그 현실의 불행을 직접 겪어낸 사람으로서 청소년들이 스스로 목숨을 끊는 현실을 차마 두고 볼 수가 없어, 절박한 마음으로 이 소설을 쓰게 되었습니다.

『티벳 사자의 서』와 제주도 설화 〈원천강〉, 〈서천꽃밭〉 그리고 〈바리데기〉 설화가 이 소설의 기본 얼개입니다. 아시아의 민속문화에 기반한 얼개라고 할 수 있습니다. 또한 오구씻김굿, 천도재 등도 등장하는데 이것은 죽은 사람을 애도하는 소설적 장치입니다.

소설을 더욱더 풍부하게 끌고 가려는 장치인 것이죠. 나는 이 소설을 종교적 신념이나 특정 종교의 세계를 드러내기 위해 쓰지 않았습니다. 소설은 그냥 소설입니다. 나는 이 소설을 삶의 위기에 처한 청소년들과 깊은 대화를 하기 위해 썼습니다. 이 소설은 내게 있어 한판의 씻김굿이기도 합니다.

이 소설은 청소년들의 혼란과 불안, 교육의 여러 문제를 해결하지 못합니다. 또한 큰 위로가 되지도 않습니다. 다만 찬찬히 읽어주었으면 하는 마음으로 문장과 문장을 이어왔습니다. 그리하여 청소년들 스스로 어떤 질문을 쏟아내기를, 나는 소망합니다. 어른들이 쉽게 답하지 못하는 본질적인 질문, 금지된 질문이면 더욱 좋겠습니다. 질문이 있어야 대화가 시작되기 때문입니다. 나는 이 소설이 대화를 위한 문(門)이라고 생각합니다. 청소년 여러분을 비롯한 독자와 작가와의 대화를 위해, 내가 먼저 문을 열겠습니다.

소설 속에 인용표시를 하지 않은 문장이 두엇 있습니다. 『티벳 사자의 서』에 있는 문장들인데, 본문에 주석을 붙이는 게 마땅치 않아 그냥 지나왔습니다. 이 점에 대해서는 널리 양해를 구합니다.

한 사람의 작가로서, 어른으로서 너무 미안합니다.

2014년 9월, 길 위에서
정도상

마음오를꽃

ⓒ정도상, 2014

초판 1쇄 발행일 | 2014년 9월 30일
초판 4쇄 발행일 | 2018년 10월 31일

지은이 | 정도상
펴낸이 | 정은영
편 집 | 사태희 이준근
마케팅 | 한승훈 이혜원 최지은

펴낸곳 | (주)자음과모음
출판등록 | 2001년 11월 28일 제2001-000259호
주 소 | 04047 서울시 마포구 양화로6길 49
전 화 | 편집부 (02)324-2347, 경영지원부 (02)325-6047
팩 스 | 편집부 (02)324-2348, 경영지원부 (02)2648-1311
이메일 | jamoteen@jamobook.com

ISBN 978-89-544-3102-6 (43810)

잘못된 책은 교환해드립니다.
저자와의 협의하에 인지는 붙이지 않습니다.

이 도서의 국립중앙도서관 출판시도서목록(CIP)은 서지정보유통지원시스템 홈페이지
(http://seoji.nl.go.kr)와 국가자료공동목록시스템(http://www.nl.go.kr/kolisnet)에서
이용하실 수 있습니다. (CIP제어번호: CIP2014023016)